絆
走れ奇跡の子馬

島田明宏

集英社文庫

目次

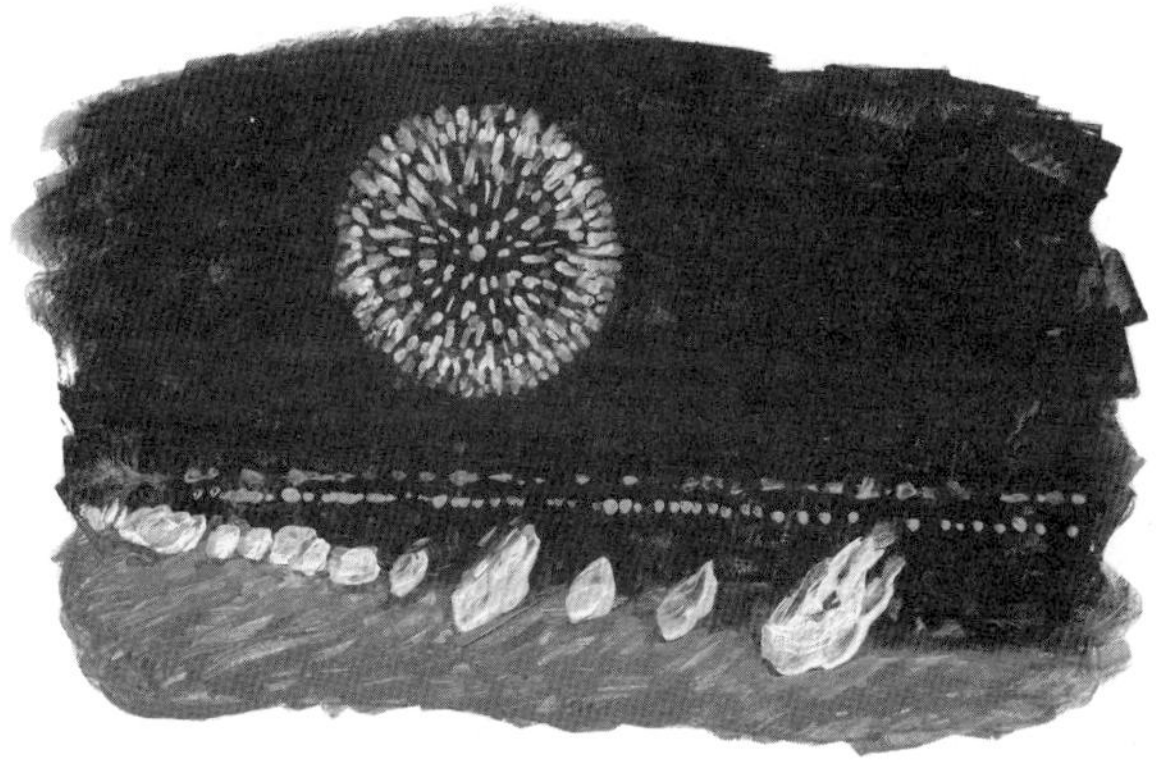

絆

走れ奇跡の子馬

プロローグ

出走馬が一団となって最終コーナーを回り、直線に入った。

十五万人を超える大観衆の前で、壮絶な叩《たた》き合いが始まった。

耳をつんざく歓声が、スタンドを震わせる。

騎手たちのアクションが大きくなり、攻防が激しさを増したそのとき――。

突如、歓声のボルテージが高まった。

馬群の外から、一頭の芦毛馬《あしげうま》が矢のように伸びてくる。大きなストライドで、一頭、また一頭と追い抜き、先行馬を猛追する。リズミカルに首を使って重心を沈め、しなやかな四肢を馬場に叩きつけると、ちぎれた芝と土埃《つちぼこり》が宙に舞う。

栄光のゴールが近づいてくる。

ぼくの、わたしの、おれの、おらほの子馬が、今、奇跡を起こそうとしている。

あと五完歩《かんぽ》、四完歩、三完歩……。

競馬の祭典のクライマックスは、すぐそこだ。

二〇一〇年　相馬野馬追

一

「おーし、そのままだァ。ほんで、左の胸前《むなまえ》、ちょごっと押してみい」

父に言われ、松下拓馬《まつしたたくま》は、正面に立つ牝《めす》の一歳馬の胸前に右手を当て、軽く力を加えた。すると、馬は左後ろ脚だけを半歩下げた。

「これでいいかな」

拓馬は左手に曳《ひ》き手綱《たづな》を持ったまま右手を挙げ、馬の注意をこちらに向けさせた。

「ほしたら、顔、横さ向いでっとごがらなァ」

その言葉に頷《うなず》いた拓馬の右腕に虻《あぶ》が止まった。ふっと息をかけて追い払い、目の前の一歳牝馬《ひんば》を見ると、背中と腹を虻に刺され、筋肉を震わせて嫌がっている。

そのまま十秒ほどが経過した。

六月の陽《ひ》が、人馬の影をくっきりと大地に落としている。

馬の顔を父のほうに向けさせ、さらに十秒ほど待った。

もういいだろうと、拓馬は、馬体についた虻を平手でつぶしてやった。

「動《いご》ぐなって」

デジタルカメラを手にした父が声を上げた。

「え、まだ撮り終わってないの？」

「まだって、おめえ、一枚も撮ってねえべ」

父は、自分の立つ位置を変え、馬の脚の揃《そろ》え方や首差しの角度などを見てブツブツ言っている。完全主義なのか、優柔不断なのか。いや、拓馬も同じだからわかる。その両方なのだ。これが母や妹なら、躊躇《ちゅうちょ》なくシャッターを押しまくっているだろう。

同じ姿勢をとっていた馬が集中力を切らせ、拓馬が持つ曳き手綱に嚙《か》みつこうとしている。馬は、たとえ短い時間でも、じっとしていることが苦手な動物なのである。

「少し歩こうか。ほら、ゴー」

馬に声をかけ、並んで歩く。見ているだけのときは簡単そうに思われたが、いざやってみると、馬が反発して首を振ったり、足を踏まれたりと、これがなかなか難しい。

十メートルほど歩いてから、右回りでターンさせた。最初のうちは、肩と肘を馬体に押し当てないと旋回してくれなかったが、今は、拓馬が握る曳き手綱から、口にくわえた「チフニービット」という馬銜《はみ》に伝わる力のわずかな変化を感じて動いてくれる。歩いていると、自分の肉体と感覚が馬のものになり、馬のそれらが自分のものになっていくのがわかる。こうした人馬一体感は、馬に乗っていなくても得られることを、父の仕事を手伝うようになって初めて知った。

「止まーれー」と、号令に似た合図で馬を止め、また撮影用のポーズをとらせた。

梅雨の晴れ間の昼下がりのことだった。ゆるやかに傾斜する放牧地の先にひろがる海から、夏草の匂いをはらんだ風が駆け上がってくる。

拓馬の父、松下雅之《まさゆき》が経営するここ松下ファームは、繁殖牝馬が三頭と、それらが産んだ子馬たちがいるだけの小さな牧場だ。

この一歳牝馬は、来月、七月初めに青森の八戸《はちのへ》家畜市場で行われるセリに出る。馬名登録される前のサラブレッドは、母馬の名と生まれた年を組み合わせて呼ばれるので、正式な名は「モモムスメの二〇〇九」。セリの主催者に父が伝えた最低販売予定価格、いわゆるリザーブ価格は三百万円だ。八戸のセリの翌週に北海道で行われるセレクトセールでは、一億や二億で落札される馬も珍しくない。それに比べると三百万円など吹けば飛ぶような額だが、松下家にとっては大金だ。門の脇に停《と》めてある軽トラックも、二頭積みの馬運車も、二棟の厩舎《きゅうしゃ》や飼料小屋はもちろん、住まいと事務所を兼ねた二階家さえ、三百万円の価値はないだろう。

父はカメラを仕舞い、寝藁《ねわら》を鉤《かぎ》でひっくり返しはじめた。面長なところも、濃い眉の形も、体の大きなところも、そして声までも、拓馬は父によく似ている。

拓馬は、モモムスメの二〇〇九を一歳馬の厩舎に戻した。別棟の厩舎には五つの馬房《ばぼう》があり、うち三つが埋まっている。ふたつの馬房には親子がペアで入っており、もうひとつの馬房には、この春、アメリカの二冠馬シルバータームを配合したが不受胎だった、クロススプリングという名の芦毛の繁殖牝馬が一頭で入っている。

今年六歳。繁殖牝馬としては若い。去年の秋、競走馬生活を終え、故郷の松下ファームに戻ってきた。その毛色から、父も拓馬も「シロ」と呼んでいる。

シロが帰ってきたとき、骨格も筋肉もしっかりしているので、拓馬は、現役の牡馬が放牧に出されてきたのかと思った。

シロは競走馬時代、芝の中距離で三勝した。大きなレースを勝ったことはないが、必ず掲示板に載る、堅実な走りをした。父はグレークロス。一九八〇年代後半にターフを沸かせた芦毛の名馬だ。シロは、そのラストクロップ——最後の世代の産駒《さんく》である。

そうしたプロフィールを抜きにしても、拓馬はシロに惹《ひ》かれていた。

凛々《りり》しく、整った顔。澄んだ瞳。均整のとれた馬体を形づくるボリュームある筋肉。駐立《ちゆうりつ》の姿勢でいるときは硬そうに見えた体が、常歩《なみあし》で歩き出すとゴムマリのようにやわらかくなり、走り出すと鋼のような強さとしなやかさを感じさせる。

子馬のころにも見ていたはずだが、感覚としては一目惚《ひとめぼ》れだった。

拓馬は、シロに騎乗して乗り運動をしてもいいかと父に訊いた。普通、繁殖牝馬に人が乗ることはない。父は怪訝《けげん》そうな顔をしながらも許してくれた。

跨《また》がった瞬間、背中のやわらかさに驚いた。蹄《ひづめ》にクッションがついているかのような乗り味なのだ。ここには調教コースがないので、放牧地に入った。常歩からダク、ダクからキャンターと、速度を上げるほど、走りがどっしりしてくる。

何頭もの元競走馬に乗ったことがあるが、これほど乗り味のいい馬は初めてだった。

馬は、右前脚を前に出す「右手前」で走るとき、左後ろ脚、右後ろ脚、左前脚、右前脚の順に地面につけてからジャンプし、また左後ろ脚で着地する。四肢をその順で地面につけているのを感じながら、左手前に替えさせるべく手綱を操作しようとした瞬間、シロが自分で手前を替えた。頭もいいし、勘もいい。それに、人間と一生懸命コミュニケートしようとする。今度は、右後ろ脚、左後ろ脚、右前脚、左前脚……と左手前での四肢の接地に意識を集中した。が、上下動が小さく、滑るような走りをするので、乗っているうちに、どの脚で大地を叩いているのか、だんだんわからなくなってくる。かなりの距離を走ったのに、厩舎前に戻ったときには、もう息が戻っていた——。

今、シロの馬房の前には、竹竿《たけざお》にくくりつけた数枚の細長い布が垂れ下がり、扇風機の風になびいている。相馬野馬追《そうまのまおい》で騎馬武者が背負う旗指物《はたさしもの》に驚かないよう、こうして慣れさせているのだ。

毎年七月下旬に、ここ南相馬市と相馬市で行われる相馬野馬追は、千年以上の伝統を誇る、世界最大級の馬の祭だ。五つの騎馬会から五百騎ほどの騎馬武者が出陣する。その五百頭の半数ほどはここ相双地区《そうそうちく》で繋養《けいよう》されており、残りの半数ほどは、ほかの地区の乗馬クラブなどから一時的に借りてくる。野馬追に初めて出る馬には、いかつい甲《かっ》冑《ちゅう》姿の人間や、長い旗指物、大きな音を出す法螺貝《ほらがい》などは怖いものではないと教え、本番で暴れたりしないようにしなければならない。

拓馬は、小学五年生のとき、祖父と一緒に野馬追の甲冑行列と神旗争奪戦《しんきそうだつせん》に出て以来やみつきになり、十年以上つづけて出ている。

祖父がこの松下ファームの代表だったときは、ここで繋養していた馬を野馬追に出していた。しかし、父に代替わりしてから、それはなくなった。父は、相馬野馬追に出る近隣の騎馬武者たちの馬集めや調教などに、まったく協力しようとしないのだ。野馬追関連の依頼はろくに話も聞かずに断るし、テレビで野馬追が紹介されるとチャンネルを替える。なぜそこまで毛嫌いするのか不思議だったが、野馬追の話になるとひどく不機嫌になるので、理由を訊《き》いたことはなかった。

家の馬を使えないので、拓馬は、大学の馬術部の友人を通じて借りた馬で出場していた。初日の宵祭から三日目の野馬懸《のまがけ》までのレンタル料は、馬運車代を含めて十五万円ほど。拓馬はそのためにバイトをしていたようなものだ。

ところが、今年は、父がシロで野馬追に出ることを許してくれた。

拓馬は、去年の秋まで松下ファームを継ぐことなど考えたこともなかった。が、シロの世話をするようになってから、サラブレッドの生産者としてやっていくのも悪くないと思うようになっていた。当歳馬や一歳馬の曳き運動の練習も始めた。そして、来月の八戸のセリで、モモムスメの二〇〇九を客の前で曳く持ち手をすることになった。

こうして拓馬が牧場の仕事を本格的にやりはじめたことに対する報酬のような意味合いで、父は、シロで野馬追に出ることを認めてくれたのだろう。

ゼミの教授に薦められた企業の入社試験も受け、東京に本社のある中堅・大手三社から内々定をもらった。

それを母は大いに喜んでいるのだが、父がどう思っているかはわからない。

拓馬自身、どちらの道に進むべきなのか、決めかねている。自分にとって、そして家族にとって、どちらがいいのかわからないのだ。

ただ、今はシロと野馬追に参加できることが嬉《うれ》しく、その準備が楽しくて仕方がない。

拓馬はシロの馬房に入り、首から胸前、そして背中へとブラッシングをした。右手に持ったブラシを動かしながら、左手を馬体に添える。やわらかで、沈み込むようなさわり心地は、ここにいるほかの繁殖牝馬とはまるで異なっている。ベルベットのように滑らかなのは、馬齢が若いだけではなく、皮膚が薄いからだ。皮膚ばかりか、たてがみまで艶やかなのは、新陳代謝の活発さと内臓の丈夫さが現れているのだろう。

たてがみを梳《す》いて長さを揃えていると、シロが「グー」と小さく鳴いた。春ぐらいから、ときおり鳴くようになり、最近は拓馬が厩舎に行くたびにこちらを見て鳴く。

「挨拶だべ。おめえさ心許して、甘えでるってごとよ」

父からそう聞いたとき、それまで以上にシロが愛《いと》しくなり、馬房の前に布団を敷いて寝起きしたいような気分になった。

二

夕刻、陽が傾いて涼しくなり、虻が少なくなってから、馬たちを放牧地に出した。

繁殖牝馬と当歳の親子ふた組は、厩舎から一番近い放牧地、シロはその隣、セリを控えた一歳馬は、傾斜地にある放牧地だ。去年の秋口から、松下ファームでも夜間放牧を行うようになった。馬は夜でも長時間熟睡することはなく、外にいると歩き回るので、舎飼《しゃが》いにするより運動量が多くなり、丈夫に育つ。馬が強くなるうえに、人手もかけなくて済むという一石二鳥の手法で、アメリカや北海道の牧場では二十年ほど前から行われている。

モモムスメの二〇〇九は、当歳時から夜間放牧を経験した初めての世代だ。世代といっても一頭だけだが、父は、これまでの一歳馬より蹄の減りが早いと言っている。それだけたくさん歩いたり走ったりしているわけだ。トモの筋肉も牝馬にしては逞《たくま》しい。

それでも、八戸一歳市場における過去の落札価格を調べてみると、この馬のリザーブ価格は明らかに強気すぎることがわかった。去年、二〇〇九年は六十頭が上場されたが、売却されたのは二十八頭だけだった。牝馬の最高価格は四百二十万円で、平均は二百二十八万九千円。最高価格となった牝馬の父は、二〇〇四年に年度代表馬となったゼンノロブロイで、配合された二〇〇七年の種付料は四百万円だった。売却価格はそれに二十万円上乗せされただけだ。モモムスメの二〇〇九の父キンググローリーの種付料は三十万円。リザーブ価格が種付料の十倍というのは、やはり高すぎる。同じキンググローリーの産駒で、去年このセリで最も高く売れたヴィーナスの二〇〇八という牡馬は二百二十万五千円だった。モモムスメの二〇〇九は、牝馬というだけでさらに低く見積もられることを覚悟すべきだろう。

二〇一〇年七月六日、青森県三戸《さんのへ》郡南部町《なんぶちょう》の八戸家畜市場で「八戸市場二〇一〇」が開催された。

午前九時過ぎ、市場前の広場で「比較展示」が始まった。まずは、今回上場された七十数頭の一歳馬が四組に分かれ、輪になって歩く「常歩披露」だ。拓馬は、モモムスメの二〇〇九を曳き、ほかの上場馬につづいて反時計回りに歩きはじめた。

馬体をブラッシングしたり、たてがみや前髪、尾、そして蹄近くに生える距毛《きよもう》をトリミングしたり、頭絡《とうらく》や曳き手綱を新調したりと、見た目の印象をよくするためにできることはすべてやった。曳く人間の身なりも印象を左右するだろうから、拓馬は、就職活動のために買ったワイシャツにネクタイを締め、スラックスを穿《は》いてきた。

　昼過ぎ、セリが始まった。

「上場番号×番、モモムスメの二〇〇九。本馬は、父キンググローリー、母の父——」

　鑑定人の声が響く。

　拓馬はモモムスメの二〇〇九を曳いて会場に入った。人馬が立つスペースは直径十メートルほどで、古代ローマの半円形の劇場のように、三方が客席となっている。馬主や調教師、生産者、マスコミ関係者でほぼ満席だ。

　スタート価格は、リザーブ価格より低い二百五十万円。

「二百五十まーん、ひと声よろしいですか」

　鑑定人の呼びかけに、係員が「はい！」と手を挙げた。隣には、テレビや雑誌で何度も顔と名前を見たことのあるオーナーブリーダーの岡村茂雄《おかむらしげお》が座っている。

「二百五十万、いただきます。それでは、二百七十万」

　鑑定人が言うと、別の係員が手を挙げた。横にいるのは地方競馬の調教師だ。

「ありがとうございます。それでは、三百万、いかがですか。三百まーん、三百万」

　すると、岡村が声を張り上げた。

「四百万！」

　会場がざわついた。

「岡村さんがじきじきに競りかけたよ」

「珍しいな。馬を見る天才と言われるあの人が」

そうしたささやきを、鑑定人の声がかき消した。

「四百万、いただきました。四百万の上、ございませんか！」

カーンとハンマーが打ち下ろされた。

売買契約の手続きを父に任せ、拓馬はモモムスメの二〇〇九を曳いて馬運車に戻った。馬を積み、ネクタイをゆるめて襟元に風を入れていると、岡村がこちらに歩いてきた。七十歳近いはずだが、拓馬とそう変わらない長身で、背筋がびしっと伸びている。

「お宅のクロススプリングはどうしている」

岡村が訊いた。クロススプリングというのはシロのことである。

「去年の秋、繁殖に上がってきて、今年シルバータームをつけたのですが、留《と》まりませんでした」

「ほう、グレークロスの肌にシルバータームねえ」

と岡村は目をとじた。彼は、かつて、シロの父グレークロスの初年度産駒が放牧地で跳ね回るバネを見て、種牡馬としての将来性を高く見込んだ、と競馬雑誌にコメントを寄せたことがあった。

不意に、岡村の携帯電話が鳴った。岡村は、今行く、とだけ応えてすぐに切り、

「またどこかで会うだろう、では」

とセリ会場へと戻って行った。

ちょうど父の雅之が会場から出てきた。

雅之と岡村は、立ち話はおろか、会釈すらせず、すれ違った。

三

八戸のセリの二週間後、相馬野馬追が開幕した。野馬追は、初日の宵祭、二日目の本祭、三日目の野馬懸の三日間にわたって行われる。なかでも「本番」と言うべきは、二日目の本祭だ。南相馬市中心部に五郷の騎馬武者が集結し、騎馬武者にとっての「聖地」である雲雀ヶ原《ひばりがはら》祭場地へと行列を組んで進軍する。祭場地に到着すると、そこで目玉の甲冑競馬と神旗争奪戦が行われる。

七月二十四日、本祭の朝。空が白みはじめたころ、拓馬は、シロの馬房の前に甲冑の入った鎧櫃《よろいびつ》を置いた。

そして、赤い飾り房のついた頭絡を見せ、声をかけた。

「おはよう、シロ。今日は、いつもと違う頭絡と鞍《くら》をつけるぞ」

まず、顔をかかえて馬銜を噛ませた。それから木製の和鞍を背に置き、腹帯を締めた。

スリッパのような形をした鉄製の鐙《あぶみ》もずしりと重い。甲冑が二十キロほど、馬具も十キロ近くあるので、この格好で自分が乗ると、シロは百キロ近い重量を背負うことになる。

拓馬の着ている鎧直垂《よろいひたたれ》が珍しいのか、シロが袖に鼻先を寄せてきた。

「やっぱり、お前は頭がいいな」

鎧櫃から、兜《かぶと》、鎧の胴、袖、籠手《こて》、臑当《すねあて》をとり出し、シロから見えるように並べた。蓋をした鎧櫃に腰かけ、靴を草鞋《わらじ》に履き替え、臑当をつけた。籠手をつけると腕時計ができないので、野馬追のときだけは懐中時計を使っている。もうすぐ約束の五時半だ。

厩舎の外から小走りの足音が聞こえてきた。

妹の将子《しょうこ》である。三年前に高校を出て東京の会社に就職したのだが、野馬追を見るため有給休暇をとり、昨日帰省した。

「おはよう、この馬に乗るの？」

将子は、牧場育ちでありながら、馬は臭いし、噛まれたり蹴られたりしそうで怖いからと、さわろうとしない。それでも、なぜか、野馬追は好きなのだという。

「こいつはシロっていうんだ。本当の名前はクロススプリング」

「へえ、顔に赤い紐《ひも》をつけると可愛《かわい》いね」

「牝馬だから、似合うだろう」

「ヒンバって、メス馬ってこと？」

「そうだ。周りが牡馬《ぼば》ばかりだから、蹴ったり暴れたりすっから嫌がる人もいんだけど、こいつは大丈夫だ」

芦毛も気の悪い馬が多いからと、騎馬武者には嫌われがちだ。

「それはいいけど、どうしてわざわざここで着替えんの」

と将子は、ござに置かれた甲冑に目をやった。

「着替えてんのを馬に見せて、こんな格好でも中身はおれだってわからせるためさ」

「ふーん。で、どうすればいい」

「まず、この袖の紐を結んでくんねえか」

と将子に左手を差し出した。次に、旗指物の柄を差し込む受筒を固定するため、胴にさらしを巻いてもらった。刀と脇差しを二本差しにし、さらに、籠手、肩を防御する小袖などを紐で固定し、あとは兜をかぶるだけとなった。

「完璧だ、サンキュー」

「あ、ちょっと待って、そのまま座ってて」

と将子は携帯電話のカメラで拓馬を撮った。そして、写真を添付したメールをどこかに送っている。

「誰に送るんだ。母さんか」

「まさか、真希《まき》だよ」

「ああ、土田《つちだ》さんか」

土田真希は将子の高校時代のクラスメートだ。彼女が「ミス野馬追」として参加するイベントなどでときおり顔を合わせる。

「今度は立って。その白い馬の前に」

将子は携帯を斜めにして写真を撮り、それも送信した。

「観光協会のホームページに使うのか」

「は？　何言ってんの」

将子は呆《あき》れたような顔で話しつづけた。

「お兄ちゃん、真希に思わせぶりなこと言っといて、それはないでしょう」

「思わせぶり？」

ミス野馬追に選ばれるだけあって美人だとは思うが、そんなことを言った覚えはない。

「一緒に旅行に行かないかって」

「ほ、ほっだらこと言うわけねえべ」

「何か、青森とか言ってたよ」

土田真希と青森の話などしただろうか、と考え、思い当たった。

「青森って、八戸市場のセリのことがァ。ほういえば、馬に興味あんなら、一回ぐれェセリを見に行ってもいいんじゃねえが、とは言ったがな」

「それだ。セリって、泊まりで行くわけでしょ」

「な、何言ってんだ。セリはセリだ」

拓馬が言うと、将子はクスクス笑い出した。

「なして笑う」

「だって、お兄ちゃん、去年より相馬弁になってるから」

「南相馬の人間が相馬弁しゃべって何が悪い」

「お父さんの話し方がうつっちゃったんだね」

将子は、拓馬の左肩に「相馬小高《おだか》神社　御使番《おつかいばん》　松下拓馬」と記された肩章《かたしよう》をつけながら、言葉をつづけた。

「ほかにもお兄ちゃんを狙ってるふうの娘《こ》がいるんだけど、いつまでもそうやって知らんぷりしてたら、スカしてるって言われるよ」

「な、何だよ、それ。まったぐ、出陣の朝にややっこしいごと言わねえでくんちょ」

「みんな焦ってんの。お兄ちゃんが東京に就職するんなら、その前に勝負をかけなきゃって」

という妹の声を背中で聞きながら、厩舎の外に出た。

夜間放牧に出したままの繁殖牝馬と当歳馬が、こちらを見て動きを止めた。甲冑を着た拓馬を見て驚いたようだ。

「ごめん、ごめん。おれだー」

と手を振っても、置物のように固まっている。いつもなら、この時間に声をかけると何か食べ物をくれると思って寄ってくるのだが、やはり警戒しているのだろう。

シロの馬房の前に戻り、兜をかぶった。

踏み台をシロの横に置き、背に跨った。ぐっとシロの全身が沈み込んだ。

「将子、旗ここさ差してくれ」

拓馬は馬上で腰を浮かしてお辞儀をするようにして背中を見せた。

将子の持つ旗指物がひらりと揺れた。紺色の地に金色の日天《にってん》、月天《がってん》が染め抜かれた、松下家に代々伝わる図柄である。

すっと、旗指物の柄が背中の受筒に差し込まれるのがわかった。

ゆっくり上体を起こす。風に持って行かれないよう意識すると、自然と背筋が伸びる。

「よーし、行ぐがァ」

手綱を絞って、たてがみを撫《な》で、腹を軽く蹴って合図しようとしたら、シロが自分から脚を踏み出した。いつもより重い人間を背負っているせいか、それとも、自分と同じように気持ちが引き締まったのか、シロの一歩一歩がどっしりしている。

「これ、縁起物だから」

昨日、同慶寺《どうけいじ》で行われた歴代相馬藩侯墓前祭でもらった盃《さかずき》と勝《か》ち栗《ぐり》を馬上から将子に手渡した。本当は、この栗を食べて酒を飲み、盃を地面に叩きつけてから出陣するのだが、ひとりで集合場所に向かう今年はやめておいた。

「じゃあ、あとで陣屋《じんや》にお弁当持ってってくね」

「おう、頼む」

飼料小屋の脇から母屋の前を抜け、県道に出た。

振り返ると、一階の窓から母がこちらを見ていた。父もとっくに起きているはずだが、顔を出すことはなかった。

カチッ、カチッと蹄鉄《ていてつ》がアスファルトを叩く音が響く。

海から昇りはじめた朝の陽が、シロと拓馬の濃い影を路面に映している。空を見上げ、耳を澄ました。車やバイクの走行音などは聞こえず、シロの蹄音《ていおん》だけがあたりを支配している。そのまま県道を北上し、太田川《おおたがわ》が近づいてきたところで、また空を見上げた。先刻よりずいぶん青が濃くなっている。

シロがうっすらと汗ばんできた。

甲冑行列のスタート地点となる小川橋《おがわばし》までは、さらに一時間ほどかかる。

太田川を渡って左折し、しばらく川沿いを行くと国道六号線に出る。

県道と違って車の行き来はあるが、この時期にここを通るドライバーはみな野馬追があることをわかっている。速度を落とし、馬優先で運転してくれる。

馬は道路交通法上は軽車両なので、車やバイク同様、道の左側を歩く。このあたりまで来ると、道に落ちている馬糞《ばふん》が多くなってくる。

こうして一般道を歩く馬のために、相馬野馬追執行委員会は、電信柱の下などにポリバケツに入った水を用意しておく。

拓馬は何度かシロを休ませては水を飲ませ、八時前に原町《はらまち》区小川町に着いた。そして、原町保健センターの駐車場で、小高郷のほかの騎馬武者たちと合流した。

シロを街路樹につないで旗指物を抜き、テント内のクーラーボックスにあったスポーツドリンクで喉を潤した。

「拓馬が乗る馬は、あの芦毛か」

声に振り向くと、友人の田島夏雄《たじまなつお》が立っていた。悪戯《いたずら》小僧がそのまま大きくなったような風貌で、拓馬と同い年なのにいつも年下に見られる。

「おう、うちの繁殖牝馬で、シロっていうんだ」

「繁殖には見えないな。現役をやめてから、そんなに経《た》ってねえだろう」

さすがに馬を見る目がある。夏雄はかつてプロの騎手だったのだ。

「去年の秋まで走ってた」

「そっか。腹袋《はらぶくろ》ができ上がってねえもんな」

一度でも出産した牝馬は樽《たる》のようなお腹《なか》をしているが、シロは流線型の体型を保っている。

「夏雄、乗ってみっか」

「いや、いい」

こちらを見ずに首を振った。

「今年も野馬追に出ないのか」

「ああ、姉貴に言われて、手伝いに来ただけだ」

彼の姉の田島郁美《いくみ》は、相馬中村《なかむら》神社で禰宜《ねぎ》をしながら、境内の厩舎で馬を繋養するNPO法人の代表をつとめている。その厩舎の馬で参加する騎馬武者もいる。

相馬野馬追に出る騎馬武者は、現在の行政区で北から順に言うと、相馬市の「宇多《うだ》郷《ごう》」、南相馬市鹿島《かしま》区の「北郷《きたごう》」、南相馬市原町区の「中ノ郷《なかのごう》」、南相馬市小高区の「小高郷」、浪江町《なみえまち》、双葉町《ふたばまち》、大熊町《おおくままち》の「標葉郷《しねはごう》」という五つの騎馬会に分かれている。

総大将を含む宇多郷と北郷の騎馬武者は相馬中村神社、中ノ郷は相馬太田神社、小高郷と標葉郷は相馬小高神社に供奉《ぐぶ》し、そこから出陣するので、相馬野馬追は「三社五郷の祭」とも言われている。

夏雄は騎手になる前、宇多郷の騎馬武者として野馬追に出ていた。

南相馬市小高区の松下ファームで生まれ育った拓馬は小高郷の騎馬武者だ。郷が違うと、出陣式も甲冑行列も雲雀ヶ原祭場地の陣屋も別々になる。

「お姉さんは、今年も行列に出んのか」

騎馬武者として野馬追に参加する女性は二十歳《はたち》未満で、なおかつ未婚でなければならないのだが、郁美は禰宜なので年齢は問われない。長い髪を後ろでまとめ、白装束に赤い番傘をさした馬上での姿は、宇多郷の行列においてひときわ艶《あで》やかで、人目を惹く。

「ああ。だけど、今年初めて行列に出る馬だから、暴っちェ大変なんだ」

夏雄はそう言いながら、シロを見ている。

「あいつも初めてだよ」

「あんないい馬、よく親父《おやじ》さんが貸してくっちゃなあ。また旗獲《はたと》りに出るんだろう」

旗獲りとは神旗争奪戦のことだ。

「うん、入って行ってくれっかどうかわかんねえけど」

他馬を怖がらず、馬群を割って御神旗の落下点に近づいて行くことを、相馬の騎馬武者は「入って行く」と言い、それができる馬をつねに探している。

「牝馬のほうが入って行けることもあんだぜ」

「へえ、シロもそうだといいな」

「そうだ、将子ちゃんは？」

急に思い出したかのように夏雄が訊いた。

「昨日帰ってきた。あとで陣屋に来るってさ」

「そ、そっか」

夏雄は将子が好きらしい。色恋沙汰に疎い拓馬でも気づくほど、顔や言葉に出る。

そのとき、甲高い声が割り込んできた。

「おっ、色男がふたりで合コンの相談でもしてんのがァ」

去年まで拓馬に野馬追用の厩舎を貸してくれていた今山《いまやま》が、鞭《むち》でこちらを指している。

小高区で工務店を営む彼は、野馬追に三十年以上出陣しつづけ、組頭《くみがしら》をつとめるベテランだ。丸い顔と出っ張ったお腹も甲冑につつまれると威厳があるように見える。

「合コンの話なんてしてしてないっスよ」

という夏雄の言葉など今山は聞いていない。

「この馬、今年うぢの厩舎さ来てハァ、まあ、気ィ悪くてよ」

と自分が乗る鹿毛馬《かげうま》の顔をこちらに向け、つづけた。

「ほれ、胸前見てみィ。双門《そうもん》、あっぺしたァ」

「ソウモン？」

拓馬が訊き返すと、

「ここのつむじだ。双門がある馬は、どんなに馬っぷりがいぐても、飼い主を殺すぐれえ気が悪いのが多いがらダメだって、昔から言わっちぇんだ」

と今山は、鞭の先で騎乗馬の胸前を指した。

馬が動くのでどれが双門なのかわからなかったが、どうしてわざわざそんな馬に乗っているのだろう。同じことを考えたのか、夏雄と目が合った。

言いたいことだけ言ったら、今山は馬を反転させ、ほかの騎馬武者をつかまえ、また鞭で自分の馬を指し示している。拓馬たちにしたように、双門の話をしているのだろう。

「今山さん、『こんなうるせえ馬さ乗れんのは自分ぐれえだ』って言いたいのか」

と夏雄は笑い、「じゃ」と手を挙げ、宇多郷の騎馬武者たちのほうへと歩いて行った。

腕自慢の騎馬武者が、五百騎ほども集まっている。

みな、騎乗馬に磨き込まれた和鞍をつけ、親から譲り受けたり、古物店などで買い揃えるなどした甲冑に身をつつみ、先祖伝来の旗指物を背負っている。日の丸や半月、稲《いな》妻《ずま》、五三桐《ごさんのきり》、桔梗《ききょう》、猪《いのしし》、鶴、菱形《ひしがた》、×印、漢数字の「一」や「三」など、さまざまな図柄の旗印を染め抜いた旗指物が、馬の動きに合わせて重なり、交差する。何かが起こりそうな予感に、つい武者震いしてしまう。

九時を過ぎた。最初に行列に出る中ノ郷の侍たちが、馬に乗って少しずつ小川橋のほうへ移動して行く。駐車場の向かいの家の前庭を陣屋とし、床几《しょうぎ》に腰かけていた初老の騎馬武者も立ち上がった。郷大将という役職の、中ノ郷の重鎮である。この日だけは、現代社会での雇用関係や上下関係を忘れ、相馬の侍としての序列に従ってみなが動く。

中ノ郷の次に、拓馬のいる小高郷が行列に出る。

拓馬はシロに跨り、仲間に旗指物を差し込んでもらった。

「おーい、御神酒《おみき》くんねえがァ」

勘定奉行をつとめる中年の騎馬武者が笑っている。そして身内らしき男から缶ビールを受けとり、馬上でげっぷをした。

「おめえ、ベロベロんなって、でんぐるなよ」

年輩の軍者《ぐんじゃ》が言うと、笑いが起きた。「でんぐる」とは転ぶという意味の相馬弁だ。

これから、沿道で数万人が見守るなか、行列を組み「聖地」を目指す。大勢の観客の前に出ると、神経質な馬は入れ込んで暴れようとする。制御できず、観客に突っ込んだりしたら大変だ。人馬とも無事に出陣し、甲冑競馬での勝利や神旗争奪戦で旗を獲得するなどの武勲をたてなければならない。

いかにも祭らしい浮き立つような雰囲気のなか、出陣の緊張感が高まっていく。

中ノ郷の騎馬武者があらかた通りすぎてから、拓馬は駐車場を出た。

四

小川橋のたもとで、螺役《かいやく》と呼ばれる騎馬武者たちが法螺貝を吹き鳴らし、陣太鼓の音が響く。出陣の合図だ。拓馬を乗せたシロも歩き出した。

道の両側は見物客でびっしり埋まっている。南相馬市の中心部を南北に貫く片道一車線のこの道は、かつて「陸前浜街道《りくぜんはまかいどう》」と呼ばれ、今は県道一二〇号線になっている。別名を「野馬追通り」という。左右に酒屋や工務店、そろばん教室、歯科医院、人々が住まう平屋や二階家などが並び、信号もあれば、青い地に白文字で「浪江・小高」などと行き先を記した標識もある。どこの街にもある、普通の生活道路だ。そこを、甲冑に身をつつんだ侍を背にした五百頭もの馬が進軍する。目的地の雲雀ヶ原祭場地まで約三キロ。沿道は何重もの人垣で埋め尽くされる。

甲冑行列は、よく「時代絵巻」と表現される。確かに言い得ているが、拓馬はこうして行列に出るたびに、子供のころ東京で見た、正月の箱根《はこね》駅伝で沿道に人があふれていた光景を思い出す。

「伝令、松下殿！」

ひとりの騎馬武者が、馬上から拓馬を呼び止めた。

「何用だ」

「はっ、一言《いちごん》申し上げます」

「うむ」

「ただ今、先頭軍者より、行列の間隔を今一度整えるよう指示がありました！」

「承知！」

拓馬は声を張り上げた。

時代がかったやりとりに、沿道から拍手が湧いた。伝令の騎馬武者がニヤリとした。拓馬の出身校でサッカー部の主将をしている土田勇作《ゆうさく》だ。先刻将子が拓馬の写真を送っていた、観光協会の土田真希の弟である。

拓馬と勇作が大声を出したことに驚いている馬が、勇作の騎乗馬を含め何頭もいたが、シロは平然としている。牝馬とは思えないほど、肝が据わっている。

この先の信号を左に入った右手の家は、車庫の半分が厩《うまや》になっている。一見、犬でもいるかのように思えるのだが、ひょいと馬が顔を出し、知らない人を驚かせる。

ここ相双地区では二百五十頭ほどの馬が繋養されている。相馬野馬追や、その関連行事に出るための馬である。家の敷地で犬と同じように人間と暮らしているのだから、繋養されていると言うより、飼われている、と言うべきか。競走馬のように富をもたらすわけではなく、逆に飼料代や治療費などで費用がかさむのに、人々は馬を飼いつづける。

独特の馬事文化がここにはある。南相馬の街そのものが、人と馬とがこの時代に共生していくひとつの形を示している。昨日今日始まったものではない。しっかりした根っこがある。だから、相馬氏の祖と言われる平将門《たいらのまさかど》の時代からつづく、野馬追の伝統が途切れない。自分もその伝統をつなぐ力の一部になっており、後世の人から見たら、伝統そのものなのかもしれない。

また、このあたりには「野馬追基準」という言葉がある。仕事の納期も「野馬追までに」と決めるなど、すべてにおいて野馬追が軸になっているのだ。

「血が騒ぐどしか言いようがねえ」

以前、なぜ野馬追に出るのか新聞記者に問われ、拓馬の前を行く軍者がそう答えていた。そのとおりだと思う。自分が南相馬の人間であることを誇らしく思い、見晴らしのいい馬の背で人馬一体となりながら、伝統の一部となって街に溶け込む心地《ここち》好さに浸りたい。そう願うことなど、すべてをひっくるめて「血が騒ぐ」のだ。

行列は野馬追通りを南下しつづけた。小川橋を出てから一時間ほど経った。行列の目的地である雲雀ヶ原祭場地の騎馬入場口近くに設置された桟敷席が見えてきた。

「お兄ちゃん」

沿道から将子の声が聞こえた。軽く頷いたが、それだけでは満足しないらしい。

「お兄ちゃん、聞こえてる!?」

「うむ」

「何が『うむ』よ。スカしちゃって」

将子の言葉に沿道から笑いが起きた。

ただでさえ陽射しが強くなり、気温が三十度ほどに上がっているというのに、恥ずかしさで体中が熱くなり、兜のなかが蒸し風呂のようになった。

「陣屋の裏にミッキーマウスのシート敷いて場所とりしといたよ。じゃ、私はお母さんと一緒にあとで行くね」

将子は手を振り、離れて行った。

懐中時計を見ると十一時を回ったところだった。

進行方向に向かって左の沿道に連なる桟敷席の向こう側に、雲雀ヶ原祭場地がひろがっている。近づくにつれ、熱をはらんで膨れ上がった祭場地の空気に威圧されるかのように息苦しくなる。一周一〇〇〇メートルのダートコースの奥にある本陣山《ほんじんやま》が見えてきた。こちら側を見下ろす斜面には四万人を収容する観客席が設けられている。普段は小高い丘にしか見えない本陣山が、野馬追の三日間だけは聳《そび》えるような高さに感じられる。

桟敷席と植え込みが途切れたところに、祭場地の騎馬入口がある。その正面で、拓馬はシロの馬体を祭場地に向けた。眼前の馬道が、甲冑競馬が行われるダートコースと、神旗争奪戦の舞台となる内馬場《うちばば》を横切り、本陣山の頂上につながる「羊腸《ようちょう》の坂」へとまっすぐつながっている。

正面の本陣山から熱風が吹き下ろしてくるかのようだ。シロも、挑むような目で、まっすぐ前を見つめている。

螺役たちが馬上で法螺貝を吹き鳴らした。

それを合図に、拓馬とシロは祭場地へと入った。騎馬武者たちは、ここ雲雀ヶ原祭場地を「原」と呼んでいる。

「原」を貫く馬道を、本陣山へと進む。左手に宇多郷と北郷、右手に中ノ郷と小高郷、標葉郷の陣屋が見える。正面の本陣山が次第に大きくなってくる。観客席にはまだちらほらと空席が見える。が、今は沿道にいる人々が、甲冑競馬が始まるのに合わせて移動してくる。昼過ぎには満席になるだろう。

コースと観客席との位置関係など、祭場地は競馬場に眺めが似ている。そのため、元競走馬が現役時代を思い出して興奮し、騎馬武者を振り落とすことも珍しくない。しかし、シロは、野馬追通りを歩いていたときと変わらず、落ちついている。

そのシロが不意に立ち止まった。どうしたのかな、と思っていると、馬道から脇に逸《そ》れて首を下げ、脚元の芝をもぐもぐと食べはじめた。

小高郷の陣屋脇でシロに水を飲ませ、仲間の馬の隣につないだ。

将子が言っていたミッキーマウスのシートはすぐわかった。そこに足を投げ出して座り、兜を脱ぐと、風が一気に汗を乾かしてくれる。

雲雀ヶ原祭場地のコースは右回りで、甲冑競馬のスタート地点は観客席から見て右奥にある。そこからホームストレッチを抜けて、救護所前の第一コーナーを右に曲がって行く。その第一コーナーから第二コーナーにかけての内馬場に、中ノ郷、小高郷、標葉郷各騎馬会の陣屋が並んで設置されている。

行列を終えた騎馬武者たちが、仲間や家族と輪になって昼食をとっている。

「お疲れさまです、松下さん」

小高観光協会の土田真希が同じシートに膝をつき、クーラーボックスをあけた。そして、「どうぞ」と、きゅうりの一本漬けを差し出した。

「あ、どうも」

どうして真希がここに来たのか気になったが、一本漬けの誘惑には勝てなかった。がぶりと食いつくと、口のなかにひんやりとした塩味がひろがる。汗をかいてから食うこいつは格別だ。夜はカツオの刺身をニンニク醤油《じょうゆ》で食べる。そして、昼はこの一本漬け。今年も野馬追の日がやって来たことを実感し、嬉しくなる。

それにしても、将子と母はどうしたのだろう。あたりを見回していると、真希がおしぼりをくれた。冷たくて、目元や首筋に当てると気持ちいい。

「お箸とフォーク、どっちが使いやすいですか」

そう言われても、家ではこんなに丁重に扱われたことがないので戸惑ってしまう。

「どっちでも。いや、箸がいいかな」

「はい、どうぞ」

おにぎりとおかずが、拓馬の前にひろげられた。ラップでつつまれたおにぎりには、白米、まぜご飯、チャーハンと書かれた付箋がついている。おかずは、玉子焼き、アスパラのベーコン巻き、鶏《とり》のから揚げ、ポテトサラダなど、拓馬の好きなものばかりだ。

「この玉子焼き、美味《うめ》え」

「よかった。玉子焼きとアスパラのベーコン巻きは手作りだけど、から揚げとポテサラはコンビニです。先に言っておきます」

と、真希もおにぎりを頰張る。まっすぐな鼻梁《びりょう》と吊《つ》り気味の目は気の強そうな印象を与えるが、けっして冷たそうではない。

「観光協会の仕事は？」

「旗獲りが始まるまでに整理本部に行けばいいので、大丈夫です」

真希とふたりきりでは間が持てないと思っていたが、将子と母が来ないなら来なくてもいい、という気がしてきた。

「松下さん、甲冑競馬には出ないんですか」

真希が紙コップに冷たい茶を注ぎながら訊いた。

「うん、あれは危ないから」

「でも旗獲りには出るんですよね。そっちのほうが危なそう」

「まあ、そう言う人もいっけどね」

甲冑競馬も、また、宵祭の日に陣羽織《じんばおり》姿で競う宵乗り競馬も、見るぶんには面白いが、出たいと思ったことはない。

「甲冑競馬も旗獲りも、真剣に前を見る乗り手の目がいいですよね」

「ああ、そうなのかな」

拓馬がふたつ目のおにぎりを手にしたとき、発走地点のほうから陣螺《じんがい》の音がした。

甲冑競馬がまもなく始まる。

まずは、螺役をつとめる騎馬武者たちによるレースが行われる。彼らは甲冑ではなく、軽装の陣羽織でレースに臨む。旗指物も背負っていない。

「さあ螺役競馬。ただ今、発馬《はっぱ》軍者の指揮旗が上がっております！」

係員のアナウンスにつづき、また陣螺が吹き鳴らされる。スターティングゲートがないので、前を向いて並んだ馬たちは、発馬軍者が振る旗を合図にスタートする。

「スタートしました。先頭を行くのは小高郷の××、二番手の騎手は女武者です」

場内実況が響くなか、ハナを切った馬がそのまま逃げ切った。

「一着は小高郷の××、二着は……」

つづいて、女性のアナウンスで協賛する企業名が読み上げられ、いよいよ甲冑をまとった騎馬武者たちによる甲冑競馬が始まる。

「甲冑競馬、一般騎馬による第一回目！　八頭立ての競走です。出走馬はみな前を向き、準備が整いました」

陣螺が吹かれ、出走馬がコースに飛び出した。

「さあ、第一レースが始まりました。この地響き、旗指物が風を切る音、これが甲冑競馬です」

土煙を上げて疾走する馬たちが近づいてくる。

馬上の騎馬武者たちが背負う旗指物が「バババババーッ！」と風を切る。その音が次第に大きくなる。それは馬たちの「ダカダン、ダカダン」という蹄音をかき消すほどのボリュームで、F1マシンのエンジン音を思わせる迫力だ。

ババババババババ━━ッ！

凄《すさ》まじい轟音《ごうおん》を響かせ、馬たちが通りすぎて行く。

近づきすぎると砂や小石が飛んできて怪我《けが》をすることもある。

旗指物が風を切る音を間近で聴いて興奮し、野馬追のとりこになったという者もいる。

「旗指物の角度を肴《さかな》にして酒が呑《の》める」とまで言われている。

甲冑競馬に出ている騎馬武者は、みな兜をかぶらず、白い鉢巻きをしている。それが風になびくさまは、何とも勇ましい。

「優勝したのは中ノ郷の××武者。おめでとう！」

アナウンスで祝福された騎馬武者は、鞭を持った手を高々と空にかざした。

拓馬はもう一度シロに水を飲ませるため陣屋脇に戻った。

真希と一緒に、将子と母の佳世子《かよこ》がいた。母は将子と姉妹に間違えられることもあるほど若く見え、通りがかる男たちはみな三人をちらちら見て行く。

「あら、お邪魔だった？」

将子の口ぶりで、拓馬と真希をふたりきりにしたのは彼女だったことに気がついた。聞こえないふりをして床几に腰かけると、甲冑競馬で騎馬武者が落馬したらしく、実況の声が大きくなった。

「おおっと、ただ今落馬がありました。放《はな》れ駒《ごま》がコースを逆向きに走っております」

「放れ駒」とは放馬《ほうば》したカラ馬のことだ。内馬場で競馬を見ていた騎馬武者やその仲間たちがコースに入り、両手をひろげて放れ駒の前に立ちはだかった。驚いた放れ駒はまた向きを変え、レースの流れと同じ方向に走り出した。これでひと安心だ。ほかの馬たちとの正面衝突は避けられる。

「放れ駒は、突然、予期せぬ方向に走りはじめることがありますので、ご観戦のみなさま、ご注意ください」

よくあることなので、アナウンスに切迫した感じはない。

レースは終わったのだが、放れ駒はまだ走りつづけている。

「あー、業務連絡。発馬軍者、発馬軍者、聞こえますか」

とアナウンスの口調が変わった。

「何だー」

発馬軍者がマイクで答えると、観客席から笑いが起きた。

「放れ駒がおりますので、次のレースのスタートは、しばしお待ちいただきたい」

「言われなくてもわがってる。いや、失礼。承知した！」

走っているうちに放れ駒は疲れたのか、おとなしくつかまった。

母も妹も、顔見知りが勝つと、手を叩いて喜んでいる。

相双地区で暮らす家族としては普通の光景だ。拓馬は小さいころから母に連れられ、妹と一緒に野馬追を見てきた。しかし、やがて大きな違和感を覚えるようになった。母と妹は、これだけ野馬追が好きなのに、家にいる馬にはまったく関心を示さない。示さないどころか、母は父に牧場をやめてほしいと思っており、しばしばそれを口に出す。

父は父で、野馬追を、不自然なほど嫌っている。

どちらもおかしい、と、野馬追も競馬も好きな拓馬は思う。母や妹は、せっかく家にサラブレッドがいるのだから、普段から接して、性質を理解したうえで野馬追を見れば、より楽しめるはずだ。父も、競走馬の余生としてこういう形があることを、どうして認めないのか。郷土愛は人一倍強いのに、地域に根づいた伝統の祭になぜ関心を持たずにいられるのだろう。相双地区で唯一の競走馬の生産者でありながら、出場する馬の九割以上が元競走馬という野馬追に理解を示さないのはおかしい。

そんなことを考えていた拓馬の前を、今行われたレースを勝った馬が駆け抜けて行った。旗印でどの騎馬武者かわかり、乗っている馬もわかる。元競走馬で、条件戦で着を拾うのがやっとだった馬だ。今、あの馬に負かされた馬のなかには、競走馬時代に重賞を勝った馬もいる。斤量、つまり、騎手と鞍などの馬具を合わせた重さが五十五キロか、五十六・五キロかという小さな違いのなか、一六〇〇メートルを一分三十二秒台、三十三秒台で走破する極限に近い次元で、鼻差《はなさ》や頭差《あたまさ》のわずかな差を競う条件下では鳴かず飛ばずだった馬が、甲冑や和鞍を合わせて百キロほどの斤量で争う野馬追の競馬では、かつての一流馬を打ち負かすことも珍しくない。

　こんなふうに、馬たちの新たな能力を引き出し、異なる力関係のなかで、違った生き方をさせるのが野馬追の懐の深さだ。

　最終の第十レースが発走すると、拓馬は頭に鉢巻きをきつく巻き、「よしっ」と気合いを入れて立ち上がった。

　真希が拓馬の背に回り、ずれた肩章をまっすぐにしてくれた。

「今年も小高神社の御神旗、獲ってください」

「うん、行ってきます」

　弁当を突《つつ》いている将子と母を見ると、ふたりは犬や猫を追い払うように手を振った。

「さあ、シロ、行ぐがァ」

馬体に浮いた汗をタオルでぬぐってやり、また水を飲ませた。

背に乗ると、股の下から上がってくるシロの体温と、上から照りつける直射日光とで、すぐに汗が噴き出す。

午後一時から、拓馬の出場する神旗争奪戦が始まる。

参戦するのは、雲雀ヶ原祭場地に集結した五百騎の半数以上の三百騎ほどだ。

ゴール付近に組まれたやぐらの脇から打ち上げられた花火が、上空で炸裂《さくれつ》する。大きな破裂音につづき、花火にこめられていた二本の御神旗が空からひらひらと舞い降りてくる。御神旗は、幅が反物と同じ三十六センチ、長さが二メートルほどで、赤、青、黄色のものがある。それをめがけて騎馬武者たちが殺到し、鞭でからめとるか、素手でつかんで奪い合う。

陣螺が鳴り響き、一発目の花火が打ち上げられた。

「よーし、来《く》っとォ」

「おっ、風で陣屋のほうさ流さっちぇいぐ」

みな、花火の炸裂音がした上空を見つめている。数秒後、青空にきらりと輝きを放つ御神旗が見える。そうして御神旗の色が明らかになる瞬間がたまらない。

御神旗は、相馬中村神社のものが青、相馬太田神社が赤、相馬小高神社が黄色である。どれを獲ってても名誉なのだが、やはり、自分たちが供奉する小高神社の黄色い御神旗を獲りたい。

三百騎もの騎馬武者たちがいっせいに重心を移動し、手綱を握る手に力を入れるので、馬たちがそれに反応して動いて旗指物が揺れ、内馬場全体がわさわさと落ちつかない雰囲気になる。

今、落ちてくるのは赤と青の御神旗だ。

「それーっ、行くぞー！」

「もっと向ごうさ落ちんでねえがァ」

騎馬武者たちが声を上げて御神旗を追う。

小高神社の御神旗ではないので、拓馬は見送ることにした。が、シロが馬群のなかに入って行けるかどうか試す意味で、手綱を絞って軽く促した。シロは、指示を受け入れ、すっと動いた。近くに馬がたくさんいるこの状況でも、いつもと変わらない。

これなら大丈夫だろう。花火は全部で二十発打ち上げられるので、御神旗は四十本落ちてくる。しかし拓馬は、最初に落ちてくる小高神社の黄色い御神旗を獲って、あとはシロを休ませるつもりだった。

――さあ、一発で決めてやろうな。

二発目が打ち上げられた。一発目より向正面《むこうじょうめん》寄りの上空で炸裂した。空を見上げて目を凝らすと、小高神社の黄色い御神旗が見えた。この風なら、二コーナーに近いところに落下しそうだ。シロを反転させ、腹を蹴った。拓馬が毎年旗を獲っていることを知っている同じ郷の騎馬武者が、馬体を寄せてきた。進行方向を、ほかの郷の十騎ほどに塞がれている。左の手綱を引いて進路を変えたら、そちらからも顔見知りの騎馬武者が迫ってきた。拓馬は、当初考えていたより右側、つまり、三コーナー側にシロを走らせながら、斜め後ろを見上げた。小高神社の御神旗は、やはり向正面の二コーナー近くに落下しそうだ。周りを二十騎ほどに囲まれた。ほかの馬もついてきて、包囲網がさらに大きくなった。拓馬が待っていたのは、このときだった。拓馬はシロの口を左に向け、隣の騎馬武者の鐙に自分の鐙をぶつけながら、強引に馬群を割った。それに動揺した馬たちが立ち止まったり斜行したりすることにより、別の方向にも馬群の隙間が生じた。シロはそこを縫うように走り抜け、向正面のダートコースとの境目に出た。そこから反転してまた内馬場の中心に戻り、落ちてくる御神旗を迎えるように走った。拓馬は左手で手綱を握ったまま馬上で立ち上がり、右手に持った鞭の先で御神旗をからめとった。すぐさま腕に巻きつけ、ほかの騎馬武者に奪いとられないようガードしながら中腰になり、馬ごみから離れた。

こんなに楽に神旗を獲ることができたのは初めてだ。

小高郷の陣屋前で、将子が飛び跳ねて手を振っている。母は携帯のカメラを向けている。整理本部の真希も手を叩いている。父がいないか探してみたが、やはりいなかった。

「御神旗を獲ったのは、小高郷騎馬武者、松下拓馬！」

総大将に報告するため羊腸の坂を駆け上がると、左右の観客席から拍手で迎えられた。

「綺麗《きれい》なお馬さんだね」という子供の声も聞こえた。

毎年ここを駆け上がっているが、こんなに自分の騎乗馬を誇らしく思ったことはなかった。馬群のなかで聞いた鐙と鐙がぶつかる金属音や怒声が耳の奥で蘇《よみがえ》る。シロが滑るように馬群を抜け出したときの感触も思い出されて、全身が熱くなった。

シロは、素晴らしい馬だ。

五

本祭が終わると、小高郷の騎馬武者は「帰り馬」と呼ばれる行列で帰還する。

戦国時代は相馬氏が居城する小高城だった相馬小高神社で御神輿《ごしんよ》の御還幸《ごかんこう》を済ませた。

雨が降ってきた。頬に当たった雨粒が、汗と一緒に滴り落ちる。去年も、一昨年《おととし》も、帰り馬を終えて陽が傾くと、それを待っていたかのように雨が降り出した。

拓馬は鎧の襟元からハンカチをとり出し、汗と雨で湿った手綱をぬぐった。

雨足が強くなった。それでも螺役たちは一列に並んで両足を踏ん張り、行事の終了を告げる法螺貝を吹き鳴らす。螺役には近所の小学生もいれば、女子高生もいる。

勇ましくも、もの悲しくも響く螺の音を聴きながら、拓馬は手綱を握りなおした。

六十騎ほどの騎馬武者が、貴船《きふね》神社前の信号から散り散りになっていく。交通規制は解除されているのだが、車のほうが馬に道を譲り、ゆっくりと通ってくれる。

小高駅を背にして陸前浜街道を同慶寺のほうに向かい、ひとつ目の信号を左に折れて、すぐ右に曲がった。仲間の騎馬武者が、右手を挙げて微笑《ほほえ》んだ。拓馬は鞭を振って応えた。下り駒を染め込んだ小旗のついたこの鞭を、正式には「振旗《ふりはた》」という。

背中の旗指物が、雨を吸って重くなってきた。

「いやあ、また馬具と鎧が傷むべしたァ」

初老の郷大将が、日に焼けた顔をしかめた。横にいる旗奉行もため息をついている。しかし、誰も雨宿りしようとせず、そのまま騎乗馬を歩かせている。みな、この雨がすぐ上がることを知っているのだ。

雨足が弱くなってきた。東の海のほうへと、黒い雨雲が流れて行く。どんなに晴れていても、毎年のように、この日の、この時間になるとにわか雨になり、すぐに上がる。

拓馬は、何か大きな力が自分たちをつつみ込み、撫でるように通りすぎて行くのを感じた。そして、もう一度ハンカチで手綱をぬぐい、空を見上げた。

阿武隈《あぶくま》山地にかかる雲がオレンジ色に染まり、風が夕刻の冷たさを帯びてきた。

路肩でシロから下馬し、電柱の脇に置かれた水桶《みずおけ》で水を飲ませた。この二日間で十キロ以上馬体が減ったようだ。炎天下で、甲冑を着た人間と大きな鞍、鉄製の鐙など、百キロ近い重量物を背負いつづけたのだから、無理もない。

将子が道を渡ってきた。雨で髪の毛が濡《ぬ》れている。

「この馬、ずっと何か食べるか飲むかしているね」

将子は、手にしたうちわでシロの顔をあおいだ。

シロが首を下げ、電柱脇の青草を食べはじめた。

「ああ、本当だな」

「お父さん、よくこの馬貸してくれたね」

「野馬追に出ると言っただけで、旗獲りに出るとまでは言わなかったからな」

「わー、旗獲りしたってバレたときの顔が見ものだね」

「あとのふたりは？」

「母さんは訪問看護に行って、真希は前川《まえかわ》の堤防で花火の準備。あとで真希にメールしてあげてね」

と拓馬を肘で突いた。

「お、おう」

「ねえ、この馬、よく見ると可愛い顔してるね」

将子はシロの顔を下から覗《のぞ》き込んだ。

「撫でてやれよ。こいつはおとなしいから」

「やだ、やっぱり怖い」

将子は出しかけた手を引っ込めた。

「いつまでこっちにいるんだ」

「明日帰る。お兄ちゃんはどうするの。内々定くれた会社に顔出さなきゃならないんでしょう」

「さあな。いろいろ案内みたいな資料が送られてきてっけど、まだ見てないんだ」

「大丈夫なの？　内々定が取り消されたりしたら、お母さん泣いちゃうよ」

拓馬の内々定が決まって、誰より喜んだのは母だった。しかし、拓馬は、自分が東京で仕事をするという未来を、実感をもって想像することができずにいた。

「じゃ、行くね。花火見に行く約束してるから」

と、将子はうちわを振って走って行った。

シロはまだ草を食べている。

――それにしても、よく食うな。

そういえば、甲冑行列で雲雀ヶ原祭場地に入ったときも、馬道の脇に生えている草を食べていた。

――まさか、お前……。

拓馬は、シロの腹に手を当てた。ひょっとしたら、子供がいるのではないか。松下ファームに出入りしている中年の獣医の、アルコール焼けした顔が思い出された。本当に不受胎なのか、もう一度妊娠鑑定してもらったほうがいいかもしれない。

ただでさえ野馬追は牝馬には過酷だと言われているのに、もしシロが本当に妊娠していたら、お腹の子が心配だ。炎天下で、百キロ近くにもなる自分を背に行列し、さらに、神旗争奪戦では他馬と激突しながら走り、羊腸の坂を勢いよく駆け上がった。

しばらく手綱を曳いて歩き、シロの様子を観察した。歩様《ほよう》に不自然なところはないし、発汗もおさまり、目の光も強い。ダメージはないように思われた。

小高川に架かる橋を渡ったところでシロの背に乗った。

道はやがて、ふた股に分かれた川の間を進み、両側に見えるのは田んぼだけになった。路肩に長さ二メートルほどの竹竿が等間隔で立てられ、丸めて油を染み込ませた布が針金で吊るされている。地元の消防団員と子供たちが、次々とそれらに火をつけていく。丸められた布は火の玉となって夕闇に浮かび、ゆっくりと揺れて地上を照らす。四千個もの火の玉が延々と連なる眺めは、暗くなるにつれて幻想的な美しさを増していく。前川の土手や、周辺の畦道《あぜみち》でも火の玉が灯《とも》りはじめ、一帯が光の粒で満たされると、大きな花火が打ち上げられる。

凱旋《がいせん》する小高郷の騎馬武者たちを迎える「火の祭」である。昔、住民たちが沿道に提灯《ちょうちん》や松明《たいまつ》をかざして侍たちを出迎え、慰労したのが始まりだという。

花火の炸裂音と人々の歓声が響き、行き交う人馬の影が、火の玉の光を受けて揺らめく。シロと、旗指物を背負った自分の影が濃くなったり薄くなったりするのを見ていると、気持ちが不思議なくらい静かになっていく。

拓馬は、こうして火の祭を見るたびに、自分は南相馬が好きなのだと心の底から思う。自分は、この土地で生まれたというより、この土地から生まれたような気さえしてくる。明日も、明後日も、来月も、そして来年も……ずっと南相馬で暮らしていく。そう決めたとき、いや、そう決めていたと気づいたとき、シロのお腹に新たな命が宿っていることを、確かな事実として感じた。

六

最終日、三日目の野馬懸は小高郷の侍たちが供奉する相馬小高神社で行われる。騎馬武者たちが裸馬を参道から境内に追い込み、御小人《おこびと》と呼ばれる男たちがそれを素手でつかまえ、神前に奉納する行事だ。千年以上前、相馬氏の始祖と言われる平将門が下総国《しもうさのくに》葛飾郡《かつしか》、現在の千葉県北西部に野馬を放ち、敵兵に見立てて軍事訓練を行ったのが始まりと伝えられている。神旗争奪戦は明治になってから、甲冑競馬は昭和になってから始められたものだが、この野馬懸は、昔の名残をとどめる唯一の神事で、これがあるから相馬野馬追は重要無形民俗文化財に指定されたと言われている。

野馬懸が終わると、妹の将子は、職場のある東京へと戻って行った。

拓馬は、内々定を出してくれた三社に断りの連絡を入れた。

父の雅之は何も言わなかったが、母の佳世子はひどく落胆していた。

拓馬が南相馬に残るということは、すなわち、この松下ファームを継ぐ、ということだ。それはまた、母と、将来拓馬の伴侶となる誰かが重荷を背負いつづけることを意味していた。

「牧場をやることで、誰にも迷惑はかけねえ」

父はそう言っていた。確かに、拓馬が手伝うまで、厩舎作業で汗と土にまみれていたのは雅之だけだったが、母の看護師としての収入がなければ食費もおぼつかない状態だ。八戸市場でモモムスメの二〇〇九が四百万円という、松下ファームにとっては破格の高値で売れたにもかかわらず、生活には一切変化がない。飼料などの支払いで、消えてしまったのだろう。

八月になった。

拓馬は、毎朝父より早い時間に牧場に出て、厩舎作業をするようになった。

そんな彼に、台所に立った母が背を向けたまま言った。

「あんた、今のままじゃ、この牧場は破綻するしかないのはわかってる？」

「うん」

「何か考えがあるの」

「生産だけじゃなく、現役の休養馬を預かったり、ゆくゆくは育成もしていこうと思っている。利幅は小さくても、確実に需要はあるから」

「詳しいことはよくわかんないけど、どうして南相馬の競走馬生産牧場がうち一軒だけになったかも考えてね」

母は震えた声でそう言った。福島だけでなく、かつて馬産が盛んだった茨城や千葉でも生産牧場が少なくなり、種馬場《しゅばじょう》もすべて閉鎖された。牧場の血を活性化したくても、種牡馬がいないのだ。北関東や南東北の馬産は、負のスパイラルに嵌《は》まってしまい、抜け出せる見込みはない。

父が黙って席を立ち、牧場事務所として使っている部屋に入って行った。

シロの妊娠が明らかになったのは、その日の昼前のことだった。エコー検査をした獣医は、どやしつけられると思っていたのか、気の毒なほどオドオドしていた。

父は、馬づくりに対して、とにかく真剣で、熱い。購入した飼料が原因で馬の体調が悪くなったときは鬼の形相で業者に詰め寄り、子馬が生まれるたびに涙を流して母馬をねぎらう。

ところが、シロの妊娠を知ったときは、黙って頷いただけだった。

その雅之に、拓馬は、シロで神旗争奪戦に出場したことを言えずにいた。大切な繁殖牝馬に過酷なぶつかり合いをさせたことを知ったら、父は烈火のごとく怒るだろう。このまま黙っていても大丈夫かもしれないが、胎児がお腹にいるときにどんな運動をしたかで接し方を変える必要があるかもしれない。やはり、きちんと伝えるべきなのか。

拓馬は、父のいる牧場事務所に入り、応接セットに腰かけた。

雅之は、頬杖《ほおづえ》をついてデスクの書類をめくり、ため息をついた。

「それは何の書類？」

拓馬が訊くと、雅之は書類をこちらに滑らせた。

「契約書だ」

シロに配合したシルバータームの種付けに関するものだ。

やはり、これだけシロのことを考えているのだから、黙っているのはよくない。

「親父、シロのことなんだけど」

「ん？」

「この前、野馬追に出たじゃない」

「それがどうした」

「あんとき、行列だけじゃなく、旗獲りにも出たんだ」

少しの間沈黙がつづいた。雅之は手にしていた湯飲みをトンとデスクに置いた。

「小高神社の旗、居間さあったな。今年も獲ったのか」

「うん、シロで出て獲ったんだけど」

「ほうが」

雅之は怒っていないようだ。

「お腹の子、大丈夫かな」

拓馬が言うと、雅之は怪訝そうな顔をした。

「大丈夫がって、なんでほだごど訊く」

「いや、旗獲りに出て、走ったり、ぶつかったりして、大丈夫だったか心配になって」

「ほだごどァ、さすけねェ」

と笑い、こうつづけた。

「昔は、急にカイ食いがいぐなった牝馬にビシビシ追い切りをかげて競馬使ったら、次の月に馬房のなかで子馬産んでたなんて話をよぐ聞いたもんだ」

翌月産んだということは、妊娠十カ月で出走したことになる。シロは妊娠三カ月だ。

「それは中央競馬で？」

「中央でも地方でも、海外でもだ。ディープインパクトの母馬だって、ヨーロッパさいだとき、お腹さ子供が入ったまんまドイツのGＩ《ジーワン》を勝ってる。調べてみィ」

デスクのパソコンで検索してみた。五年前、二〇〇五年に日本の三冠馬になったディープインパクトの母ウインドインハーヘアはヨーロッパにいた馬だ。種牡馬アラジを配合された四歳の春から夏にかけて五戦し、八月六日に行われたドイツのＧＩアラルポカルでは二着馬に二馬身差をつけて勝っている。

「本当だ、すごい」

「神旗争奪戦ぐらいで、うちのリヤンはびぐどもしねえ」

「リヤン？」

「んだ、リヤンドノール。北の絆《きずな》っつう意味だ」

「何それ」

「シロのお腹さいる子馬の名前よ。牡馬でも牝馬でも似合うべしたァ」

「あ、ああ。いい名前だね」

平気なふりをしているのかもしれないが、ともかく、ほっとした。

拓馬は、テーブルに置かれていた種付けの契約書に目を落とした。

「フリーリターン特約つき」「三十万円」「九月十五日期限払い」といった文字が見える。

どうやら、八月三十一日の時点で受胎しているかどうかを確認したうえで、不受胎なら一円も払わなくていいが、受胎していたら九月十五日までに三十万円を支払わなくてはならない、ということらしい。

父がため息をついていた理由はこれだったのか。

「親父、この三十万」

拓馬が言うと、雅之は両手を髪の毛に突っ込み、ガリガリと音をたてて掻《か》いた。

「ウーン」

「もう払ったの」

「いや」

と言ったきり、目をとじた。

「これ、おれが出そうか」

拓馬の言葉に、雅之が肩をぴくりとさせた。

「お前が？」

「うん。塾の講師をして貯《た》めた金があるし、シロが妊娠してるのに旗獲りに出た責任もあるし」

「お前が出すっちゅうのが」

と濃い眉の下から睨《にら》みつける。

「あ、ああ」

「それは、助かる」

気分を害したのかと思ったが、そうではないらしい。

「んだげんちょ」

「何？」

「母さんに何て言われっか」

「黙っとくよ」

「本当か」

と言う雅之を見て、三十万円の種付料を払えないところまで追い込まれている経営状態が心配になった。やはり、八戸市場で得た四百万円はなくなってしまったのか。

雅之は、書棚から、厚紙の表紙に「繁殖牝馬台帳」と書かれたファイルをとり出した。

昭和の初めから、松下ファームにいた繁殖牝馬に、いつ、どんな種牡馬を配合し、牝牡どちらの産駒が生まれたかを記した、牧場の歴史そのものと言える書類だ。

拓馬が、新しいほうから遡《さかのぼ》ってページをたぐっていると、雅之が微笑んだ。

「それが正しい読み方だ」

「え？」

「未来に生まれた人間の特権だァ。まず、結果を知ってから過去さ遡ってハァ、それがら時系列さ従って見てぐ。そうすっど、先人たぢの迷いど決断が見えでくっぺ」

「迷いと決断……」

「同じ失敗を繰り返さずに済む。たとえ同じごとさ挑戦したどしても、どうやったら失敗すっかわかってっど、戦い方さ幅が出でくっぺ」

「どうやったら成功するかも見るべきじゃないの」

拓馬が言うと、雅之が身を乗り出した。

「それが落どし穴よ。成功体験ってのは、実は、成功したその人だげのもんだ。誰にも分げ与えるこどはできねえ。んでも、失敗は誰でもできる。本当に多ぐを学べんのは、失敗からだァ。いつまでも自分の成功体験さしがみついでっと、だいたいコケる。ここさいい例がいっぺ」

と、雅之は親指で自分の胸を指した。

「親父の成功体験？」

「ほのうぢわがる。それよっか、何か気づかねえがァ」

雅之は台帳を顎でしゃくった。牝馬の名前を確認し、世代を遡って一枚一枚めくって、ようやくわかった。シロだけが、その母、祖母、曽祖母、四代母……と、この牧場で育まれた牝系なのだ。

「シロは、うちの基幹牝馬なんだ。三代前、おれの曽祖父《ひいじい》さんが創業したどぎは『松下農場』っつう牧場名で、そのころがら残ってる牝系だ」

「この牧場にとって大切な血」

「んだ」

と嬉しそうに無精髭《ぶしょうひげ》をこする。

「あ、シロの三代母の妹、GⅠ優勝馬を産んでるんだね」

これが父の「成功体験」だろうか。

父はそれには触れず、今度はプラスチックのファイルをとり出した。

「うぢさいる三頭の繁殖牝馬のうち、シロとモモムスメは自馬《じば》で、あと一頭は預託《よたく》ってことは知ってるな」

「うん。今いる当歳も、二頭のうち一頭は馬主さんの所有馬だよね」

一歳牝馬のモモムスメの二〇〇九は、購入者の岡村が経営する育成場に行ってしまったので、今、松下ファームにいるのは、繁殖牝馬が三頭と当歳馬が二頭の計五頭だ。

ファイルには、それらの馬に関する収支が記されている。

馬主から支払われる預託料は、繁殖牝馬が月十万円、当歳馬が離乳するまでは月三万円、離乳後は月十万円。ちなみに、一歳馬の預託料も月十万円にしている。

つまり、現在、松下ファームに入ってくる預託料は、繁殖牝馬一頭×十万円＋離乳前の当歳馬一頭×三万円という、月十三万円で、それが定収入となっているわけだ。

さらに、生産した馬がレースで上位に入れば主催者から生産牧場賞が支払われる。バブル期より大幅に減額されたとはいえ、GⅠレースなら、一着百万円、二着四十万円、三着二十五万円と、かなりの額が五着まで支払われるのだが、松下ファーム生産馬が走るような一般競走では、一着三十万円、二着十二万円、三着八万円だ。その程度しか支払われない一般競走でも上位に入るのは大変なので、あまりあてにすることはできない。

「月十三万円の定収入となると、やっぱり、母さんの給料に頼らなきゃならないか」

馬具を新しくしたり、牧柵《ぼくさく》を補修したりするのは無理だ。

「あと、繁殖牝馬所有者賞つうのもあっがら、自馬の産んだ子馬が平場でも三着以内さ入れば、それも入ってくっけどな」

と雅之はファイルを指し示した。

「でも、シロぐらい走っても、生産牧場賞と繁殖牝馬所有者賞は、現役時代の三年間でトータル二百万円台か」

「んだ。馬主さんが預託料を全額払ってくんねえどきもあっがら、大変だ」

「ちゃんと未払いぶん、つけてあるんでしょう」

「あだりめえだ。向ごうもわがってる。払う余裕があれば、払ってくれる人だ。こっちがら余計なこど言って、馬を引き上げらっちゃり処分されるよっかは、今のままのほうがいいべェ」

「処分？」

「日本人は馬を食うべ」

「あ、そうか」

食肉市場行き、という意味だ。

「フランスやカザフスタンなんかでも馬を食うんだげんちょ、ほういう食文化や、肥育業者が悪いと言うつもりはねえ。ただ、うぢらは、ほういう現実と隣り合わせで馬をつぐってる、っつうこどを忘っちゃなんねえと思うんだ」

バタンと居間のドアが閉まる音がした。母が二階に上がったらしい。

夜が更けて周りが静かになると、母屋の隣の厩舎で馬がいななく声や馬房の壁を蹴る音などがよく聞こえ、馬の気配が濃く感じられる。

居間に戻り、冷たくなった夕食に箸をつけた。明日も四時ごろ起きて、五時には仕事を始める。

自分の食い扶持《ぶち》が増えるぶん、収入を増やさなければ、母の負担が大きくなるだけだ。が、いくら考えても、預託馬を増やすぐらいしか当面の打開策は思いつかない。それも、預託料を滞納しないオーナーの馬を。

ここは、日本最大の生産者グループの外厩《がいきゅう》である山元《やまもと》トレーニングセンターから車で一時間弱だ。延伸工事中の常磐《じょうばん》自動車道が開通すればそこまで四十分ほどになる。JRA（日本中央競馬会）の美浦《みほ》トレーニングセンターへも、今は四時間近くかかるが、常磐道がつながれば三時間を切るようになる。

縄文時代に形成された浦尻《うらじり》貝塚があり、一帯を支配した相馬氏が戦国時代まで小高城に居城していたように、このあたりには古くから人々が集まった。水も土もいい。海から天然のミネラルを含んだ風が吹きつけるので、草も上質だ。

やはり、将来は、それらを生かした外厩兼育成場としてやっていくしかない。

あれこれ考えているうちテーブルに突っ伏して寝てしまい、父が起き出してくる音で目が覚めた。


理詰めで考えると、松下ファームの行く末に光はないように思われるのだが、自分でも不思議なくらい、閉塞感だとか、無力感はなかった。濃い緑に囲まれたここで海からの風に吹かれて馬の世話をしていると、この生活に暗い翳《かげ》が差す日が来るなどあり得ないように思えてくるのだ。

土田真希の存在も大きかった。彼女は、出勤前や仕事のあと、たびたび牧場に寄るようになっていた。朝、拓馬と雅之の弁当を持ってきてくれることもあるのだが、感心するのは、必ず前もって佳世子に連絡してあることだ。そのおかげで、彼女たちがダブって昼食を用意するなどのムダは一度もなかった。

「本当によくできた娘《こ》だね」

と佳世子は真希を可愛がった。

父が気づいているかどうかわからなかったが、真希がいてくれるおかげで、母の心身が壊れずにいられるのだと拓馬は思っていた。

拓馬自身、真希が来るのを当たり前のように待つようになっていた。彼女の笑い声が聞こえないと、何か物足りない。いつしか拓馬と真希は、ふたりで食事をしたり、ドライブに行ったりするようになっていた。

早くに両親を亡くし、弟と妹の面倒を見てきた真希は、年下とは思えないほどしっかりしている。

「考えてみたら、真希は、仕事も観光協会だから、人の世話ばっかしてんだな」

ハンドルを握る拓馬がそう言うと、助手席の真希は困ったような顔をした。

「それしかできないの。自分のやりたいことって考えたことがないから」

確かに真希は、何をしたいとか、どこに行きたいと口にしたことは一度もない。

「でも、綺麗な景色を見たら喜ぶってことは、心のどこかで見たいって思っていたわけだろう」

ふたりは富岡町《とみおかまち》までドライブし、小浜《おばま》の海面に白い岩肌を見せてそそり立つローソク岩をバックに写真を撮ってきたところだった。

「うん、見てから気づく感じ。来たかったんだって。自分のやりたいことを考えないほうが楽だから、こうなっちゃうのかな。タッくんみたいに、やりたいことに向かって頑張れる人ってすごいと思う」

「ぜんぜんすごくないよ。面白いこと言うなあ、真希は」

そんなとりとめのない会話が楽しかった。彼女といるだけで、胸にほんわかと温かなものがひろがった。

クリスマスはふたりで東京、お台場《だいば》のホテルに泊まった。翌日、その足で中山《なかやま》競馬場に行き、有馬記念を観戦した。拓馬が薦めた三歳馬の単勝を、拓馬自身は千円しか買っていなかったのに、真希は一万円も買っていた。意外と度胸があり、勝負強いので驚いた。スタンド前で夕闇に浮かぶ大きなクリスマスツリーを、手をつないだままどのくらい眺めていただろう――。

もうすぐ二〇一〇年が終わる。日に日に体が大きくなる二頭の当歳馬を世話しながら、来年はこの馬たちを上場する八戸のセリに、真希とふたりで行こうと思っていた。

二〇一一年　東日本大震災

一

松下拓馬は、海から吹き上げてくる風が弱まる夕凪《ゆうなぎ》の時間が好きだった。陽が西の山のほうに傾き、人馬の影が長くなる。ここに立って土と草の匂いを嗅いでいると、全身が大地にしみ込んでいくかのように安らぐことができる。

なだらかな傾斜地に貼りつくように、母屋や厩舎、放牧地がある。

海に向かって左手の厩舎の先には集落があり、海岸通り沿いの松並木が見事な枝を張り出している。右手の海浜公園の向こうには漁港と海水浴場が見え、さらに右、つまり南に目を転じると、地元の人間が「一F《イチエフ》」と呼ぶ東京電力福島第一原子力発電所が霞《かす》んでいる。

生まれてからずっと見てきたこの眺めが、以前とは違って見える。自分の生まれた場所だったここが、自分の職場、自分が生きていく場所になった。

拓馬がシロと相馬野馬追に出てからもうすぐ半年になる。

――今月と来月は忙しくなるぞ。

繁殖牝馬の放牧地にいる三頭は、みなお腹が大きい。サラブレッドの出産予定日は、種付けした日から十一カ月後と機械的に弾《はじ》き出されるものなのだが、三頭のなかで一番早いのは、「シロ」ことクロススプリングで、三月十二日の予定だ。

これから生まれる子馬は、母の名に西暦の「二〇一二」をつけて呼ばれることになる。一歳馬の放牧地にいるのは二頭。今ここには合計五頭のサラブレッドがおり、お産が無事に済めば、八頭になる。

拓馬と父の弁当を持ってきた土田真希の軽自動車が、県道を市の中心部へと走って行くのが見える。拓馬は、ブルゾンの内ポケットに手を差し入れた。三月十五日だからまだ先なのだが、真希への誕生日プレゼントが入っている。馬の蹄鉄をモチーフにしたゴールドのネックレスだ。南相馬や相馬で買うと人づてに何を買ったか伝わるかもしれないので、仙台《せんだい》まで足を延ばして買ってきた。

今年の夏から、故障した現役の競走馬を預かる業務を始める。それまでに、今は物置になっている馬房と、牧柵が壊れて使えない放牧地を綺麗にしなければならない。

「ホーイ、ホーイ」

馬たちに声をかけ、真新しい曳き手綱を手にし、収牧《しゅうぼく》の作業にとりかかった。

シロの出産予定日を翌日に控えた二〇一一年三月十一日――。

父の雅之からは、初産《ういざん》は予定日より遅れることが多いし、まだ乳ヤニも出ていないから慌てる必要はないと言われていた。それでもやはり、朝から落ちつかなかった。寝藁を多めに用意し、昨日まで自分が使っていた毛布も持ってきた。

拓馬は、生まれてくる子馬——父がリヤンドノールと名づけた馬のために、馬用のミルクや、離乳させるときに食わせる飼料などを業者に注文しておいた。そして、午後二時過ぎ、南相馬市中心部の原町区へと向かった。

業者から品物を受けとり、軽トラックに乗り込もうとしたときのことだった。地鳴りのような音がしたと思うと、急に視界が歪《ゆが》み、立っていられなくなった。最初は何が起きているのかわからなかった。アスファルトや店のシャッターが波打ち、ガラスや看板が割れる音を聞いて、とてつもなく大きな地震に揺られていることを知った。電線が鞭のようにしなって道路に当たりそうになるのを見て、拓馬は初めて恐怖を感じた。

業者の建物に戻り、ドアノブに手をかけたが、フレームが変形して動かない。やっとのことであけると、棚が倒れ、デスクに置かれていた本や書類などが散乱し、ひどいことになっていた。入口近くにあったカウンターが部屋の真ん中まで動き、床に落ちた時計の針が二時四十六分で止まっている。

「大丈夫ですか」

拓馬は、床に尻餅をついていた業者の主人に声をかけた。

「あ、ああ、さすけねえ」

倒れていたテレビを起こして、ニュースをつけた。各地の震度は、見たこともない大きな数字ばかり並んでいる。一昨日の三陸沖《さんりくおき》の地震や、その後の断続的な揺れは前震だったのか。

大津波警報も出ている。津波は三メートルほどの高さになるという。

また揺れが来た。余震だと思われるが、かなり大きい。震度四だとわかった。

拓馬は、国道六号線を松下ファームへと急いだ。カーラジオのニュースで、予想される津波の高さが六メートルになったと言っている。

信号待ちのとき、また地震が来た。震度四だ。自分と同じように家族や知人のもとに行こうとしているのか、思っていたより車が多く、なかなか進まない。

携帯電話が通じず、父とも母とも話すことができていない。

国道から松下ファームにつながる道に入ったときには、最初の大きな揺れが来てから五十分ほど経ち、午後三時半を回っていた。

拓馬は、道の途中で軽トラを降り、立ち尽くした。

海のほうから黄色い粉塵《ふんじん》が上がっている。巨大な壁となった津波だ。それはブルドーザーの化け物のようにすべてを破壊し、松下ファームと周辺の木々や建物を呑み込んだ。

ここは海岸線から一キロ以上離れているのだが、津波は、すぐそこまで到達していた。

これから、何をすべきなのか、してはいけないのかもわからない。無知で無力で無能な自分が情けなく、腹が立った。

拓馬は、軽トラの荷台に立ち、松下ファームのほうを見ていた。動くものは何もない。

——親父は、まさか……。

そう思ったとき、シロやほかの馬たちのことも急に心配になってきた。自分の頭が、心配することをようやく思い出したような感じだった。荷台に立ったまま、水が少しずつ引いて行くのをただ黙って見つめていた。どのくらいそうしていただろう。行けるところまで軽トラで行き、瓦礫《がれき》で道を塞がれたところで降りた。毎日歩いたり、車で走ったりしている道だが、どこが道でどこが路肩だかも瓦礫と泥でわからない。こんな臭いを嗅ぎながら通るのも初めてだった。磯《いそ》や市場のそれにも似ているが、もっと刺激の強い、すえたような海の臭いだ。

あと百メートルもないはずだが、道の両脇の木々が遮断機のように倒れており、さらに嵩《かさ》を増した瓦礫のせいで、少しずつしか進めない。それらを掻き分け、道脇の高くなっているところを迂回《うかい》して、ようやく牧場の敷地にたどり着いた。

厩舎も飼料小屋も流され、土台だけになっていた。放牧地や運動場には、屋根の一部や柱や家財道具や衣類、車のタイヤやシートなどが散乱していた。

海岸通り沿いの松並木が流されたため、風景がのっぺりとして見える。脅威を感じたことなどなかった海が、夕陽をはねて不気味な輝きを見せている。そんな姿さえも美しいと思わせることが、恐ろしく感じられた。

最初のうち、このあたりで動いている人間は自分だけだと思っていたが、消防団の人間だろうか、海沿いにちらほらと人影が見えるようになってきた。

「親父ー！　シロー！」

叫びながら、牧場の敷地を歩き回った。生死を分けるのは、災害発生から七十二時間だと聞いたことがある。まだ時間はある。自身にそう言い聞かせながら、父と馬たちを探しつづけた。

繁殖牝馬の放牧地だったあたりが、ヘドロまみれの潮溜《しおだま》りになっている。

――ん？

プールのようになったその潮溜りの水面が、かすかに揺れた。と思ったら、見る見る波紋がひろがり、大きな何かが立ち上がった。

拓馬は息を呑んだ。

潮溜りの真ん中で立ち上がった黒い影は、一頭の馬だった。

その馬は、じっと拓馬を見つめていた。

そして、一度大きく頷くようにしてから、拓馬のほうへと脚を踏み出した。二歩目を踏み出したとき、底がえぐれて深くなっていたのか、顔から飛び込むように転倒した。

馬はすぐにまた立ち上がり、こちらに向かって歩いてくる。

弱まる西陽を浴びた馬の毛色は、全身にこびりついたヘドロのせいで判然としない。馬は拓馬の目の前で立ち止まり、ヘドロで黒くなった顔をそっと彼の左肩に乗せ、グーッと鳴いた。

この仕草と声、膨らんだお腹……間違いない。

「シロ、生きていたのか！」

拓馬はシロの首筋をぬぐうように撫でてやった。ぬるりとした感触とともに、指の間から汚水が滴り落ちる。晴れてはいるが、南相馬の三月は冬の寒さである。このままでは風邪をひいてしまう。

どうしたものかと、拓馬は敷地を見回した。何から始めたらいいのか、頭がまったく働かない。

すると、シロが自分から歩き出した。犬のように地面に鼻をつけ、土台だけが残る厩舎へと近づいて行く。そして、自分の馬房があったところに立って前ガキをした。床に散らばっていたゴミを掻き出してやったら、シロは、壁や屋根があったときと同じように「自室」に入った。

「そうか、やっぱり自分の家が落ちつくんだな」

まず体を拭いてやらなくてはならない。乾いたタオルがあるとしたら母屋のなかだ。

母屋の一階は戸や窓を破壊され、壁の一部と柱が残るだけだが、二階は無事なようだ。

玄関も居間も泥だらけで、棚が倒れ、食器や家電などが散乱しているが、浸水したのは二階に上がる階段の途中までだった。そこで靴を脱いで二階に上がり、タオルや毛布をつかめるだけつかんで厩舎に戻った。

シロの体を拭いてから、汚れたタオルを洗おうと洗い場の蛇口をひねってみたが、水が出ない。シロと、自分の飲み水が必要だ。

拓馬が車に戻ろうとしたちょうどそのとき、トラックが停まるのが見えた。

友人の田島夏雄が運転席から手を振った。

夏雄は、両手に水の入ったポリタンクを持っていた。拓馬よりずっと速く、楽々と、瓦礫をすり抜けて近づいてくる。さすが元ジョッキーだ。

「飼料屋で、お前がこっちさ向かったたって聞いてな」

と夏雄はタンクを足元に置き、

「水、出ないだろう」

と蛇口を顎で指し示した。

「ありがとう、助かるよ」

「おい、この馬、もうすぐだぞ。ほら、乳ヤニが出てるべ」

夏雄がシロの腹の下を覗き込んだ。

拓馬は、シロが横になれるよう毛布を敷いた。

そして、転がっていたバケツを洗い、シロに水を飲ませた。

「ほかの馬は？」

夏雄が訊いた。

「わからない」

「そっか」

という夏雄の声に、地響きのような音が重なった。シロが倒れた音だ。

「大丈夫か、シロ！」

横たわったシロの体を揺すろうとした拓馬を夏雄が制した。

「参ったな。生まれっぞ。おれは乗るほうが専門だったから、馬のお産はやったことがないんだ」

「おれも何回か見たことはあっけど、手伝ったことはない」

「じゃあ、似たようなもんだな。馬ってのは、勝手に産んでることもあるっていうから、何とかなるべ」

「そ、そうだな」

不意にシロが立ち上がった。そして、馬房の床に顔を近づけ、ぐるぐる回りはじめた。

「どうした、シロ」

さっき体を拭いたばかりなのに、かなり汗をかいている。

夏雄がシロの尻を覗き込んだ。

「もうすぐ破水すんじゃねえか。寝藁を敷いてやりたいところだが、流されたか」

「ああ」

「これじゃあ足りないけど、ないよりはましだな」

夏雄は、拓馬が母屋から持ってきたタオルを床にひろげた。

そして、シロの尾を器用な手つきで束ねて結んだ。

シロが、拓馬に何かを訴えるかのように前ガキした。

「拓馬、洗面器はないか」

「洗面器？　さっき母屋の一階にあったような気がする」

「子馬がすぐに立ち上がれなかった場合、初乳《しょにゅう》を飲ませるのに使うんだ」

「さすがによく知ってんな」

「競馬学校で覚えさせられたから、知識だけはあるんだ」

拓馬が洗面器を手に馬房に戻ったとき、シロが破水し、体を横にした。

夏雄に手招きされ、シロの尻のほうに回り込んだ。驚いた。羊膜につつまれた子馬の前脚の先が外に出ている。

何度も寝返りを打つシロを見て、夏雄が頷いた。

「出産が上手な馬は、こうして体を回して子馬の姿勢を安定させんだ」

「初産なのに、さすがシロだ」

前脚につづいて顔が出てきた。そして胸部、後ろ脚の順で全身が娩出《べんしゅつ》された。

生まれてきた。

リヤンドノールは、牡馬だった。

タオルでリヤンの体をぬぐいながら毛色を見きわめようとした。芦毛の馬は、生まれたときから白やグレーなのではない。茶や黒っぽい色から少しずつ白くなっていく。この馬も、今は鹿毛にも黒鹿毛にも見える。が、母も、父のシルバータームも芦毛だから、かなりの確率で芦毛だと思われる。

シロがまた寝返りを打ち、へその緒が切れた。

「初乳はいつやればいいかな」

拓馬の問いに夏雄が答えた。

「子馬が立ち上がってから自分で飲むようにしてやればいい」

分娩から二十分ほどでリヤンは立ち上がった。横になったままのシロの乳房に拓馬が導いてやると、初乳を飲んだ。ミルクというよりハチミツのようなそれは、確かに初乳だった。

「よし、これでお前は丈夫な子になるぞ」

夏雄が笑顔を見せた。

「シロ、ご苦労さん。頑張ったな」

シロが立ち上がっても大丈夫なよう、子馬を少し離してやった。しかし、シロはお腹を波打たせるだけで起き上がろうとしない。

「綺麗な羊膜だったし、痛がってないから合併症の心配はないはずだが……」

と夏雄が首をひねった。

「シロ、シロ」

拓馬が首をかかえ込んで揺すっても、シロは横になったままだ。呼吸が弱々しい。下が硬いところで寝返りを打ったせいで、背中のあちこちに血が滲《にじ》んでいる。

「痛くないか？」

拓馬が傷に手を当てたそのとき、シロは小さく体を震わせ、横たわったままリヤンのほうに首を伸ばした。

リヤンは拓馬とシロの顔を見比べるようにしてから、しっかりとした足取りで歩き、シロの顔に鼻先を寄せた。そして、シロの乳を吸いかけたところで顔を上げ、今度は拓馬の手の匂いを嗅いでから、静かに彼の目を見つめた。

澄んだ瞳とまっすぐな鼻梁。利発そうな顔をしている。さっき生まれたばかりなのに、おとなびた意思を持っているようにも感じさせる、不思議な雰囲気の子馬だった。

シロは動かなくなっていた。

「シロ、どうしたんだ、シロ……」

まだ体は温かいのに、どこをさわってもぴくりともしない。

拓馬が初めて惚れ込んだ馬だった。牝馬とは思えない馬格、落ちついた所作、滑るような乗り味、こちらの意図をすべて見透かしているのではと思わされることもある頭のよさ。シロがいなかったら牧場で働こうとは思わなかったかもしれない。

そのシロが、死んだ。

この地震といい、津波といい、悪い夢を見ているだけではないか。一緒に野馬追に出たことが昨日のことのように感じられる。あのシロが死んだなんて、何かの間違いとしか思えなかった。

しかし、生まれたばかりのリヤンは、母の死をしっかりと受けとめているようだ。どうしてなのかはわからないが、確かにそれが伝わってくるのだ。

「おい拓馬、あそこ」

夏雄が、斜面の下の潮溜りを指さした。

その向こうに、タールを塗りたくったように黒くなった瓦礫の山がある。

ほかにも生き残った馬がいるのだろうか。

拓馬と夏雄は、ぬかるむ足元を確かめながら潮溜りに近づいた。

水面で何かが蛇のように揺れている。曳き手綱だ。拓馬は、壊れた金具のついた端をつかみ、ぐいっと引いてみた。曳き手綱の先は瓦礫の下につながっている。これはシロを曳くとき使っていたものだ。

　ということは――。

「夏雄、瓦礫の下に親父がいるかもしれない」

「何だって!?」

　父はシロの曳き手綱をつかんだまま津波に呑まれたのだ。

　曳き手綱に力をこめると、重い手応えがあった。自分も潮溜りを進みながらたぐり寄せ、引き上げると、曳き手綱を握りしめた手が見えた。節くれだった、男の手だ。

「お、親父……」

　右腕をつかんで引っ張った。頭が水中から出てきた。

　さらに引いても、体が瓦礫に引っ掛かって動かない。夏雄も左肩をかかえようとしたが、自分の体もぬかるみに埋まって、力を入れることができないようだ。

　そのとき、ふっと手応えが軽くなった。父の体が瓦礫から離れ、潮溜りの水際に滑り出てきた。

　高校時代の同級生で消防団に所属する高橋《たかはし》が、棒をてこにして瓦礫を持ち上げてくれたのだ。いつのまに来ていたのか、同じ騎馬会の後輩の土田勇作も加勢してくれた。拓馬の恋人、真希の弟だ。

地面に敷いた毛布の上に父を寝かせた。

拓馬は父を直視することができなかった。

――おれがここに残れば、親父はこんな目に遭わずに済んだのに……。

厩舎跡を振り返ると、子馬が立ってこちらを見ていた。

「息があるぞ。松下さん、松下さん！」

高橋が心臓マッサージを始めた。夏雄はタオルで雅之の体を拭いている。

拓馬だけが何もできず、ただ泣いていた。

「親父さん、すげえな。気ィ失ってんのに、曳き手綱を離さないんだから」

と夏雄が笑った。

拓馬は跪《ひざまず》いて、父の手の指を一本ずつ伸ばして、曳き手綱を抜きとった。

陽が傾き、暗くなってきた。

高橋と夏雄、勇作、拓馬の四人で、父をくるんだ毛布を担架のように持って、国道につながる道に出た。そのとき初めて、体中がこわばるほど空気が冷えていることに気がついた。今は最低気温が氷点下になる季節だ。

雅之は気を失ったままだが、ときおり手足を痙攣《けいれん》させている。

「救急車を呼ばなきゃ」

拓馬が言うと、高橋が首を横に振った。

「まともに出動できる状態じゃねえ。消防署も被災してハァ、あっちでもこっちでも死人と怪我人が出てっからよ」

車のブレーキ音がした。ワンボックスカーの助手席から母が降りてきた。同じように家の様子を見に来た知人に乗せてきてもらったようだ。

「お父さん」

母は両手で口元を覆い、立ち尽くした。

「意識はないけど、生きてるよ」

拓馬の言葉で、自分がベテラン看護師であることを思い出したかのように、脈をとったり、まぶたをひらいたりしはじめた。

「そこさ乗せるしかねえか」

高橋が拓馬の軽トラを顎で指し示した。みなで父を荷台に乗せた。入れ替わりに降ろした荷物のなかに、馬用のミルクや離乳食などが入った段ボールがあった。

「夏雄、親父を頼む」

「お前はどうすんだ」

「子馬と一緒に残る。ミルクをやらないと死んじまうし、シロもあのままじゃかわいそうだ」

父と拓馬が逆の立場になっていたとしたら、父は同じことをしたはずだ。

やりとりを聞いていた母は、拓馬にコンビニの袋を差し出し、

「ほれ、差し入れだよ」

と、呆れたようにため息をついた。なかにはミネラルウォーターとスポーツドリンク、サンドイッチが入っていた。

拓馬はリヤンのもとに戻った。

携帯電話で何度も土田真希にかけてみたが、ずっと話し中になっている。彼女が勤める小高の観光協会は、国道六号線やJRの常磐線より内陸にある。津波は届かないはずだ。弟の勇作は何も言っていなかった。彼も連絡がとれていないのだろう。

浜辺の防風林がなくなったせいか、波音がここまではっきりと届いてくる。

拓馬は母屋の二階に上がり、下着や懐中電灯、目覚まし時計などをリュックに詰め込んだ。母の通帳と印鑑も見つかった。家の骨格が脆《もろ》くなっているだろうから住むのは無理でも、自分の部屋がそのまま残っているので拠点にはできる。

厩舎跡に横たわったシロの亡骸《なきがら》に毛布をかけてやった。

リヤンには、馬着《ばちゃく》の代わりにバスタオルを巻いた。ミルクは二時間おきに与えることにした。業者から受けとったときは、なぜミルクや飼料と一緒にこんなものまで入っているのかと思った哺乳瓶が役に立った。授乳の合間に仮眠をとろうとしたが、ブルゾン一枚では体を動かしていないと寒すぎて、ほとんど寝ることができなかった。

水平線が赤く染まりはじめた。

「リヤン」

呼びかけると耳や目を動かして反応する。拓馬のそばでじっとしているが、撫でても、甘えて鼻先を寄せてきたりはしない。

母屋の一階に流れ込んだ泥や瓦礫を掻き分けて、牧場関連の貴重品——血統書や契約書や通帳、印鑑などを探し出した。

それが終わると布でリヤンの無口頭絡《むくちとうらく》をつくりながら、また二時間おきにミルクをやった。

サラブレッドが生まれてすぐ母を亡くしたり、母の育児放棄や虐待によって引き離されたりすると、中間種などの乳母をつけることが多い。しかし、そのレンタル料は八十万円ほどもする。節約しようと、人の手でミルクを与えて育てられた例も少なくない。

陽が高くなった。空は晴れ渡り、風に当たらなければ暖かくさえ感じられる。

テレビもラジオもないので、目に見える範囲外の被害状況はまったくわからない。

海辺を行き交う消防団員や自衛隊員、身内や友人を探す人の姿が多くなってきた。拓馬も、リヤンに授乳する合間に、浜辺に降りて馬たちを探した。しかし、津波による瓦礫が山のようになっており、数メートル進むだけでも相当時間がかかる。土台だけになっていたり、壁が大きく破れていたり、かろうじて崩れずにいる家や商店の周りに、見覚えのあるナンバーの車が何台も横転していた。鉄柱がなぎ倒され、テトラポッドや漁船が海岸通りのずっと内陸まで流されている。

消防団が遺体を運ぶのを何度か手伝った。その都度手を合わせ、最初のうちは知らない人でも涙を抑えられなかったが、次第に感覚が麻痺《まひ》してきた。しかし、麻痺していたのは思考だけで、割れた鏡に映った自分の目が真っ赤に充血しているのを見て、自分がまだ泣いていたことを知った。

結局、馬は見つからなかった。

午後になっても、牧場には誰も来なかった。その理由が、敷地内や周辺の瓦礫を片づけながら国道六号線に出てみてわかった。

ものすごい渋滞なのだ。特に、上りの東京・水戸《みと》方面がひどい。

野馬追に出陣するときシロと通った県道も津波に呑まれ、車や倒木、家の屋根や壁などで塞がれており、通ることができない。

リヤンはときおり厩舎を出て、拓馬が地ならししたあたりに顔を近づけ、匂いを嗅ぎながら歩き回るようになった。逃げ出しそうな気配は感じられない。

何事にも動じなかったシロの子だからか、リヤンは、ミルクを飲んでいるときも、子馬らしい幼さをあまり感じさせない。余震に揺られても驚かないし、物音に怯《おび》える様子もない。何か、精神を圧迫しそうな情報を、意志の力で遮断しようとしているかのようにも見えた。

そのリヤンが、不意に顔を上げた。

海のほうから「ボン」と花火が上がったような音がした。時計を見ると午後三時半を過ぎたところだった。

南の海岸沿いにあるイチエフこと福島第一原子力発電所から白煙が上がっている。白煙は、海風に流されながら膨れ上がっている。ここからは十五キロほどだ。あの音は爆発音だったのか。「原発」「爆発」「白煙」という言葉が組み合わさることなどあってはならないはずだが、今、こうして重なっている。

——嘘《うそ》だろう。

防風林も家並みも電信柱もすべてがなぎ倒され、荒涼たる眺めがひろがるさまといい、これは本当に現実なのだろうか。

リヤンが初めて自分から拓馬に体を寄せてきた。

「リヤン」

呼びかけると、利発そうな顔をこちらに向けた。たてがみが産毛《うぶげ》のようだ。背中に手を乗せても身じろぎひとつせず、白煙の上がる海辺を見つめている。やわらかな背が、かすかに震えている。この小さな体で、降りかかるすべてのものを背負う覚悟を決めているかのようで、いたたまれない気持ちになった。

「リヤン」

もう一度名を呼んだ。震えはおさまっていた。リヤンの体温を手のひらに感じながら、拓馬は、シロの背の感触を思い出していた。そして、父がシロとこの馬に託した夢を、自分が叶《かな》えたいと思った。

二

チチカクセイ

カタカナで六文字のメールが母から届いた。拓馬の携帯電話のバッテリーが消耗しないよう気を遣ったのか、それとも慌てていたのか。最初は意味がわからなかったが、それが「父覚醒」だとわかると、最悪の事態を覚悟していただけに、全身の力が抜けた。

その後、真希の携帯を呼び出しているときに、バッテリーが切れた。

夕刻、夏雄が食料と携帯ラジオ、そして乾電池を使う携帯電話の充電器を持ってきてくれた。普段なら十五分ほどで着く距離なのだが、渋滞がひどく、二時間以上かかったという。

ラジオのニュースで、福島第一原子力発電所から半径十キロ以内の住人に避難指示が出ていることを知った。爆発に関してもニュースになってはいるが、原因も、放射能が漏れているかどうかもわかっていないようだ。

「これからどうするつもりだ」

「とにかく、こいつの居場所を確保しなきゃ」

と拓馬はリヤンの首筋を撫でた。そのままリヤンの顔をかかえ込み、自分で編んだ頭絡をつけてやった。耳の後ろや顎の下をさわっても、じっとしている。手を離したとき、首をブルブルッと振るときの脚のひらき方や表情などはシロにそっくりだ。

「あの馬はどうする」

夏雄がシロのいる厩舎跡を指さした。

「今山さんに、火葬の手配を頼もうと思っている」

大型動物の土葬は禁じられており、火葬しなければならない。

「そっか。あの人んとこは被災してないだろうしな」

ラジオが被害状況を伝えている。津波のほか、福島市内の大きな建物も地震の揺れで壊れたという。

「ここにいるとわかんないけど、ほかのところも大変なことになってんだな」

そう言ったとき、拓馬の携帯が鳴った。

土田勇作からだった。

「もしもし……え？」

電話を切ってからしばらく、目眩《めまい》がして動けなかった。

「どうした」

「真希の車が津波に呑まれた」

「何だって？」

「車はあったけど、真希は見つかってないらしい」

どこで車が見つかったのか、訊きもらしてしまった。

――姉貴のことはおれに任せて、松下さんは子馬と一緒にいてやってください。

勇作の声が耳に残っている。

津波に呑まれても、父は生きていた。シロもリヤンを産むまでは大丈夫だった。

――真希だって、きっと……。

港のほうへと降りて行く自衛隊や消防団の車が多くなってきた。

「おれ、支援物資の輸送があっから、そろそろ行かなきゃなんない。何かわかったらすぐ連絡する」

と夏雄は立ち上がった。トラックの運転手が今の仕事なのだ。

夏雄を見送った拓馬は、へなへなとその場に座り込んだ。

「真希、真希……」

起き上がるだけの力が出ない。

息が苦しい。口元を隠して笑う、見慣れた彼女の仕草が脳裏に蘇ってくる。

――いや、まだわからない。まだわからないんだ。

自身に言い聞かせ、リヤンを見た。

リヤンはこちらに体の側面を見せたまま立っている。そろそろミルクをやる時間だ。

――この馬がいなければ、おれも今すぐ真希を探しに行けるのに。

そう考えると、哺乳瓶を持つ右手にも、リヤンの耳の後ろに添える左手にもつい力が入り、乱暴に扱ってしまう。

「くそっ！」

拓馬は、リヤンが先をくわえた哺乳瓶を引き抜き、地面に投げつけた。カランコロンと乾いた音が響く。リヤンは前を向いたまま、じっとしている。口元からミルクがこぼれ落ちた。

――どうしてお前は逃げて行かないんだ。どうして何をされてもここにいるんだ。

リヤンの脚元に膝をついて、首に両腕を回した。このまま力をこめれば折れてしまいそうだ。首をかかえたままたてがみに顔を埋めた。温かくてやわらかいリヤンは土の匂いがした。

――ごめんな、お前は悪くないのに。

立ち上がって哺乳瓶を拾い上げた。

汚れを拭きとり、またリヤンに授乳しようとしたとき、夏雄から電話が来た。

「まずいぞ。さっきの爆発で放射能が漏れたらしい。今すぐそこを出て、イチエフから離れるんだ」

原発から放射能が漏れた――絶対にあり得ないと言われてきたことだ。が、今なら何が起きても不思議ではない。

ここから十数キロ北上し、山側に少し入ったところで野馬追用の厩舎を構える知人がいる。電話を入れると、空いている馬房もあるし、馬用のミルクもあるという。

だが、どうやってリヤンをそこまで運べばいいのか。馬運車は流されてしまったし、拓馬の軽トラもここにはない。あったとしてもどのみち荷台に乗せることはできない。曳いて歩いて行くしかなさそうだ。

国道六号線は相変わらず車が多かった。南の東京方面に向かう上り車線は大渋滞になっている。だが、北の仙台方面に向かう下り車線は比較的空《す》いている。拓馬は下り車線の左端に寄り、北に向かってリヤンを曳いた。幸い、こちら側には歩道がある。パカッ、パカッという小さな蹄音は車のエンジン音にかき消され、ほとんど聞こえない。蹄鉄を履いていないので、アスファルトの上を歩くと爪がすり減る。そのうち出血するのではないかと心配だった。

すっかり陽が落ちてしまった。拓馬とリヤンが歩いているのとは反対側、右側の車線をのろのろ進む車のヘッドライトは、はるか彼方《かなた》まで連なっている。

海側は暗くてほとんど見えないが、ときおりすえた臭いがして、津波が近くまで押し寄せたことがわかった。

どのくらい歩いただろう、歩道がなくなり、車線の端を歩いていたとき、後ろからクラクションを鳴らされた。「フォーン」という、トラックなど大型車に特有の音だった。振り向くのも億劫《おっくう》だったので、さらに路肩に寄った。それでも執拗《しつよう》にクラクションを鳴らしてくるので、立ち止まってやりすごそうとしたら、そのトラックも停車した。

運転席から人が降りてきた。拓馬と同年代の女だった。

女が野球帽を脱ぐと、長い髪がこぼれ落ちるように肩を隠した。切れ長の目に見覚えがあるような気がするが、いつどこで会ったのかは思い出せなかった。女が訊いた。

「どこまで行くの?」

「原町区の山中《やまなか》トレセンまで」

拓馬が答えると、女が呆れたように笑った。

「あんなところまでその子を曳いて行く気?」

拓馬が話そうとするのを遮るように、女が言葉をつづけた。

「乗っていきなさい。この馬運車は三頭積みで、もう満員なんだけど、その子なら大丈夫だから」

ーフ

「馬運車？」

よく見ると、コンテナの窓から馬の顔が覗いている。

リヤンを馬たちの間に押し込むように乗せ、曳き手綱をポールにつないでから、助手席に乗り込んだ。足元に飼料の袋と、スイセンやデージー、ポピーなどをまとめた花束が置かれていた。

「生きている馬を見つけたら、水と飼料をあげているんだ。花は、間に合わなかったとき、手向けてあげるためのもの」

彼女は津波に呑まれた馬を助け出し、どこかに運んでいるらしい。拓馬にこう訊いた。

「あの子のお母さんはどうしたの」

「昨日、あの馬を産んですぐ死んだ」

「そうか、松下君の牧場の生産馬ということは、去年の野馬追に出ていた芦毛馬？」

なぜ自分のことを知っているのだろう。記憶を探りながら女の顔を横目で見ようとしたとき、ダッシュボードに「ＮＰＯ法人　相馬ホースクラブ」とプリントされたリーフレットがあることに気がついた。それでわかった。田島郁美。夏雄の姉だ。ここ数年は、野馬追のとき禰宜《ねぎ》の白装束姿で馬に乗っているところしか見ていなかった。だから、ラフなスタイルをしたこの女が郁美だとは気づかなかった。

「松下君の子馬も、うちで預かろうか」

「い、いえ、もう山中さんに頼んだので、結構です」

「やっと私のことを思い出してくれたか。急にあらたまった話し方しちゃって」

「すみません」

結局、郁美が代表をつとめるNPO法人の厩舎にリヤンを連れて行くことにし、山中には断りの電話を入れた。

「元気ないね」

黙っている拓馬に郁美が言い、つづけた。

「夏雄から聞いたよ、観光協会の彼女のこと」

「そうですか」

「まだ連絡つかないの」

「はい」

「そっか。でも、そういう思いをしている人、あなただけじゃないから」

郁美から顔を逸らすように窓をあけた。月が出ている。日常とかけ離れたことが短時間のうちに起きすぎたせいか、夜空に普通に月が浮かんでいることのほうが、かえって不思議なことのように感じられた。

南相馬市鹿島区では、国道のすぐ脇まで何艘《そう》もの船が流されてきていた。

しかし、さらに北上し、相馬市に入ると、屋根にブルーシートをかぶせた家が目につくものの、それほど大きな被害を受けているようには見えなかった。海辺から離れたこのあたりは、ちゃんと信号が作動しているし、家々に明かりが灯っている。

「着いたよ。馬を厩に入れるの手伝って」

相馬中村神社の社《やしろ》の前に馬運車を停め、馬たちを降ろした。郁美が先に積んできた三頭のなかに、松下ファームの馬はいなかった。

厩舎は社の右手の坂を上った高台にあり、人間だけなら社務所の裏から小道を通って行き来することもできる。トタンとベニヤでつくられた、二十ほど馬房のある厩舎は清潔に保たれており、通路に筋状の箒目《ほうきめ》が残っている。

社務所の前庭には十人以上の男女がいて、炊き出しで使ったらしい大きな鍋や紙皿、割り箸などを片づけたり、洗ったりしている。電気、ガス、水道といったライフラインすべてが通じているようだ。

「社務所の大広間を避難所として開放しているの。近くの人たちばかりじゃなく、原発から二十キロ圏内の人やボランティアも少しずつ集まっている」

ここはイチエフから四十キロ以上離れており、放射能の心配はないという。

「ぼくもここで休んでいいですか」

「もちろん。食事も私たちと一緒だから心配ないわ」

大広間にいるのは三、四十人だろうか。折り重なるように布団が敷かれており、どれが誰のものかは決まっていないようだ。暖房器具はないが、これだけ人がいると暖かい。

夜中に一度リヤンにミルクをやり、広間に戻って横になった。携帯電話の目覚ましアラームが鳴る前に、物音で目が覚めた。

三

大きなリュックサックを背負い、スコップやつるはしを持ったボランティアのグループが広間から出て行くところだった。

まだ夜が明け切っていない。午前五時前だ。服のまま寝ていた拓馬も布団を出て顔を洗い、厩舎に向かった。

頬をこする風が痛いほど冷たい。笛のような鳴き声はヒヨドリか。こぼれ種で咲いたらしいオキザリスの黄色い花が、うつむくように揺れている。鳥のさえずりが聞こえ、小さな花があるというだけで、津波に呑まれた自分の牧場に比べ、ずいぶん賑《にぎ》やかに感じられる。

突如、厩舎から大きな音が聞こえた。馬が馬房の壁を蹴ったのか。早足で厩舎に入ると、リヤンの向かいの馬房に入った中間種が暴れていた。

中間種は耳を絞り、目を剝《む》いてリヤンを威嚇している。なだめる郁美に嚙みつこうとするわ、鼻先でほかのスタッフの顔にパンチを食らわそうとするわで、大騒ぎだ。

「ごめんなさい。松下君の子馬、厩栓棒《ませんぼう》の下から抜け出していて、危うくこの馬に蹴られるところだった」

おそらくリヤンが不用意に近づいて怒らせたのだろう。人間やほかの馬を信頼するのはいいが、警戒心がなさすぎる。

リヤンに怪我はないか、首や背中、腹の下やトモをマッサージするように撫でて確かめた。相変わらず体のどこをさわられても嫌がらず、おとなしくしている。だからといって甘えてくることもないのは、ひょっとしたら、人間に頼り切っているというより、生きるためにはいろいろなことを我慢しなければならないと本能的に理解しているからか。本当は、この中間種に攻撃されて、小さな胸が傷ついているのかもしれない。

昨日より、目の周りの毛の白さが目立つ。今はまだ鹿毛のように見えるが、やはりリヤンは両親と同じ芦毛なのだろう。

鼻にしわを寄せて猛《たけ》り狂っていた中間種が、ようやくおとなしくなった。少し経つと、厩栓棒の隙間から鼻先を出して、リヤンを気にしている。先刻までとは別の馬のように目が優しい。

「あれ、急に態度が変わったね」

郁美が笑みを見せた。

拓馬は、リヤンにミルクを飲ませてから、郁美たちが昨日までに救い出した馬を見て回った。「馬名不明」「被災」と書かれたプレートが貼られた馬房がいくつかある。何度確かめても、松下ファームにいた繁殖牝馬のモモムスメとハマビジン、そしてそれらの産駒である二頭の一歳馬はいなかった。

野馬追のために繋養されている多くの馬が津波で流された。しかし、馬は総じて泳ぎが上手なので、津波に呑まれても生きているケースは存外多いという。それでも、ここにいる馬たちの多くが、体中に傷を負っていた。

「これから被災馬を探しに行くけど、松下君はどうする」

「いや、子馬にミルクをやらなきゃ……」

拓馬が言いかけると、高校生ぐらいの女の子が手を差し出した。

「私たちがやります」

拓馬は彼女に哺乳瓶を渡し、礼を言った。

「ありがとう。二、三時間おきにやってくれるかな」

彼女はこくりと頷いた。

鹿島区の浜辺にいた被災馬一頭を積んでから、昼過ぎ、中央病院の近くで降ろしてもらった。

母の佳世子が看護師として働くそこに、父の雅之が入院している。

院内は、待合室も廊下も、ストレッチャーや床に敷いた毛布に寝ている人で一杯だった。地震と津波に襲われてから二日経つのだが、ここは時間が止まっているように感じられた。看護師や職員に話しかけるのもためらわれるほど、騒然としながらも、重い疲労感の漂う、異様な雰囲気だった。

「お兄ちゃん！」

妹の将子が、廊下で横になった人の間を縫うように走ってきた。

「将子、どうやって帰ってきたんだ」

新幹線も常磐線も止まっている。また、高速道路は全線通行止めになっているし、国道六号線も場所によっては通れない。

「二本松《にほんまつ》から川俣《かわまた》を抜けて、さっき着いた」

「東京から自分で運転してきたのか」

「うん、十時間ぐらいかかった。それより、真希が……」

「このあと探しに行く。親父は？」

「二階にいるよ、こっち」

と拓馬の腕をつかむ手が震えていた。歩きながら奥歯を噛みしめているのがわかった。

父は階段を上がってすぐの病室の一番奥のベッドにいた。

拓馬に気づくと、目だけをこちらに向けて訊いた。

「馬はどうなった」

「みんな津波で流された。シロは生きていて、子馬を産んだけど……」

父が命がけで守ろうとしたシロの死を告げるのはためらわれたが、伝えねばならない。

「シロは、リヤンを産んでから、死んだ」

父の表情が凍りついた。

「シ、シロが、死んだ。あのシロが、この世さいねってこどか。シロが？」

うわごとのように「シロ」と繰り返す父に拓馬が言った。

「リヤンは無事だよ。牡《おす》で、たぶん芦毛だ」

「ほ、ほうが」

「今は相馬中村神社の厩舎にいる。馬用のミルクをやるよう頼んである。ほかの馬は生きてんのか死んでっかもわからない。厩舎は土台だけになって、飼料小屋も流された。母屋も一階はグチャグチャだけど、二階はどうにか使える」

「様子、見に行きてえな」

「バカなこと言わないで」

将子が声を荒らげた。

「怪我の具合はどうなんだ」

拓馬が訊くと、将子が枕元のワゴンに置かれていた診断書をひろげた。病名の欄には、骨折、損傷、断裂などの文字がずらりと並び、要約すると、両脚と骨盤を複雑骨折し、膝と肘の靭帯《じんたい》を断裂したため歩くことも腕を動かすこともできず、鎖骨や肋骨《ろっこつ》もあちこち折れている、といったところだ。

母が早足で廊下を通りすぎた。病院に泊まり込んでいるようだが、いつまでもそうするわけにはいかないだろう。将子も寝るところがない。公民館や体育館などの避難所に行くしかないのだろうか。

昨日の東京電力福島第一原子力発電所の爆発は、水素爆発だったらしい。半径二十キロ以内の住人に避難指示が出されたが、それがどういう意味の指示なのかは、わからなかった。

松下ファームはイチエフから十五キロほどだ。避難指示区域であることは間違いない。

「拓馬、もういいがら、早ぐ真希ちゃんのとごさ行ってやれ」

父が顎をしゃくった。

病院の駐車場に拓馬の軽トラがあった。夏雄か母が父を乗せてここまで運転してきたのだろう。キーはついたままだった。

勇作に電話をして真希の車のある場所を聞き、軽トラで松下ファームよりさらに南に向かった。避難を呼びかける市の広報車とすれ違った。

路上の瓦礫が脇に寄せられ、車で行ける範囲がひろがっている。

勇作から聞いた場所まで来た。軽トラから降り、背丈より高い瓦礫の山を越えて先に進もうとしたとき、足が止まった。赤い軽自動車がボディ側面を下にしてひっくり返っている。真希の車だ。

近づくのがためらわれた。真希を探しているはずの勇作の姿もないし、彼のバイクもない。もう一度電話をかけた。呼び出し音が十回以上繰り返されてから勇作が出た。

「勇作か。今どこにいる」

「区立体育館です」

そこはここから何キロも内陸に入ったところだ。

「何で体育館に――」

そう言いかけたとき、勇作の嗚咽《おえつ》で意味がわかった。

――真希が、死んだ……。

波音も、風の音も、ときおり近くを通る車のエンジン音も、ただ自分の体を通り抜けて行くように感じられた。

真希が、死んだ。拓馬は軽トラのドアに背を預けた。今、自分の目に映っているものは何なのだろう。真希がいなくなった世界など、本当に存在するのだろうか。

どこをどう通って小高区立体育館まで来たか、まったく覚えていない。

三日ぶりに拓馬は真希の顔を見た。どこにも傷がついていない。髪の毛も整えられていて、本当に眠っているようだった。去年の秋、寶蔵寺《ほうぞうじ》に紅葉を見に行って初めて手をつないだときと変わらぬ、綺麗な手をしている。明後日、二十二歳になるはずだった。

「地震が起きたときは観光協会にいたのに、津波警報が出たら、海辺の住人に避難を呼びかけに行ったそうです」

震える声で勇作が言った。

「そうだったのか」

真希らしいと思った。

「姉貴はいつも我慢ばかりして、自分のことは二の次で、やっと松下さんと一緒に……」

そこから先は言葉にならなかった。

「真希、真希」

呼びかけても返事をしないのが不思議でならなかった。

ブルゾンの内ポケットからネックレスを出し、真希の首につけた。可愛らしい蹄鉄のモチーフが、よく似合っていた。

四

拓馬は、自分がこんなに涙を流す人間だということを初めて知った。相馬中村神社の大広間でボランティアや地元住民と雑魚寝《ざこね》しているときも、真希の笑顔や声がふと思い出されて涙が出る。周囲に悟られぬようそっと洟《はな》をかむのだが、誰かが同じようにしゃくり上げるのを我慢している気配がわかると、不思議と少し気持ちが落ちつく。

——そういう思いをしている人、あなただけじゃないから。

郁美にそう言われたときは、突き放されたように感じたが、そうではなく、同じ悲しみを持つ人と共感し合うことが力になることを初めて知った。

拓馬は、とにかく生きるしかないのだ、という当たり前のことに気づかされ、意を強くした。強がっているわけでも、開き直っているわけでもなかった。

そう、生きるしかないのだ。自分も、家族も、仲間たちも、そしてリヤンも。

翌日、拓馬は、松下ファームに近い海辺で、牧場にいた馬たちを探した。

被災馬は、繋養されていたところから何キロも離れた場所で見つかることも多いと郁美から聞いている。もともと食べられる草を求めて移動する動物なので、帰巣《きそう》本能は強くないのかもしれない。

車を停め、村上城址《むらかみじようし》と蛯沢稲荷《えびさわいなり》神社を背にし、左手に海を見ながら南へと歩いた。

村上城は、戦国時代に猛将として知られた相馬氏第十六代相馬義胤《よしたね》が、小高城から居城を移すべくつくりかけたのだが、火事で焼失したため築城をとりやめたという未完の城だ。

しばらく歩くと、橋が流されて渡ることのできない川に突き当たった。上流から人が来る。消防団の高橋だ。

「やっぱり拓馬か。彼女、残念だったな」

「うん、お前も、大変なときに親父を助けてくれて感謝している」

高橋も、津波で祖父が行方不明になるなど被災していた。

「親父さんはどうだ」

「あちこち骨折して歩けないけど、口だけはよく動く」

「いがったな。ほうだ、さっき、あっちのほうさ馬がいだっていうがら、行ってみてくんねえか。誰もつかめねぐて困ってたからよ」

と高橋は上流を指さした。

「おう、わがった」

川の左岸に沿って上流に向かうと、林の奥から男たちの声が聞こえてきた。消防団の青いジャンパーを着た男たちと睨み合うように、一頭の馬が立っていた。さほど体は大きくなく、流線型の胴体はすっきりしている。おとなの繁殖牝馬ではない。泥で汚れているが、毛色は鹿毛だろう。

——ひょっとしたら、あいつは……。

拓馬は持ってきた曳き手綱をかざして、「ホーイ」と呼びかけた。

　鹿毛馬がこちらに顔を向けた。近づくと、細い流星が見えた。間違いない。今年一歳になった牝馬、モモムスメの二〇一〇だ。母のモモムスメも、この馬も、拓馬は「モモ」と呼んでいた。

「モモ、おれだ、わかるか」

　モモに声をかけ、消防団の男たちに会釈した。男たちは手を振って離れて行った。

　モモは、球節《きゅうせつ》から下を水につけたまま、じっと立っている。ゆっくり近づき、頭絡をつけようと右手を挙げたら、驚いたのか、びくんと全身を震わせた。

「ほーら、大丈夫だ」

　そっと頭絡をつけ、曳き手綱をつないだ。

「歩けっか、向こうだ」

　去年予想以上の高値で売れた全姉《ぜんし》と同じく、今年の八戸市場に上場するつもりだった。見栄えのする歩き方や、駐立の姿勢をとる練習を始めたところだった。

　馬は、犬のように尾を振って喜びを表現することはできないが、曳き手綱に軽く力を入れるだけでついてくる一体感で、気持ちを確かめ合うことができる。モモは間違いなく拓馬を待っていて、今も、拓馬に会えて喜んでいることが伝わってくる。

「お前の近くにいっと、体温であったかいよ」

　モモは、人を見かけるたびに立ち止まり、物音がすると耳を落ちつきなく動かし、小さく鳴く。よほど怖い思いをしたのだろう。

蛯沢稲荷の近くまで戻ったとき、土台と柱だけになった家の脇で、スコップを手に瓦礫を持ち上げている高橋の後ろ姿に気がついた。

「高橋、馬がいたぞ！」

声をかけても、高橋は背を向けたまま、瓦礫の下を見つめている。それからゆっくりと振り向き、軍手をした手で目元をぬぐった。泥で汚れた顔をまた下に向け、首を横に振った。

命を落とした人が、そこにいるのだろう。

馬を見つけて舞い上がっていた自分が恥ずかしくなった。

「松下、早く行け」

高橋が消え入るような声で言った。

「いや、おれも手伝う」

「いいから、すぐ連れて行ってやれ。同じ命だ。それに、そいつは生きている」

と、彼は再び瓦礫に向き合い、今度は手で丁寧に木の枝や鉄板などをとり払う作業を始めた。

「すまない」

拓馬は高橋の向こう側に手を合わせて、また歩き出した。

あそこで亡くなった人も、真希も、シロも、モモも、自分も、家族や仲間たちも、高橋が言うように同じ重さの命なのだろうか。今答えを出すことはできないが、そう考えないと、津波のなかを生き抜いたこの一歳馬を助けることはできないと思った。

少し経つと、沈んだ気分がさらに暗澹《あんたん》たるものになった。モモの両前脚の球節の腫れがひどいのだ。

将来、競走馬として走ることなどできないかもしれない。

松下ファームが見えてきた。モモを曳いて歩きながら、「同じ命だ」という高橋の言葉を反芻《はんすう》した。

自分に救える命があるなら救う——今の拓馬にできるのはそれだけだった。

五

父は南相馬市原町区の中央病院に入院中だ。母と妹は避難所を出て、病院に近い友人宅に泊めてもらうようになっていた。拓馬だけが少し離れた相馬市の相馬中村神社で寝泊まりしている。

朝は相馬中村神社にあるNPO法人「相馬ホースクラブ」の厩舎作業、昼は海辺で馬を探し、夕方、この神社や近隣の避難所にいる人々のための炊き出しの手伝いをする

——という日々が始まった。

夕方の厩舎作業は、相馬ホースクラブのスタッフやボランティアがやってくれる。拓馬は、炊き出しを終えたあと、放牧地でリヤンと一緒にいることができた。

一週間ぐらいでずいぶんリヤンの見た目が変わった。体が大きくなるにつれ、全身がグレーブラウンとでも言うべき色になってきた。ここではサラブレッドの当歳は珍しいので、立ち寄った人は必ずリヤンの様子を見に来て、顔を撫でるなどしていく。

だいぶ馬らしい見た目になってきたリヤンの首筋を撫で、郁美が言った。

「みんなの様子を見て思ったんだけど、この子には、支援物資になってもらおうかな」

「支援物資？」

「そう、いずれは松下君も」

どういう意味か訊いても、「そのうちわかるから」とはぐらかされた。

拓馬が連れ帰ったモモムスメの二〇一〇もここで過ごすことになった。しかし、津波で負った傷、特に心の傷はなかなか癒えず、人に体をさわらせようとしないし、嚙みつこうとしたり、尻を向けて蹴ろうとする。カイバの食いも細くなり、骨格や筋肉の発達に悪い影響を与えそうで、心配だった。

リヤンにも気がかりなことがあった。ほかに当歳馬がいないせいもあるのだろうが、普通なら飛び跳ねたり駆け出したりする時期なのに、同じ放牧地にいる一歳上のモモや、十歳以上の馬たちと同じように、ゆっくり歩いたり、横になったりするだけなのだ。競走馬に必要なバネや活力、闘争心などは、あまりないのかもしれない。

四月になった。海辺から助け出した馬たちの大半が毎年相馬野馬追に出場している馬なので、地元の獣医師や装蹄師《そうていし》が、個々の特徴を覚えていた。血統書が流されても、彼らの記憶に頼って馬の「身元」を割り出し、飼い主に引き渡した。飼い主が被災して受けとれない馬は、引きつづき境内の厩舎で預かることになった。三十ほどの馬房は一杯で、それらにカイバを与えたり、寝藁を替えたりする作業は大変だったし、それ以上に、郁美が飼料代や薬代を工面するのに苦労しているのがわかった。

晴れた日の午後、運動場を兼ねた放牧地に十頭ほどの馬を放した。

地元のテレビ局と新聞社が、被災者と被災馬の集まるここを取材に来ていた。拓馬は郁美に呼ばれ、放牧地の出入口で馬たちの様子を眺めていた。

レポーターが郁美にインタビューしているとき、馬たちが急に騒ぎ出した。

放牧地に大きなイノシシが迷い込んできたのだ。

「松下君、子馬を外に出して。イノシシを刺激しないように、そっと」

郁美に言われ、出入口の鉄棒を外そうとした。が、音をたてないようにしようとすると引っ掛かって、なかなかあかない。

放牧地の奥にいるイノシシが動きを止め、こちらをうかがっている。

一頭の馬が大きくいなないた。以前、リヤンを攻撃した中間種だ。二十メートルほど離れたところにいるイノシシの体が、中間種に向けられた。

拓馬は曳き手綱を持って放牧地に入った。そして、忍び足でリヤンに近づいたとき、また中間種がいなないた。

「リヤン、行くぞ」

曳き手綱をつなぐ時間はないと思い、声をかけた。

中間種はパニックに陥っており、何度も尻《しり》っ跳《ぱ》ねをして、後ろ脚で立ち上がろうとする。それを攻撃と勘違いしたのか、イノシシがこちらに向かって突進してきた。

郁美も放牧地に入ってきて、曳き手綱で中間種の尻をひっぱたいた。

中間種がようやく出入口に向かって歩き出した。

しかし、リヤンは、くるりと体を反転させ、放牧地の奥へと駆けて行く。走りながら何度も飛び跳ね、まるでイノシシを挑発しているかのようだった。

イノシシが標的をリヤンに替え、土煙を上げて向かってきた。

リヤンはジグザグに駆けたかと思うと放牧地の奥でターンし、怒り狂ったように突っ込んでくるイノシシにまっすぐ向かって行った。

拓馬の近くにいた家族連れから悲鳴が上がった。

ぶつかる、と思った刹那、リヤンが舞うようにイノシシの上を飛び越えた。

イノシシは勢い余って牧柵に突っ込み、大きな音をたてて転倒した。すぐさま立ち上がってリヤンに突進しかけたが、息が上がったのか、数歩走ったところで立ち止まった。リヤンはゆっくりとイノシシに歩み寄り、匂いを嗅ぐように顔を近づけた。イノシシは、リヤンを避けるように反転し、放牧地の外へと逃げて行った。

それを見送ったリヤンが前ガキをした。こうして馬が前脚で地面を引っ掻くようにするのは、何かを要求したり、不満があったりするときだ。人にも馬にも甘えず、自分の存在を主張することもないリヤンが前ガキをするところを、拓馬は初めて見た。

中間種をイノシシから守るために立ち向かったように見えたが、実は、イノシシと遊ぼうとしただけなのかもしれない。

――何だよ、イノシシさん、もう帰っちゃうの？

という前ガキだったのか。

しかし、周りの人間たちは、そうはとらない。リヤンが、中間種や拓馬たちのいるほうへ戻ってくると、見守っていた人々は拍手で迎えた。

「仲間を守ろうとしたんだね」

「勇敢な子馬だなあ」

子供たちに頭を撫でられたり、首に抱きつかれたりしても嫌そうな素振りを見せない。テレビカメラやスチールカメラが近づいてきても平然としている。

「この子馬の名前は？」

と急にマイクを向けられた拓馬が、

「クロススプリングの二〇一一です」

と答えると、女性リポーターが一瞬絶句したのち、拓馬の顔を覗き込むように言った。

「変わった名前ですね」

「母馬の名と、生まれた年からそう呼ぶのが普通です」

そう言ったとき、右のふくらはぎに痛みを感じた。郁美に蹴られたのだ。

リポーターが質問をつづけた。

「では、この子馬のニックネームは？」

「特にないです」

「普段どう呼んでます？」

「うーん、『おい』とか、たまに『チビ』とか」

リヤンドノールという父がつけるつもりの馬名も、リヤンという呼び名も言わずにいた。今はまだ、あまり多くの人に知られたくないからだ。

クルーはもうカメラを回していなかった。

「ごめんなさいね、つまらない男で。気の利いたことが言えない性格なの」

とリポーターに手を合わせた郁美が、拓馬に向き直った。

「松下君、マスコミ対応はうちにとって大切な仕事なんだから、せめて笑顔でお願い。こういうときだからこそ、つくり笑いで自分たちを元気づけるくらいのつもりで、ね」

なるほど、と思った。このところ、津波で行方不明になっていた家族や知人が亡くなっていたという報《しら》せを受けとる人が多くなっている。打ち沈んだ気持ちが、笑顔で軽くなることもあるのかもしれない。

その夜、テレビの被災地リポートで、このNPO法人「相馬ホースクラブ」が紹介された。心温まるシーンとして、リヤンがイノシシに顔を寄せ、拓馬のもとに帰ってくるところが放送された。リヤンが走って、ジャンプしたところは撮影できなかったようだ。リヤンと触れ合った子供たちの声は紹介されたが、拓馬のインタビューはカットされていた。

翌朝、拓馬が厩舎作業をしていると、郁美が新聞を差し出した。

社会面のトップに、リヤンが四肢を伸ばしてイノシシの上を飛び越える写真が大きく掲載されている。脇の小さな写真は、リヤンに手を差し出すふたりの子供と拓馬のカットだ。リヤンも子供たちも拓馬を見つめ、腰に手を当てた拓馬が笑っている。「さわってもいい？」と子供たちに訊かれ、「どうぞ」と答えたときのショットだ。

記事は、これが初回の連載コーナーで、コーナータイトルは「絆」となっている。シロの母系が拓馬の高祖父の代にいた馬に遡る貴重な血統であることまで書かれている。

〈名馬スペシャルウィークも、生まれてすぐ母と死に別れながらも強く生き、ダービー馬となった。自身が愛らしい姿をした「絆」となって、人馬の結びつきを確かめさせてくれた、この子馬。順調なら二年後、二〇一三年の夏ごろには競走馬としてデビューする〉

郁美が言った。

「これでこの子の名前が決まったね」

「はい。実は、もともとこの記事のタイトルと同じだったんです」

「キズナ？」

「意味はそうです」

「どういうこと」

「リヤン・ド・ノール」

「ん？」

「フランス語で『北の絆』という意味です。親父がつけたんです。母馬のお腹のなかにいるときから、この馬の名前はリヤンだと」

「そういえば、松下君、ときどきそんなふうに呼びかけていたわね。何て言っているのかなと思っていたの。リヤンだったのか」

「はい。でも、名前はしばらく内緒にしておいてください。誰かに先に馬名登録されたら、親父に怒られるので」

「了解」

「リヤンは、『絆』という意味の名前を授かることが決まっていたんですね」

まず名前が先にあった。この子馬は、絆——リヤンという名の馬になるために生まれてきたのだ。

拓馬がもう一度「リヤン」と口にすると、リヤンは顔をこちらに向け、まばたきした。

六

「もう少しお馬さんの近くに立ってくれるかなあ？　そうそう、いいよー。ハイ、いちたすいちは？」

「にー！」

と子供たちが声を出したところで、拓馬はシャッターを押す。

拓馬とリヤンは、相馬中村神社を拠点とするNPO法人「相馬ホースクラブ」で、郁美が言うところの「支援物資」として働くようになっていた。普通、支援物資というと、食料品や衣類、燃料などだが、「被災地の需要に応え、人々の日常を支える」という意味では、リヤンも同じだった。

拓馬とリヤンは、震災の影響で入学や進学、子供の日などの記念撮影をできなかった子供たちのために、格安で撮影を請け負い、売上げを馬の飼料代や薬代などに充てるようになっていた。相馬野馬追の飾りをつけたリヤンが、子供たちと一緒に写るモデルとなり、拓馬がカメラマンを担当した。拓馬自身も大学の卒業式に出られなかったので、リヤンと一緒に記念写真におさまった。

口コミで評判がひろがり、馬運車で出張撮影に行くことも多くなった。その様子がマスコミで紹介され、日本中からリヤン宛てに手紙や馬着、ぬいぐるみ、ニンジン、義援金などが続々と送られてくるようになった。存在が知れ渡ると、やはり呼び名が必要になってきた。だからといって、呼んでもいない「チビ」も、母馬の愛称だった「シロ」も抵抗があったので、いっそのこと「リヤン」と呼んでもらうことにした。震災を機に、ツイッターやフェイスブックなどのSNSを利用する人が急激に増えていた。馬房に「リヤン　牡当歳　芦毛　父シルバーターム」と記したプレートを貼り、その横でこちらを見るリヤンの写真をそれらのSNSで発信したら、数日後には「被災馬の星リヤン」として日本中に知られるようになった。

そんなある日、郁美が、白い犬にもネズミにも見える動物のイラストがたくさん描かれたプリントを手に、切り出した。

「T社から、リヤンのキャラクターグッズをつくりたいという申し出があったの」

T社は国内随一の玩具メーカーだった。だが、このイラストをリヤンとして売り出すのは抵抗があった。イラストが気に食わないわけではなく、今も日々体が大きくなっているリヤンは、もうすぐこの絵とは似ても似つかぬ姿になる。それに、リヤンはサラブレッドだ。強くてスターホースになったオグリキャップやディープインパクトのように、競走馬として実力をつけてからグッズを出すべきだと思った。

また、拓馬の懐は「リヤン人気」によって潤うことはなかったのだが、このところ、神社に出入りする人に「稼いでるねえ」と皮肉っぽく言われることが多くなった。さらにグッズでも売り出そうものなら、何を言われるかわかったものではない。

「その話はお断りします」

理由を話すと、郁美も納得してくれた。

七

震災の翌月、福島第一原子力発電所から半径二十キロ圏内は国によって警戒区域に指定され、「緊急事態応急対策に従事する者以外の者に対して、市町村長が一時的な立入りを認める場合を除き、当該区域への立入りを禁止し、又は当該区域からの退去を命ずる」と通達された。

原発から十五キロほどの松下ファームも警戒区域だ。

「イチエフから十九・九キロの人は家を出なっかなんねぐて、二十・一キロの人はほのまんまでいいっつうの、おがしぐねえか」

入院中の父は寝たまま言った。牧場内の松下家はどのみち人が住める状態ではなくなっていたが、立ち入りできなくなったことにより、父は南相馬市原町区の病院、母の佳世子はその近くの知人宅、拓馬は相馬市の神社、妹の将子は東京のマンションと、家族はバラバラのままになる。

「拓馬、ストレッチャーを軽トラの荷台さ載せたら外さ行けるべ」

ベッドで上体を起こせる程度に回復しただけなのに、父は相馬中村神社の厩舎に行きたい、とうるさいのだ。この病院では、動けないのに動こうとして医師や看護師を困らせる「問題児」と見られている。

まだ何か言おうとする父に、携帯電話で撮ったリヤンの写真を見せた。

最初のうちは「いい馬だ」と頷いていたが、何枚か見ているうちに笑みが消えた。そして、拓馬に画面を顎で示し、二枚の写真を交互に表示させた。

「わがっか。いくらか左前が内向してっぺ」

左前脚が内側に曲がっているというのだが、拓馬にはわからなかった。父がつづけた。

「起き上がっとぎ脚痛がったり、走るのを嫌がったりすっこどねえか」

脇の下から嫌な汗が出た。全力疾走したのは、放牧地にイノシシが来たときだけだ。普段、自分から走ることはほとんどない。写真を見ているうちに、球節の上部が、確かに少し内にねじれているような気がしてきた。

「骨端《こったん》が出かかってっかもしんねえ。生まれて二、三カ月ぐらいによく出んだ」

「大丈夫かな」

「成長期っつうのは、成長が早いぶん、あっちのほうがこっちより早ぐ伸びだりどか、アンバランスになりやすいからよ」

「獣医に診てもらおうか」

「いや、お前、石内《いしうち》は知ってっぺ」

「装蹄師の？」

「んだ。電話して、リヤンの球節見てくれって言えば、いいように削蹄《さくてい》してくれっぺ」

夕刻、石内が神社の厩舎に来てくれた。父と同世代、五十代後半のベテラン装蹄師だ。野馬追に出る馬よりも、大手オーナーブリーダーが運営する競走馬の育成場や乗馬クラブの馬を主に扱っている。

軽い身のこなしでリヤンの馬房に入り、「ほう」とか「うーん」と言いながら、四本の脚を両手でこするように丹念にチェックし、

「ちょごっとこご歩かしてくれ」

と、厩栓棒を外した。

拓馬がリヤンを曳いて厩舎の出入口でターンしようとすると、

「そのまんまそごさいて」

と拓馬の脇に来て、リヤンの両前脚の蹄をヤスリで削った。

「また歩かせて」

と、拓馬に曳かせ、さっきと同じように唸《うな》って、また蹄を削り……ということを三度繰り返した。

「ほかの装蹄師がこいづの蹄見て何か言っても気にすんな。わざと左右の高さど角度変えてあっから、いじぐんなよ」

「はい。で、どんなことに気をつければいいですか」

拓馬が訊くと、ガハハと笑った。

「なーんも気にすっごとね。脚の引きずり方がひどぐなったように見えてもな。一週間したらまた来っから」

石内の言ったとおり、普段この厩舎に出入りしている装蹄師ばかりか、郁美やほかのスタッフまで、リヤンの脚の運びがおかしいと言うようになった。

一週間後、約束どおり石内が来た。馬房に入って、リヤンの球節と爪にさわってすぐ、

「おお、いい具合だ。栄養状態もよぐなった」

と口元をほころばせた。

「やっぱり、脚の引きずり方がかえってひどくなりました」

「ほうやって、力入れっとご変えさせてんだ。こいづ、爪が薄いから難しいげんちょなあ」

そう言いながら、ヤスリで爪を削りはじめた。

「薄いと、よくないんですか」

「逆だ。いい馬は、皮膚が薄くてやっこいべ。それど一緒で、爪も薄いのが多いんだ」

「いい馬ですか、リヤンは」

「ああ、見る人が見ればわがる。何より面構えがいい。名馬はみんな男前だ。人間だって、陸上競技のいい選手は顔も整ってっぺ。体全体のバランスのよさが顔さ出る、っちゅうことだべな」

「左前の内向、治りますか」

「わがんね。別に、治んなくたって、痛くさえなければ大丈夫だ。オグリキャップだってスーパークリークだって、脚が曲がってだのに名馬さなったんだから」

「そうなんですか」

「この当歳《とね》っ子は、普通に運動させてればいい。だんだん爪が平らになって、左右の差がなぐなったときには、もう痛がるこどもねえべ」

と手早く道具を仕舞った。

「ありがとうございました。あのう、料金は」

「そいづがGⅠ勝ったらタダでいい」

「勝ったらタダ、ですか」

「ほのかわり、インタビューで『カリスマ装蹄師の石内さんのおかげで、前脚の内向を克服できました』って言えよ。まあ、宣伝費だ」

と笑い、ドアに大きく「馬の靴屋イシウチ」とペイントしたワゴンで行ってしまった。

八

四月半ばに非公開の五郷騎馬会が相馬市役所でひらかれた。開催が危ぶまれていた相馬野馬追は、開催する方向で動き出すことになった。五郷騎馬会長、相馬市長、相馬氏三十三代当主・相馬和胤《かずたね》公の長男行胤《みちたね》公ら出席者全員の意見が一致したという。「福島民報」の記事によると、騎馬会長は「千年の歴史を持つ相馬野馬追を絶やしてはならない。県外など各地に避難している騎馬武者を集結させ、復興の兆しにしたい」と意欲を語ったという。甲冑競馬や神旗争奪戦などが行われる雲雀ヶ原祭場地は屋内退避区域に含まれているため、代替会場の確保も検討するようだ。また、震災前、相双地区で繋養されていた約二百五十頭の馬は、津波に流されたり県外に移送されるなどし、現在は約百頭にまで減っているという。

ともあれ、飢饉《ききん》のときも、戦時中も途切れることのなかった伝統がつながれるのだ。

その一方で、原発から二十キロ圏内の警戒区域にいる牛や豚などの家畜を殺処分するよう国から県に指示が出された。馬は特例で南相馬市の馬事公苑《ばじこうえん》の厩舎に移されたが、食肉市場に出回らないよう焼き印を押された。しかし、まだ警戒区域にとり残された馬も少なくなかった。

将子が大きな荷物をかかえて帰省したのは、そんなときのことだった。

「私、これ以上家族や友達と離れていることができなくなった」

父の病室で怒ったように呟《つぶや》いた彼女は、連休前に東京の会社をやめてきたという。

「これからどうするんだ」

拓馬が訊くと、将子はまくし立てるように言った。

「家族四人で暮らす。原町に一軒家を借りたの。県の借り上げ住宅の制度を使えば、家賃がかからないから。それに、東電に仮払補償金の請求手続きをすれば、一世帯あたり百万円出るの。農林漁業者への仮払いもあって、関連団体が代表して手続きしてるんだけど、馬の生産牧場はうち一軒だから団体なんてないよね。それも私がやっとく。お母さんはただでさえ病院の仕事で大変なのに友達の家で気を遣って、お父さんはもう退院できるぐらい元気なのにいつまでもベッドを占領して、お兄ちゃんは馬と一緒に居候《いそうろう》で、私が東京で独り暮らしなんて、こんな大変なときにおかしいと思わない？」

それからは早かった。将子が見つけた借家は、自主避難で県外に行ってしまった一家の住まいなので、家具や食器なども使っていいという。松下家の荷物は驚くほど少なく、引っ越しに一時間もかからなかった。要介護の老人も住んでいたらしく、家中に手すりがある。父はようやく車椅子に移乗できるようになったところだが、それに頼って伝い歩きをすれば、ひとりで風呂にもトイレにも行ける。

この家はイチエフから半径二十キロから三十キロの緊急時避難準備区域にある。子供、妊婦、要介護者、入院患者などは立ち入らないよう求められ、保育所、幼稚園や小中学校、高校は休園、休校になっている。人も車も少ないので、街はひっそりとしている。外出するときはマスクが必要で、たまに見かける自家用車に乗っている人もみなマスクをしている。何台も連なって通るのは、災害支援のための自衛隊の迷彩色の四輪駆動車や警察車両など、他府県ナンバーの車ばかりだった。

将子が買ってきた線量計で庭の空間線量率を測ると、毎時〇・二一マイクロシーベルトだった。原発から五十キロ以上離れていながら爆発後の風向きの影響で放射性物質が流れた福島や郡山《こおりやま》とそう変わらないか、低いところもある。年間一ミリシーベルトが、国際放射線防護委員会の定める、自然界や医療などによる被ばくを除く平常時の線量限度らしい。一ミリシーベルトということは千マイクロシーベルトだ。疫学的には年間百ミリシーベルト以下の被ばくでは発がんリスクに統計的な有意差は認められていないという。飛行機で国際線に十時間乗ったら約〇・二ミリシーベルト、胸部ＣＴスキャンで約七ミリシーベルト。だから安全だとか危険だとか言われても、正直、わからなかった。アスベストやダイオキシン、大腸菌のように害が明らかなものは怖いと思うが、怖さの程度がわからないものを怖がることは、少なくとも自分にはできない。小さな子供のいる家などではあらゆるリスクを避けたいと思う気持ちも理解できるが、ただ、自分の生まれ育ったこの街が、そんなに汚れたものだとはどうしても思えなかった。

ほかに誰もいない部屋で寝るのは二カ月ぶりだった。大部屋での雑魚寝に慣れてきた半面、人のイビキで眠れない夜もあっただけに、この静けさは感動的でさえあった。

翌週、相馬中村神社の放牧地で馬たちを眺めていると、車椅子が近づいてきた。乗っているのは父の雅之、押しているのは夏雄だった。

「さっき、拓馬の家に様子を見に行ったら、親父さんにつかまったんだ」

仕事を終えて原町の借り上げ住宅に行ったら雅之にここに連れてくるよう命じられ、途中、鹿島区にある野馬追出場馬の厩舎も見てきたのだという。

「すまなかったな」

拓馬が言うと、夏雄が声をひそめた。

「いや、それはいいんだけど、親父さん、国道沿いまで船が流されてきたところを通ったとき、目をとじて、つらそうだったぞ」

ここにいるモモと同じように、津波に呑まれた後遺症に苦しんでいるのか。

放牧地にいる馬たちはみなこちらを見ている。ニンジンでもくれると思ったのか。そうした気振《けぶ》りがないとわかると、また脚元の草を食べ出した。

そんななか、リヤンだけがこちらにゆっくりと歩いてきた。

その歩様を、雅之が真剣な目で見ている。

「おおっ、やっぱりリヤンはいい馬だ。見でみィ、あの身のこなし。それど前を見る目。あいづはシルバータームの最高傑作になっど」

「骨端炎、よくなったかな」

拓馬が言うと、雅之は「うーん」と唸った。

拓馬は放牧地に入り、リヤンの蹄をひとつひとつチェックした。装蹄師の石内にあえて不均等に削蹄してもらったところも、今は左右同じ減り方になっている。

「脚は引きずらなくなったけど、球節は歪んだままなんだ」

そしてまたリヤンを歩かせた。

「いや、さすけねえ。さすが石内だ。そのうぢ内向も見た目ではわかんねぐなる。またときどき診てもらえ」

「でも、支払いはどうすればいい。石内さん、GIを勝ったらタダでいいって笑っていたけど」

「いづもまとめて渡してんだ。ほれ、モモの上が八戸で売れたおかげで十年ぶんは払ったな。それがおらほのやり方よ。んで、そのモモはどうだ」


と今度はモモの動きを目で追っている。

「球節の腫れは引いたけど、まだちょっと……」

「ちょっと、何だ」

言っていいものか迷ったが、

「その、津波のショックから立ち直ってなくて、前とは別の馬みたいに攻撃的なんだ」

拓馬が言うと、雅之は頰をぴくりとさせた。

「ほ、ほうか。本当は再来月ぐれェから馴致《じゅんち》始めでェとこだげんちょ、難しいな。このまま繁殖さ上げっか」

「競走馬にはしないんだね」

「ほんで、まだ見つかんねえハマビジンのオーナーから連絡あってハァ、もし見つかっても手放すってよ」

それは、預託料が入らなくなることを意味する。松下ファームの定収入は、ゼロになる。将子が手続きをしてくれたおかげで当座の生活費は何とかなりそうだが、これからは自分たちが所有するリヤンとモモの預託料を、相馬ホースクラブに支払う立場になるわけだ。はたしてそれで生活していけるのか。

母がこめかみに青筋を立て、逆上する姿が目に浮かぶようだった。

九

借家暮らしがひと月ほどになった六月の初めのことだった。軽トラのハンドルを握る拓馬は、南相馬市役所前の道を西に向かい、「肉の松岡《まつおか》」の先で右折した。

水無川《みずなしがわ》に架かる水道橋《すいどうばし》に男が立っている。

幟《のぼり》や旗指物などを製作する「時田《ときた》染工房」三代目の時田敬一《けいいち》だ。

「時田さん、帰ってたんですね」

軽トラを降りて拓馬が言うと、時田は水無川を指さして首を横に振った。

「んだげんちょ、これじゃあ川流しは無理だ。今年は放射能のせいで、そごらの田んぼが川から水引いでねえべ。だから、いづもの年より水量が多くて、流れが速すぎてよ」

例年なら、今時分、時田は水無川で旗指物の川流しをする。色鮮やかな旗指物が川面《かわも》で揺れる眺めは、相馬野馬追の季節が近いことを告げる、初夏の風物詩になっていた。

その日も、翌日も時田染工房のシャッターが上がることはなかった。

「毎年五月や六月は、野馬追の練習する馬の蹄の音で目ェ覚めんのに、今年は聞こえねえがら寝坊しちまうべさ」

「んだ、道さ馬糞落ちてねえのも変な感じだな」

そうした人々の声を複雑な思いで聞いていた拓馬を訪ね、ビジネスマン風のふたりの男が相馬中村神社にやって来た。

「東郷《とうごう》エステートから、代表の東郷に代わって参りました」

と、ひとりが鞄《かばん》からパンフレットと契約書のようなものをとり出した。

「東郷さん？」

「はい、現在、警戒区域に指定されている南相馬市小高区の海辺の一帯を総合開発するプランがあり、お宅の松下ファームをぜひ買いとりたいと思いまして」

「は？」

「五千万円でいかがでしょう。悪い話ではないはずです」

「いいも悪いも、ぼくが決めるわけにはいかないので、父に話してください」

「周辺に土地をお持ちの方々は、みなさん賛同してくださっています。松下さんだけが依怙地《いこじ》になることによって、みなさんが不利益を被ることになります」

確かにそうだが、男たちの芝居がかった口調と鋭い目つき、妙な落ちつきぶりなどが気になった。とはいえ、五千万円というのは、ヨウ素やセシウムに汚染されたとして値のつかない状態になった土地の売却価格としては魅力的だ。

「いずれにしても、帰ったら父に相談します」

家にいたのは父だけだった。母はまだ病院で、将子も手伝っているという。

将子がつくっておいた夕食をとりながら、父に「東郷エステート」の男たちのことを話した。アジの干物に伸ばしかけた父の箸がぴたっと止まった。

「東郷本人は？」

「来なかった。どんな人か、知ってるの」

雅之は頷きも、首を横に振りもせず言った。

「とにかく、東郷と、やづの取り巻きの話さ乗ったらダメだ。火傷《やけど》どころでねえ。骨までしゃぶらっちェ、大変なごとんなる」

「詐欺まがいのことをする連中なんだ」

「ふっ、詐欺のほうがまだいい。証拠残して、つかまることもあっぺ。やづらはもっと計算高くでドス黒い、本物のワルだ」

そう話す父を見て、男たちは父の居場所を知らないのではなく、あえて自分をターゲットにして接触してきたのだと思った。

次の日も男たちは来た。

「七千万円でいかがですか」

「いや、金額の問題じゃない。父もぼくも、あの土地を手放すつもりはありません」という拓馬の言葉を聞いた男たちの表情の変化には、背筋が冷たくなるような気味悪さがあった。

その後、男たちは来なくなり、震災で亡くなった人々にとって三度目の月命日となる六月十一日が過ぎた。

そして、震災から百カ日となった六月十八日、「道の駅南相馬」で五郷騎馬会による相馬野馬追執行委員会が開催された。今年も野馬追を実施するかどうか、最終的な議論を交わす場である。

拓馬も末席に加わっていたのだが、なかなか結論が出なかった。

「原発から三十キロ圏外で、甲冑行列だけでもやるべきでねえがァ」

「聖地と言うべき雲雀ヶ原祭場地が、子供らが入っこどのできねえ区域に指定さっちェんだから、開催そのものが無理だべ。こんなときに祭なんかしてだら批判されっど」

「いや、徳川《とくがわ》幕府が安泰だったのは、我ら相馬中村藩が北の伊達《だて》六十二万石に対して睨みを利かせでだがらだべ。六万石の小藩ながら踏ん張りつづけた相馬武士の誇りを、忘っちゃなんねえ」

「神旗争奪戦と甲冑競馬は別の会場でやればいいべ」

「野馬懸はどうすっぺ。舞台の小高神社は警戒区域内にあっぺした」

「騎馬会によって被害の程度に差があんだから、こうして集まっても意味がねえ」

など、さまざまな声が上がっていた会場が不意に静まり、そしてざわつきはじめた。

父の雅之が松葉杖をつき、将子に体を支えられながら入ってきたのだ。

「おう、松下ファームの親父だべ」

「あの野馬追嫌いが何の用だ」

「あいづが首を縦に振れば、うぢの土地も売れて潤うっつうのに、どういうつもりだ」

拓馬が思っていた以上に、父はこの地域で顔と名を知られている。そして、あまり好意的に見られていない。相双地区唯一の競走馬の生産牧場を営みながら、この地域を代表する祭の相馬野馬追に理解を示さず、協力せずにいるのだから当然か。

将子と目が合った。彼女も困っているようだ。父を指さし、口の動きだけで何か言っている。「お父さんが行くって言い張るから」とでも言っているのだろう。

会場はまた元の空気をとり戻し、同じ議論の繰り返しとなった。

そのときだった。

「ちょごっといいか」

と雅之が手を挙げて立ち上がった。

どこかの騎馬会の軍者らしき男が制した。

「ダメだ。しゃべっていいのは相馬の侍だけだ」

「おれだって小高の地侍だ。自分の土地を守るためならどんな戦いでもする」

雅之の声がホールに響き渡る。

「おれは、津波に呑まれたとき、ああこれで死ぬんだなって思った。右手に、シロっちゅう牝馬につながった曳き手綱持ったまま、どんくれェだべか、水んなかひっくり返ったりねじらっちゃりしながら、シロと、ほかの馬たちが走るみでェに脚動かしてんのが見えた。水が引いでがら初めて聴いだのは、どっかの馬がパッコラパッコラ歩く蹄の音だった。このまんまくたばって、故郷の小高の土さなれんなら、それでいいど思った。んだげんちょ、気ィついだら病院さいて、隣さ寝てた人は死んでも、おれはこうして生ぎでた。もうちょごっと、しゃべってもいいか」

「うむ、つづげろ」

騎馬会長が扇子で自分の首を叩き、頷いた。

「おれはこれまで野馬追さ、何も協力してこねがった。野馬追がどんなもんかはもぢろん知ってる。毎年野馬追さ出てる息子には、競走馬の余生の理想的なひとつの形なのに、何で無視するって何べんも言わっちゃ。んだげんちょ、おれは競走馬の生産者だ。つくった馬が弱ければすぐ引退して乗馬になっか、肥育業者さ渡って肉になる。男が勝負の世界で生ぎるって決めたのに、負けたあと、終わったあとのことを先に考えて、そこでのんびり暮らせればいいべなんて考えて、強い馬がつぐれっか。んなわぎゃねえ。馬づぐりってのは、ほっだら甘いもんでねえ。強い馬つぐるため、野馬追は見ねえことにした。それがちっぽけで、わがままな小高の地侍の意地だべした。んだげんちょも、昨日の夜ひとりで、いや、実は」

と雅之は両脇に挟んだ松葉杖を倒し、数歩、前に歩いた。

「ちょごっとなら歩いて、車ぐれェは運転できんだ。んで、何時ごろだべか、夜中に息子の軽トラで雲雀ヶ原祭場地さ行ってみだのよ。なしてほだとごさ行ったのかは自分でもわがんねえだげんちょ、ほしたら、あれは飼い主が被災していねぐなったか何かで逃げ出したやつだべな、馬が三頭、祭場地のコースと内馬場を、縦横無尽に走り回ってでよ。おれは何十年も、ちょごっとの脚の曲がりを気にして、蹄鉄の削り方もミリ単位で工夫して、栄養学さ基づいた飼料食わせて、心拍数や完歩の大きさを競走馬総合研究所の偉い先生方が分析したデータ見て、五百グラムや一キロしか違わねえ斤量で、専門の厳しい訓練を受けた乗り役乗せて、きっちり一六〇〇メートル走ってコンマ一秒差がつぐかどうかの競走を、躍起になってやってきた。んだげんちょも、好きなように走り回って、疲れたら勝手に祭場地の外さ出て道歩ってぐ馬だぢ見て、ああこれも馬なんだ、こういう馬がこご走ってんの見てえなぁって心の底がら思った。話聴いてっど、祭場地使うのは難しいみてェだげんちょ、野馬追だけは、なぐさねェでほしい。勝手なことばかり言ってすまない、このとおり」

と雅之は頭を下げ、座った。

雅之の発言のあとは、あまり意見が出なかった。

騎馬会長がマイクを手に、咳払《せきばら》いをした。

「本年度の相馬野馬追は、東日本大震災により亡くなられた方の鎮魂を願い、相双地域復興のシンボルとして、また地域の支えとなる祭礼として『東日本大震災復興　相馬三社野馬追』と称して開催されることとなりました。子細は書面にて、以上！」

出席者から拍手が沸き起こった。

十

この年の相馬野馬追は、神旗争奪戦と甲冑競馬を行わず、例年の約五百騎より少ない八十数騎による縮小開催として行われることになった。

初日は、相馬中村神社での出陣式のあと、宇多郷と北郷の騎馬武者たちによる甲冑行列が行われる。中日の二日目は相馬太田神社において中ノ郷の出陣式、最終日の三日目には、警戒区域の相馬小高神社から二十キロ圏外の多珂《たか》神社へ開催場所を移し、小高郷と標葉郷の出陣式、および、略式の野馬懸である上げ野馬神事が行われることになった。

小高郷に所属する拓馬は騎馬で出陣することができない。その代わり、宇多郷の騎馬武者が供奉する相馬中村神社の厩舎にいるリヤンを神馬《しんめ》として参加させ、自分が口を持つことにした。

自分は小高の地侍の子、松下拓馬だ。愛馬リヤンも小高の馬であり、相馬の馬だ。

その誇りを胸に、足跡を歴史に刻みたかった。

房のついた頭絡や、首にかけるレイなどで飾りつけをし、子供たちと一緒に写真におさまる「仕事」をしてきたリヤンは、言ってみれば、人を背に乗せるための初期馴致を、普通より一年以上早く済ませたようなものだ。

神馬は、胴体に巻いたさらしで長さ五〇センチほどの御幣《ごへい》を固定し、それを背中に立てて歩かねばならない。競走馬として人を乗せたことのある馬でさえ、嫌がったり怖がったりして、結局できずに終わった例が少なからずあった。が、リヤンはおとなしく御幣を立てさせた。

三月十一日に生まれたリヤンは、生後四カ月になる。だいたい生後五カ月が離乳の目安だ。人間に哺乳瓶でミルクを与えられつづけた馬が、自分を人間だと思い込み、手がつけられないほど反抗的になったという例を、ネットの記事で読んでいた。なるべく拓馬ひとりで授乳し、誰が主人なのか理解させなければならないのだろうが、どうしても、この厩舎に出入りする複数の人間で分担することになる。それでもリヤンは、もともと頭がいいし、また、早くから年上の馬たち、それも、サラブレッドだけではなく、中間種やポニー、さらにはヤギなど、さまざまな生き物と一緒に放牧地で遊んでいたこともあり、自分を人間だと思っている節はない。

「東日本大震災復興　相馬三社野馬追」の初日、相馬中村神社には大勢の人々が集まっていた。

「総大将が見えます。道をあけてください！」

胸に喪章をつけた侍たちが参道の両脇に並び、その間を、総大将付軍者を先頭に侍たちが歩いてくる。

相馬行胤総大将の姿が見えると、観衆から「総大将」「若！」と声が上がる。

侍たちは、社殿での神事を終え、境内の広場に集合した。陣幕の前には総大将をはじめ、弟の相馬陽胤《きよたね》公、相馬野馬追執行委員会副委員長をつとめる相馬市長、相馬中村神社の禰宜・田島郁美らが並んでいる。

合戦の始まりを告げる陣螺《じんがい》が吹き鳴らされ、侍たちも来賓も観衆も、東の海のほうを向き、津波で亡くなった人々のために黙祷《もくとう》した。

ほどなく相馬外天会《がいてんかい》による相馬中村藩古式炮術《ほうじゅつ》の実演が行われた。火縄銃の銃声が響くたびに歓声が上がる。これは鎮魂の行事であると同時に、地域に根づいた祭なのだとみなが実感する。さらに相馬高校の生徒たちによる相馬太鼓の演技があり、つづいて

「国歌斉唱」とアナウンスがあった。
ひとりの侍が歩み出て歌い出した。国歌といっても「君が代」ではなく、相馬中村藩の国歌「相馬流れ山」である。

相馬流れ山　習いたかござれ
五月中の申《さる》　お野馬追

枝垂《しだ》れ小柳　なぜよりかかる
いとど心の　乱るるに

手綱さばきも　ひときわ目立つ
主の陣笠《じんがさ》　陣羽織

武蔵《むさし》鐙に紫手綱
乗せて見せたい　若殿を
青い野馬原　一夜のうちに

花が咲いたよ　騎馬の旗

出陣式を、総大将の言葉が締めくくった。

「千年つづいてきたこの相馬野馬追を、千年先までつづくようにしたい」

騎馬武者たちが、相馬中村神社から出陣して行く。

行列のなかほどに総大将がいて、田島郁美の騎馬を含めた神官たちの列がつづく。拓馬が曳くリヤンはそのなかにいた。

総大将が背負う緋色《ひいろ》の母衣《ほろ》が、数頭先で揺れている。

自分の倍以上の大きさの馬たちにまじって、リヤンは堂々と歩を進めた。沿道で見守る人々から送られる拍手は、優しく、温かかった。

そして三日目、南相馬市原町区の多珂神社に、小高郷と標葉郷の騎馬武者八十数名が集まり、生きた馬を神前に奉納する上げ野馬神事が行われた。

拓馬は、初日にリヤンを曳いたときも、小高郷の騎馬武者・松下拓馬として参加するこの日も、陣羽織を身につけていた。津波に襲われた母屋の二階にあった陣羽織や甲冑は無事で、原町の借り上げ住宅に移して仕舞っておいた。しかし、去年買ったばかりの陣羽織が見当たらなかったので、高校生のときに仕立てた、古い陣羽織を着てきた。

新しい陣羽織が見当たらなかった理由が、ほどなくしてわかった。

主催者のテントに、この地で今も「大殿《おおとの》」と呼ばれて敬われている相馬氏三十三代当主の相馬和胤公がいる。隣には、原発事故直後から動画サイト「ユーチューブ」で南相馬の窮状を訴え世界中の共感を呼び、米国「タイム」誌で二〇一一年の「世界で最も影響力のある一〇〇人」に選ばれた南相馬市長が座っている。その横に、父の雅之が拓馬の新しい陣羽織を着て腰かけ、大殿や市長と談笑しているのだ。もともとあまり他人の都合を考えず、空気を読めない「KY」の典型ではあるが、それにしても、ひと言ぐらいあってもよかったのではないか。

父が拓馬に「よっ」と手を挙げた。拓馬はそれを無視し、大殿と市長に黙礼した。南相馬市長は、自動的に相馬野馬追執行委員長となる。市長は、自分が親しげに話している生産者が、少し前まで野馬追に見向きもしなかったことを知っているのだろうか。

一年前、八戸市場でカリスマオーナーブリーダーの岡村茂雄とすれ違ったときの父が思い出された。今も、大殿にへつらう様子はなく、見ていて心配になるくらい打ち解けた様子で話をしている。

大物と対等に接しているから父も大物という単純なものではないだろうが、拓馬が知らない顔を持っているのだろうか。

「あまり大殿をジロジロ見るな。失礼だべ」

と、ほかの騎馬武者に背中を突《つつ》かれ、我に返った。

小高郷と標葉郷の出陣式は、震災で亡くなった人々への黙祷から始まった。陣螺が吹き鳴らされ、目をとじた。拓馬は陣羽織の懐に手を当てた。そこに真希の写真がある。今でも白い帽子をかぶった真希が執行委員会のテントから出てきて、進行の手伝いに加わるような気がしてしまう。まだ彼女がいなくなったことを受け入れ切れずにいた。上げ野馬神事では、リヤンではなく、真っ白なおとなの芦毛馬が神馬として奉納された。

震災の年の相馬野馬追が無事に終わった。

雲雀ヶ原祭場地の前を通り、借り上げ住宅へと向かった。祭場地の、甲冑競馬のゴール地点には「来年こそ相馬野馬追を」と記された横断幕が張られていた。

十一

八月上旬、南相馬市で繋養されていた九頭の元競走馬が、公費での受け入れを表明していた北海道の日高町《ひだかちょう》へと馬運車で運ばれて行った。その積み込みを手伝った拓馬は、念入りにスクリーニングを受ける馬たちを見て、リヤンが被災馬としてこれだけ注目されているにもかかわらず、馬主から「買いたい」という申し出がない理由を悟った。

リヤンは、原発事故の影響で、相当な量の放射能を浴びたと思われているのだ。

「内部被ばくしているので、正常に成長することはできないだろう」

「あの子馬の尿や馬糞の放射線量はかなり高いのではないか」

「被ばくした子馬が来ると、ほかの馬たちまで汚染されてしまう」

など、特にネット上で、確かめたわけでもないのに噂《うわさ》をひろめようとする者たちがあとを絶たない。

拓馬は、原町で酪農を営む知人に教えてもらった東京の民間研究所にリヤンの尿と馬糞を送り、放射性物質の検査をしてもらった。結果は「不検出」だった。

放射性物質は綿ゴミのようなものだと拓馬は考えている。爆発直後は空気中を漂い、風に運ばれ長い距離を移動した。やがて、ゆっくりと地面に落ちる。そこが乾いていたら風で容易に飛ばされてしまうが、雨が降ると水にからめとられるようにしてまた地面に落ち、流れて行き、乾く。今度は濡れる前よりしっかりと地面に吸着するが、また雨が降ると溶けて流れ出す。

地元の人間ばかりか、ほかの地域から野馬追を見に来ていた人々も、もうマスクをしていなかった。それは、放射性物質が流されたり吸着したりして移動しにくくなった結果、線量の低いところは低いまま抑えられたからだろう。

リヤンの検体の検査結果が届いたのと同じ時期に離乳も済ませた。普通は、数組の親子を同じ場所に放牧し、そこから親を一頭ずつ抜いていくなどして離乳するのだが、リヤンの場合、ここひと月ほどミルクと離乳食の併用だったのを、離乳食と通常のカイバの併用にするだけでよかった。

　雅之はリヤンを売らず、自分がオーナーブリーダーとなって走らせたいようだ。が、拓馬の考えは違う。資力のある馬主に所有してもらい、一流厩舎に預けるべきだと思っている。松下ファームと同じような零細牧場の生産馬がセリでも庭先でも売れず、やむなく所有したらGIホースになったという例もあるが、それはごく稀《まれ》で、本当にたままた走っただけである。拓馬は「たまたま」などに頼りたくなかった。

　順序としては、まず、預かってくれる調教師を見つけ、その調教師に馬主を紹介してもらう形がいいと思った。血統も馬体も飛び抜けていいわけではないので、なかに秘めたものを嗅ぎとってくれる選馬のプロフェッショナルに見てもらいたい。

　拓馬は、リヤンの立ち姿を左横から見た、カタログや成長記録などに使えるカットを定期的に撮っていた。それらをファイルに入れ、茨城県の美浦トレーニングセンターに厩舎を構える三人の調教師に郵送した。ひとりは管理馬でGIをいくつも勝っている五十代のリーディングトレーナー、もうひとりは、まだGIを勝ってはいないが、驚異的な勝率で勝ち鞍《くら》を重ねている四十代の理論派調教師、そしてもうひとりは、シルバーム産駒を数頭管理したことがある若手調教師だった。彼らとは面識がなく、「美浦トレーニングセンター・〇〇厩舎御中」と表書きをして送っただけなので、ちゃんと写真と手紙を見てくれたかどうかもわからなかった。こちらの連絡先として自分の携帯電話を記すのは失礼だと思い、相馬ホースクラブの住所と固定電話の番号を書いておいた。

三人のうち誰かが預かってくれることになったとしても、その先には別の問題が控えている。それは「リヤンドノール」という馬名で走らせてくれるオーナーを探してもらうことだ。

いずれにしても、あまりのんびりしているわけにはいかない。離乳を済ませたのだから、早めに馬主を見つけ、大きな牧場の「イヤリング」と呼ばれる中期育成の厩舎に入れ、同い年の馬たちと一緒に放牧地に出て走り回ったり、ケンカをしたりして上下の序列ができることなどを学ばせたい。競走馬になるうえで欠かせないことだ。

もうひとつ心配だったのは、心の傷がなかなか癒えないモモだった。一歳の八月というと、本来なら騎乗馴致にとりかかっている時期なのだが、体をさわろうとすると噛みついたりと攻撃してくる。ガレていた馬体はふっくらしてきたが、拓馬が放牧地に来ると、ほかの馬たちは挨拶の意味もこめて一度は近づいてくるのに、モモだけは遠くで草を食べている。恐怖や不信で凝り固まった気持ちをほぐし、なだめながら、走る楽しさを教えるハートとスキルのある乗り手でなければ跨ることはできないだろう。拓馬には無理だし、父もようやく歩けるようになったばかりだ。

拓馬の知己で、そうした馬乗りができそうな人間はひとりしかいない。

その男がゆっくりと歩いてくる。元騎手の田島夏雄だ。長時間の仕事が終わったばかりなのか、無精髭が伸びている。

「リヤン、離乳したんだってな」

「ああ、何か、前以上にそっけなくなったよ」

「ほりゃ寂しいな」

「なあ夏雄、来年は久しぶりに野馬追に出てもいいんじゃないか」

夏雄は答えなかった。

「馬が嫌いになったわけじゃないんだろう」

拓馬がこんなことを訊くのは初めてだった。夏雄は少し驚いたような顔をしている。

「そりゃあ、嫌いにはなれないよ」

「怖いとか、申し訳ないとか、そういうことか」

「なあした拓馬、今日は変だぞ」

これまでは古傷をえぐるようで、触れずにいたのだが、モモを見ているうちに、訊かずにはいられなくなってきた。

「もういいんじゃないか。故意じゃなかったんだ。お前は悪くない」

夏雄はチッと舌打ちしてタバコをくわえた。もう体を資本にしていないことを主張するかのようにタバコを吸ってはいるが、煙を肺まで入れていない。

「拓馬の言うとおり、怖い……のかな。思い出すと、今でも震えるんだ」

夏雄は、子供のころからずば抜けて馬乗りが上手《うま》かった。中学生のときは、甲冑競馬で大人を相手に面白いように勝利を挙げていた。運動神経やバランス感覚が優れているだけではなく、馬と一体になる何かを持っていた。技術ではなく、天性の何かだ。不思議なのだが、彼には馬のほうから近づいてくる。動物は、動物が好きな人間を見分けて近づいてくることがよくあるが、夏雄のそれは普通ではない。馬や犬、猫だけではなく、もっと知的に劣るはずのネズミや鳥たちも、なぜか夏雄のところにばかり集まる。

「騎手をやめたのは、三年前だっけ」

「ああ、デビュー二年目、まだ減量のとれないアンちゃんだった」

若手騎手には、騎乗機会を増やすため、ベテランより一キロから三キロ軽い斤量で騎乗できる特典が与えられる。一キロ軽いとゴールでは一馬身の差になると言われている。

「もう三年経った、とは思えないか」

「一度もそう思ったことはねえ。ずっと昨日のことみたいな気がして、それがつづいてる、って感じかな」

レース中のアクシデントだった。最後の直線で、勝利を意識した夏雄は騎乗馬に右ステッキを入れて叱咤《しった》した。馬は叩かれたほうと逆側に動く性質があり、夏雄の馬はわずかに左に斜行した。

ちょうどそこに、後ろから別の馬が脚を伸ばしてきた。その馬の右前脚が、夏雄の馬の左後ろ脚に接触した。前脚をさらわれたその馬は、騎手を巻き込むように転倒した。落馬したのは三十代の中堅騎手だった。一命はとりとめたが、落ちたとき内埒《うちらち》に激突したため腕や肩など十カ所以上を骨折したほか、肘の腱《けん》断裂など、全治半年以上の重傷を負った。結局、復帰は叶わず、引退に追い込まれた。騎手は、騎乗依頼さえあれば、四十代や五十代でも第一線で戦うことができる。夏雄が落馬させる形になった騎手も、まだまだやれる年齢だった。

「やっぱり、病院で、奥さんと子供に会ったときがしんどかった」

「その先輩、夏雄を可愛がってくれた人だって言ってたな」

「うん、だから、おれも悔しくてよ」

絞り出すように言った。

「先輩は、許してくれて……いや、最初からお前のせいだとは思ってないだろう」

そう言いながら、家族の気持ちは違っていることもわかっていた。

セミの声が騒がしい。今年は、津波による瓦礫のせいか、ハエや蚊、虻も多い。

モモが、こちらに近づいてきた。

「こいつは綺麗な脚してんなあ。馬体に幅も出てきたし」

と夏雄は柵にもたれかかり、両手に顎を乗せてモモを見つめた。

　モモが脚元の草を探すようにしながら、夏雄のすぐそばまで歩いてきた。

「この母系は、とにかく丈夫で、体がしっかりした馬が多いんだ」

　八戸市場でこの馬の姉を購入した岡村は、この血統の「箱」というか、ボディの頑健さを入手し、それを自身がつくってきた血にとり込もうと考えたのかもしれない。

「でも、怖がりになっちまったな。おれと一緒だ」

「なあ夏雄、こいつの馴致、やってくんねえか」

「無理だよ。鞍つけ馴致なんてやったことねえし、それに……」

　まだ馬に乗る気にはなれない、と言おうとしたのか。

「自己流でいいから、とにかく、モモが背中に人を乗せるようにしてほしいんだ」

「お前が自分でやればいいじゃないか」

「いや、おれの腕じゃ無理だ。郁美さんはここでも馴致はできるって言うけど、モモの様子からして、お前ぐらいしか乗れないだろう。心の傷が深すぎて、不意にどんな動きをするかわかんないから」

「心の傷か」

　モモが夏雄の靴やズボンに鼻を寄せ、匂いを嗅いでいる。

　夏雄自身は、こうして動物を惹き寄せる特別な力に無自覚というか、たいしたものだと思っていないらしい。拓馬が何度言っても「ほっだらことねえ」と笑っているだけだ。

翌日、厩舎作業をしていると、社務所にいた郁美に呼び出された。

「美浦の大迫《おおさこ》さんという人から電話。まさか、あの大迫調教師？」

送話口を手で押さえ、怪訝そうに言う郁美から、奪うように受話器をとった。

「お電話替わりました、松下です」

「ああ、もしもし——」

少しかすれた声は、何度も勝利調教師インタビューで聞いた、あの声に相違なかった。

十二

電話を切ってしばらく経っても、拓馬の興奮はおさまらなかった。

重賞の勝利調教師インタビューでも笑顔を見せることはなく、喜んでいるのかどうかもわからない抑揚のない話し方は、電話でもそのままだった。

今年四十二歳になった大迫正和《まさかず》は、美浦トレーニングセンターに厩舎を構えて六年目になる。管理馬によるGI勝ちこそないが、驚異的な勝率で勝ち鞍を重ね、「東のカリスマ」と呼ばれている。リヤンの写真を送った三人の調教師のうち、最も返信してくる可能性が低いと予想していたのが大迫だった。五十代のリーディングトレーナーは白毛《しろげ》馬《うま》など話題性のある馬を預かることが多く、三十代の若手トレーナーはリヤンと同じシルバータームム産駒を管理しているので、連絡があるとしたらこのふたりのどちらかだろうと思っていた。

大迫は、あえて馬房数プラス十頭程度の少なめの管理馬しか預からない。日本の競馬界を席巻《せっけん》する大生産者グループから送られてきた馬を、イメージしていた馬体になっていないからとすぐ送り返したりするなど、気難しいところがあるという噂だった。

その彼が、一週間後、福島や宮城の外厩を訪ねた帰路、リヤンを見に来るという。

翌週、リヤンが道の駅の一日駅長をするという相馬ホースクラブの仕事を終え、神社に戻った拓馬は啞然《あぜん》とした。駐車場には高級外車やテレビ局、新聞社の車がびっしり停められ、厩舎の周りは報道陣と見物人でごった返している。

拓馬がリヤンを曳いて厩舎に近づくと、ムービーとスチールのカメラが一斉に向けられ、ライトとフラッシュで目が眩《くら》んだ。

彼らを集めたのは郁美だろうか。

厩舎に入ると、郁美の横に大迫が立っていた。

――あれ、大迫先生が来るのは明日だったはずじゃ……。

拓馬が突っ立っていると、大迫が歩み寄ってきた。

「松下君だね、大迫です」

「どうも、はじめまして」

「リヤンを少し借りるよ」

と拓馬から曳き手綱を受けとり、厩舎の外に出ようとしたところで引き返してきた。

曳き手綱を差し出す大迫に、拓馬が、

「もういいんですか？」

と訊くと、彼は、

「うん、よくわかった」

とリヤンの首筋や背中、トモを撫でながら、

「思っていたとおりの馬だ」

と表情を変えずに言った。

そこに、「いやあ、暑うてかなんなあ」と大声の関西弁で話しながら、見るからに仕立てのいいスーツを着た恰幅《かっぷく》のいい男が入ってきた。スクリーニングに使うような放射線量計測器を持って後ろに控えている男女は秘書だろうか。

「大迫君、あんたが見せたい言うとった当歳はどれや」

「この芦毛です」

「血統は」

この関西弁の主は、所有馬でＧⅠをいくつも勝っている大馬主の後藤田幸介《ごとうだこうすけ》だ。大阪で建設会社やビル管理会社などを経営している。馬好きが高じて日高の生産牧場を購入

し、鳥取に自身の所有馬専用の外厩をつくったことでも知られている。肌艶がいいので若く見えるが、もう六十歳を過ぎているはずだ。

「ほう」

大迫が言った。

「六年間保留になっていた後藤田会長から私への開業祝い、この馬にしてください」

後藤田は、リヤンの横に立って馬体を吟味しはじめた。ムービーとスチールのカメラが、ずっとこのふたりを追っている。

「根拠のない放射能汚染の風評を怖がるような馬主では話にならないので、会長にお願いしました」

大迫がそう言うと、後藤田の秘書は線量計を体の後ろに隠すようにした。

「わしかて少しは馬を見る目はあるつもりやが、グレークロスの肌にシルバータームで、左前脚の内向。気鋭のトレーナーがわざわざ勧める理由がわからんなあ」

「お気に召さないようでしたら、ほかの方に声をかけます。例えば……」

大迫の言葉を後藤田がさえぎった。

「みなまで言わんでもええ。よっしゃ、買《こ》うたるわ。いくらや？」

周りにいる者たちがつばを飲みこむ音まで聞こえそうなほど静まり返った。

シルバータームの種付料は十万円だが、父は特約つきの三十万円を選択した。それにこれまで要した経費と松下ファームの利益、さらに大迫への開業祝いのプラスアルファを考慮しても五百万円がいいところだろう。

「一億円でどうですか」

という大迫の言葉に周囲がざわめいた。拓馬は全身がじわっと汗ばむのを感じた。大迫を睨みつける後藤田のこめかみに血管が浮き出てきた。

「一億やとォ!?　大迫君、あんた、わしを舐《な》めとんのか」

実業界の荒波に揉《も》まれるうちに刻まれたのであろう、眉間の睨みじわがいちだんと深くなり、眼光に鋭さが増す。

「わしが直近で一億以上出した馬は、ＧＩ四勝馬の半弟《はんてい》やで」

射抜くように大迫を睨みつけていた後藤田の目が、拓馬に向けられた。

「そこの男前。あんたが生産者やな。この当歳の母馬の競走成績は」

「中央で三勝しました」

「きょうだいで活躍馬は」

「地方の重賞で入着した馬が一頭いるだけです」

「さよか。その血統に一億出せと天下の大迫調教師が勧めるいうことは、それだけのものを感じとるわけやな」

後藤田の問いかけに大迫が答えた。

「今、松下君が言った内容を差し引いて、一億ぐらいが適性価格かと。もしセリに出て、藤川《ふじかわ》先生あたりと競り合ったら、もっと高くなると思います」

藤川というのは、拓馬がリヤンの写真を送った、美浦のトップトレーナーである。

「父のシルバータームはよう知っとる。何せ、あの馬が勝ったケンタッキーダービーを見に行っとったんやからな。マイ・オールド・ケンタッキーホームの調べを聴いたときは、自分もいつかここでと……あっ！」

「思い出されましたか。調教助手時代、私が会長に初めてご挨拶させていただいたのが、あのケンタッキーダービーが行われたチャーチルダウンズ競馬場だったんです」

シルバータームがアメリカのクラシック二冠を制したのは、十四年前、一九九七年のことだった。翌年のドバイワールドカップも勝ったこの馬は、ビッグレースを僅差で勝つ勝負強さを絶賛された。

大迫が言葉をつづけた。

「いつかシルバータームのような馬を扱ってみたいと思っていました。種牡馬としての成績が今ひとつだったので、余計にその気持ちが強くなっていたところに——」

と大迫は、拓馬の横に立つリヤンに歩み寄り、正面から両手で顔を押さえて揺すり、首筋をポンと叩いた。

「シルバータームの生き写しが現れた。それに会長、顔を揺すろうが叩こうが動じない、こんな当歳見たことあります？」

「いや、確かに、犬みたいな馬やな」

「離乳は済んでいるのかな」

大迫に訊かれ、拓馬が頷いた。

「先日、生後五カ月目に、ミルクを与えるのをやめました」

「いかがです、会長？」

と言う大迫に、後藤田が頷いた。

「よっしゃー、決まりや。今日は二千万しか持っとらんので即金いうわけにはいかんが、明日にでも一億、振り込んだるわ」

「ありがとうございます。中期育成のスケジュールなどはどうしましょう」

「好きにせい」

と後藤田は、秘書やマスコミ関係者を引き連れて帰って行った。

大迫が拓馬に言った。

「勝手に売買契約を進めてしまって、まずかったかな？」

「いえ、そんな……」

思ってもみなかった額である。一億という金など手にしたことがないので具体的に何ができるのかイメージできないが、これで牧場を再建させられるメドがついたことは確かだ。

「後藤田会長の所有馬になれば、日本トップクラスの環境で中期育成や馴致、外厩でのケアなどができる」

「じゃあ、イヤリングは北海道なんですね」

「そうなる。新冠《にいかつぷ》にある後藤田会長の牧場だ」

新冠。グチャグチャになった母屋の整理をしたとき、新冠郡新冠町という宛て名の封書を何枚か見たことを思い出した。

「リヤンは『絆』という名前のとおり、後藤田会長と私の結びつきを確かめる働きをしてくれた。シルバータームの代表産駒になってもらわないとね」

という大迫の言葉を聞き、大切なことを思い出した。

「あのう、後藤田会長は、リヤンの馬名については了承してくれたのでしょうか」

「もちろんだ、それはここに来る前に話しておいた。誰よりも忙しそうに見えて、どんな細かなことでも絶対に忘れない人だから心配ない」

「大迫先生、リヤンはいつイヤリングに行くんでしょうか」

「離乳が終わっているならいつでもいい。リヤンの場合、いろいろ仕事があるだろうから、そっちを片づけてからでも大丈夫だよ」

そのとき初めて大迫の笑顔を見たような気がしたが、スマートフォンでスケジュールを確認する表情は、いつもの仏頂面だった。

大迫が帰り、拓馬は一流調教師と大馬主に接するという夢のような時間から現実に引き戻された。

リヤンがイヤリングに行けば、ともに過ごしてきた時間が終わってしまう。リヤンのいない空の馬房を想像すると、寂しさに胸が押しつぶされそうになった。

十三

原町の借り上げ住宅への帰途、今回のリヤン売却に関して、父にどう報告しようかと考えた。

調教師に写真と資料を送った話をしたときは、どうせ返事が来ないと思ったのか、「ほうか」とか「んだか」などと生返事をするだけだった。どのみち、明日の新聞に大きく載るだろうから、黙っているわけにはいかない。

夜、久しぶりに家族四人揃って食卓を囲んだ。

「今日、大迫調教師が馬主さんを連れてきて、リヤンを買ってくれることになったよ」

拓馬が言うと、父は、

「大迫君か。誰を連れてきた」

と厚揚げを口に放り込んだ。リヤン売却を勝手に決めたことは怒っていないようだ。

「後藤田オーナーだよ」

「あの人か」

「まずかった?」

「いや、後藤田さんなら安心だ。馬関連の事業だけで何とかしよっちゅうオーナーブリーダーはこれがらは苦しくなる。んだげんちょ、あの人は何しろ本業が堅い」

母の佳世子と妹の将子が聞き耳を立てている。

「いくらで売れたか、訊かないの」

拓馬が言っても、父は、

「冬場の夜間放牧を日本で初めてやったのも後藤田さんの牧場だ」

と違う話をしている。

「一億で売れたよ。一億円」

拓馬が言うと、佳世子と将子が「一億円!?」と目を丸くした。

しかし、雅之は表情を変えず、

「大迫君がわざわざ後藤田さんを連れてきたんだから、ほんなもんだべ」

と、煮物の汁をズルズルッと音をたてて飲んだ。

「これで、家と牧場を建て直せるね」

と言う拓馬に、将子が目配せした。佳世子の前でこれ以上牧場の話をするのはやめておけ、という意味だろう。壁時計の秒針の音が響く。

「ウチって不思議ね」

佳世子がため息まじりに言った。

ウチというのは「家」か、それとも松下家のことか。佳世子がつづけた。

「馬がいると、臭いし、汚いし、うるさいし、しかもお金ばっかりかかって嫌で仕方がなかった。だけど、こうやって、帰れなくなると、自分でもびっくりするくらい寂しいの。私たちが帰る家って、あそこだけなんだね。ここは家じゃない。お父さん、だから、その一億円、拓馬と一緒に、馬のために好きなように遣って」

父は、もとよりそのつもりだとでも言いたげなふうを装っているが、まばたきする目を隠すように新聞をひろげた。

真希が聞いたらどれだけ喜んでくれただろう。弟の土田勇作と一緒に、墓前で報告しようと思った。

数日後、大迫から電話があった。

「松下君、そろそろリヤンをGマネのイヤリングに送ろうと思うんだが、いいかな」

「ジーマネ？」

「後藤田オーナーが新冠町で経営するGマネジメントという生産・育成牧場だ」

Ｇは後藤田の頭文字のようだ。

ついにリヤンを手放すときが来る。大迫がつづけた。

「オーナーは、Ｇマネのスタッフとして君を雇ってもいいと言っている」

突然の申し出に、すぐには言葉が出なかった。

将来松下ファームを再建するとき、日本随一の設備と人材を有するＧマネジメントで働いた経験は大いに生かされるはずだ。

「せっかくですが、お断りします」

言いながら、自分の口から出た返答に驚いていた。

「理由を訊いてもいいかな」

「ぼくは……」

そう言いかけてからどのくらい経っただろうか、大迫は黙って拓馬の言葉を待ちつづけてくれた。

「ぼくは、南相馬の松下ファームの松下拓馬です。繁殖牝馬が一頭もいなくなってしまったうえに、警戒区域に指定されて立ち入ることさえできない弱小以下の牧場ですが、父と祖父と曽祖父と高祖父と……ぼくの先祖が築き上げたものを守るには、今ぼくがここを離れてはいけないような気がするんです」

大迫が息をついたのがわかった。

「そうか。ところで、リヤンを売った一億円はどうした？」

「口座に入ったままです」

「私からアドバイスできることがあるとしたら、その金を松下ファームのためだけに遣うようにしろ、ということだ」

「どういうことですか」

「一円たりともよそに寄付するんじゃない。その一億で何人の生活をどのくらい救える？　数人、数十人を何カ月か楽させたら消えてなくなる。だが、君の小さな牧場を再建することはできる」

津波てんでんこと同じ発想だ。自分自身を救ってこそ、周りと一緒に次の一歩を踏み出せる。

「わかりました」

「いろいろなことを言う人間も出てくるだろうが、有名税だと思って我慢するんだな」

八月の終わり、一台の馬運車がリヤンを迎えに来た。

タラップを上るときまでは、いつもの落ちついたリヤンのままだった。

しかし、拓馬がリヤンを車内に残して降りようとしたとき、リヤンは珍しく四肢をバタつかせ、鉄柱につながれた曳き手綱をほどこうとした。

馬運車の扉を閉めると、なかからリヤンの鳴き声が聞こえてきた。

小さな体に不似合いな広い枠に入ったリヤンの姿を思い出すと切なくなった。しかし、リヤンが競走馬として、また生き物として強くなるにはこうするしかないのだ。そう自分に言い聞かせた。

――リヤン、強くなれよ。

リヤンを乗せた馬運車は、北海道を目指し、国道六号線を北上して行った。

とうに馬運車は見えなくなっていたのに、拓馬はずっとそこに立ち、北の空を見つめていた。

二〇一二年　イヤリング

一

リヤンドノールが北海道に旅立ってから七カ月が経とうとしていた。暦のうえでは春になっていたが、三月の相双地区は最低気温が氷点下になる日もあり、海辺を吹き抜ける風は冷たい。

松下拓馬は、相馬中村神社を拠点とするNPO法人「相馬ホースクラブ」で飼育されている馬の世話をしたり、ホースセラピーを手伝ったりという仕事をつづけていた。

東日本大震災の一周忌法要には土田真希の弟の勇作とともに参列した。

そして、三月の終わり、休みをとって、リヤンに会いに北海道に行くことにした。

仙台空港から札幌《さっぽろ》行きの飛行機が離陸した。眼下にひろがる眺めに、拓馬は、胸を鈍器で叩かれたような衝撃を受けた。荒涼たる風景がそこにあった。津波にさらわれた一帯は壊滅状態だった。瓦礫はほぼ撤去されていたが、綺麗になったぶん、かえって空虚さが恐ろしく感じられる光景であった。

新千歳《しんちとせ》空港でレンタカーを借りた。北海道に来るのはこれが初めてだった。同じ北日本でも、空の高さや雲の膨らみが、東北のそれとはまるで異なる。道も、家も、コンビニの駐車場も、その先にひろがる平原も、目に入ってくるものすべてが大きくて、広い。日高地方は相双地区と同じく太平洋側なので、雪が少なく、運転しやすい。新冠のGマネジメントに向けて車を走らせ、左手の放牧地と右手の大海原に挟まれた坂を下って行くときは、その美しさに思わず声が出た。

国道沿いの崖に描かれた、大きな馬の壁画の下にあるレストランで昼食をとった。真希が一緒だったら喜びそうな洒落《しやれ》た内装の店で、料理も美味《おい》しかった。

食後、コーヒーを飲んでいると、地元の人々の会話が耳に入ってきた。「白い馬」の話だった。その馬は、住宅地の公園で泣いていた子供に寄り添っていたという。小学校の校庭や、福島から避難してきた人が多く暮らす公営住宅によく来るので、「白い馬は子供が好きらしい」とか「福島の言葉がわかるようだ」と噂された。それに尾ひれがつき、「海辺で昆布《こんぶ》を食べていた」だとか「立ち上がってヒグマを威嚇していた」などと都市伝説のような噂も聞かれるようになったという。

——まさか、その白い馬はリヤンじゃないだろうな。

店を出て、また車を走らせた。

Gマネジメントには二十分ほどで着いた。

出迎えてくれたのは小山田《おやまだ》という細身の男だった。拓馬とそう変わらない年齢に見えるが、名刺にはイヤリング部門マネージャーとある。年功序列ではなく、能力主義をとっているのか。

瀟洒《しょうしゃ》な洋館のような牧場事務所から、道を挟んだ向かい側に、離乳した当歳馬が一歳になって馴致を始めるまで過ごす、イヤリングの厩舎と放牧地があった。

「このなかにいます」

小山田は、二十頭ほどの一歳馬が放されている放牧地に拓馬を案内した。

「リヤンは……？」

どういうわけか、放牧地の真ん中に二十頭ほどが会議でもするように顔を寄せて集まっている。こちらから見えるところに芦毛馬は一頭もいない。

「お、来るぞ」

小山田は口元に笑みを浮かべた。

集まっていた馬たちが揃って顔を上げた。馬たちの輪に切れ目ができ、それが少しずつひろがり、群れが完全にふたつに分かれた。

その真ん中にできた道を、小さな芦毛馬がゆっくりと、こちらに向かって歩いてくる。

リヤンである。

「あいつ、ひょっとして……」

「気づきましたか。ここに来て三日目には、もうボスになっていました」

リヤンが群れの間にできた道から抜け出すと、ほかの馬たちが後ろからぞろぞろとついてきた。

「相馬にいたときは、どちらかというと、いや、誰がどう見てもおとなしい馬だったんですが」

「今もおとなしいですよ。特に人間に対しては従順というか、見ていてハラハラするぐらい、何をされても受け入れます。ところが、ほかの馬におかしなことをされると、しばらくは無視しているのですが、突如として豹変《ひょうへん》するんです」

「豹変？」

「そう、文字どおり、ヒョウのようにしなやかな動きで相手を叩きのめす」

喜んで拓馬のもとへ駆けてくるシーンを思い浮かべていただけに、妙な気分だった。

リヤンは、山桜の根元に立つ拓馬の目の前まで来て、立ち止まった。

体はずいぶん大きくなったが、牧柵越しに見る顔は、相馬にいたときのままだ。まっすぐな鼻梁、引き締まった口元、そして強い意志を感じさせる深い色の瞳。

「リヤン、リヤン」

拓馬が右の手のひらを差し出すと、リヤンは匂いを確かめるように鼻を寄せた。そのまま顔を撫でようとしたら、くるりと反転し、放牧地の奥へと群れを引き連れて歩いて行った。

「子分たちの手前、松下さんに甘えるわけにはいかないと思ったんじゃないですか。あれが彼なりの、精一杯の挨拶です」

小山田の言葉を聞きながらリヤンを見送った。リヤンは一度も拓馬のほうを振り向かなかった。

「やはり競走能力の高い馬がボスになることが多いのですか」

拓馬が訊くと、小山田は十数頭の競走馬の名をすらすらとそらんじた。

「ここでボスだった馬たちです。GIを勝った馬もいれば、未勝利や五百万で終わった馬もいる。競走能力と統率力はまったく無関係ではないようですが、必ずしも一致するとは限らない」

それはさておき、若く見える小山田が十年以上前にデビューした馬の当歳時の様子を知っているのが不思議だった。そんな拓馬の思いを察したように小山田がつづけた。

「ぼくはこの近くで生まれたのですが、子供のころから若駒《わかごま》を眺めるのが好きで、群れのボスが競走馬としてどれだけ走るかに興味を持っていたんです。仲間には変わり者扱いされましたが、噂を聞きつけた後藤田会長がこうして拾ってくれたおかげで、どうにか食えています」

「リヤンはどうでしょう」

「ぼくの見立てが当たる確率は半々ですが、それでも聞きたいですか」

そう言った小山田の口元から笑みが消えていた。

「いや、やめておきます」

「それがいい」

小山田は群れに目をやり、リヤンと同じ放牧地にいるすべての馬の血統や性格、病歴などを教えてくれた。ほら、あの左トモを引きずっているやつ……といったように、拓馬の目にはわからない動きを含め、一頭一頭の細部まで把握している彼は、特殊技能を持ったスペシャリストというより、ある種の天才に思われた。

「あいつ、脱走の常習犯なんです」

「リヤンが、ですか」

「雪が積もって牧柵を乗り越えやすくなったときに味をしめたんでしょう。三月になって雪が少なくなってからも、あいつだけは楽に柵を飛び越えられるものだから、ぼくがいなくなるのを待って脱走するんです」

と小山田は放牧地を囲む柵を指さした。

「で、どこに行っていたんでしょう」

「海のほうの国道二三五号線あたりまで行っていたようです。ここから五キロ以上離れているのですが、そこでブラブラしたあと、夕カイバの時間までに帰ってきて、ツラッとしている」

「そういう馬って多いんですか」

「いや、リヤンが初めてです。こんな馬ばかりだったら大変ですよ。外をうろついているイヤリングがいるなんて会長に知れたら、ぼくはクビです」

苦笑する小山田の顔を見て、昼食をとったレストランで聞いた「白い馬」の話を思い出した。やはり、あれはリヤンだったのか。

「どうしてリヤンは脱走なんてするのかな」

「今日の様子を見て理由がわかりました。松下さんを探しに行っていたんでしょう。今日松下さんと再会して、自分が捨てられたわけではない、ということを理解したはずです。それによって、また少し、成長できたと思います」

リヤンが顔をこちらに向けた。拓馬が手を振ると、もうわかったよ、とでも言いたげに、顔を下に向けた。

二

震災から一年と少し経った四月半ば、警戒地区の見直しが行われた。松下ファームのあるところは、警戒区域から「避難指示解除準備区域」となり、立ち入りが自由になった。ただし、宿泊してはいけないという。考えてみればおかしなルールで、夜通しそこにいて警察に注意されても、「おれは寝てねえ」と目をひらいていれば構わないわけだ。

いわゆる「復興バブル」で、建設業を中心に活気づいてきた相双地区の再建が、旧警戒区域にまで入り込んでくるかもしれない。

拓馬は、NPO法人の仕事をやめて、毎日松下ファームに行くようになった。

前年の秋ごろから「除染」という言葉が盛んに使われるようになっていた。原発事故で飛び散った放射性物質を、土をはぎとったり、芝生を刈りとったり、水で洗い流すなどして除去し、放射線量を下げよう、というものだ。

内閣府のモデル実証事業や、自衛隊による飯舘村《いいたてむら》、浪江町など線量の高い役場の除染が昨年から行われ、今年に入って先行除染事業、本格除染事業と進められている。旧警戒区域は市ではなく国が除染をするらしいが、いつ松下ファームが除染されるのか、まったくわからなかった。

それならば、と、拓馬は、国が実施する除染の順番が回ってくるのを待つのではなく、自分の手で松下ファームの除染をすることにした。幸い、後藤田がリヤンを買ってくれたおかげで、これまで見たことのない大金が手元にある。去年のうちに重機免許を取得しておいたので、六百万円ほどで程度のいい中古のパワーショベルを買い、まず、表土の入れ替えを始めた。それだけでも放射線量がずいぶん下がった。ときどき、拓馬が目標値に設定した毎時〇・一マイクロシーベルトを下回る。

さらに線量を下げるには、周辺の木々に付着した放射性物質をとり払うしかなさそうだ。敷地内の樹木は自分の判断で枝を落とすことができるが、他人の所有地や市有地などの木々は勝手に伐採するわけにはいかない。考え抜いたすえ、下草を刈りながら高圧洗浄機で届く範囲で林の木々を洗う、という作業を始めることにした。

「おい、松下、松下……」

洗浄機の音で気づかなかったが、すぐ後ろに消防団の高橋がいた。父を救い出したときも、モモを見つけたときも、近くにいてくれた友人だ。

「久しぶりだな、高橋」

「ときどきニュースでお前とリヤンを見てっから、こっちは久しぶりっつう感じはしねえけどな」

中学のときから柔道部で活躍し、高校三年生のとき国体に出たほどの選手だったが、前に会ったときよりずいぶんやつれていた。

「じっちゃんは？」

拓馬が訊くと、高橋は首を横に振った。彼の父方の祖父が津波で行方不明になったままなのだ。

「まだ見つかんね」

「そっか」

「松下、悪《わり》いけど、重機貸してくんねえが。下の畑、整地してェんだ。除染を兼ねて、処分すっぺと思ってな」

「あの土地、売ってしまうのか」

「じっちゃんが帰ってくるまでほのまんまにしとぐべと思ったげんちょ、さすがに諦めたわァ」

高橋の畑は、今除染している雑木林から傾斜地を少し下ったところに、松下ファームと敷地を接してひろがっている。前年、拓馬に数千万円で土地買収を持ちかけてきた東郷エステートも、なぜか高橋の土地には興味を示さなかったという。

「なあ高橋、お前の畑、いくらならおれに売ってくれる?」

拓馬が言うと、高橋はギロリと睨みつけた。

「見くびんな。金があっからって、いい気になんでねえ!」

「そ、そんな……」

「助けてほしぐて言ったわげでねえ」

と高橋は足元に唾を吐いた。

「勘違いしないでくれ」

「勘違いだと?」

「ああ。実は、そこの土地、前から狙ってたんだ。この雑木林を切り拓《ひら》いて傾斜のある馬道にして、調教コースをつくれたらいいなって」

少なく見積もっても、一周一二〇〇メートルほどの周回コースができるだろう。拓馬が指で示した「未来の周回コース」を目で追い、高橋は頭を掻いた。

「ほうだったか。怒鳴って悪がった」

「気にすんな。重機、使ってくれ」

「おう、すまん」

「土地の話、本当に考えといてくれ」

高橋は頷き、パワーショベルに乗り込んだ。彼も、一億円を手にした拓馬に対する見方が変わっていたのかと思うと、少し寂しくなった。

その高橋とて、警戒区域から避難している住民に対する東京電力からの賠償金を、毎月、家族ひとりあたり十万円ずつ受けとっていた。松下家もそうだ。しかし、二十キロから三十キロ圏内では額や期間が異なり、三十キロ圏外の相馬市などでは何の補償もない。三十キロ圏外の人間も、賠償金を得ている人間たちと同じように風評被害に苦しんでいるわけだから、複雑な感情を抱いて当然だ。

震災発生から時間が経つにつれ、被災の程度、補償の程度の差が、さまざまな形で相双地区の人々の暮らしや気持ちに難しい歪みを生じさせるようになっていた。

父の雅之は、五郷騎馬会で野馬追存続を訴えたころの様子から、早々に回復しそうに思われたが、歩くことに関するリハビリが、あまり進んでいなかった。筋力がなかなか戻らないうえに、股関節や膝、足首の可動域が小さくなり、ヨチヨチ歩きしかできない状態がつづいている。妹の将子によると、理学療法士や作業療法士の言うことを聞かず、周りが困っているという。

リヤンがいなくなり、松下ファームもこんな状態だ。父は、昔からいつも近くにいた馬と引き離されたため、対象喪失による鬱状態になったのかもしれない。

翌日、久しぶりに相馬中村神社の厩舎を訪ねると、ちょうど夏雄が鞍をつけたモモを曳いて放牧地に出るところだった。

リヤンが北海道に行って少し経ってから、夏雄は、モモの体をタオルでこすったり叩いたりするタッピングなどの騎乗馴致を始め、背中に乗るようになっていた。

「ちょっとこいつのキャンター、見てやってくれよ」

曳き手綱を握る夏雄が言った。

「そんなにいいのか」

「いや、逆だ。ガッタガタなんだ」

放牧されている馬たちの周りを、夏雄を背にしたモモが、まず常歩《なみあし》で歩き、リズミカルなダクになり、そしてキャンターで駆け出した。確かに、脚の運びはめちゃめちゃで、胸前の筋肉がおかしな揺れ方をしている。

しかし、鞍上《あんじょう》の夏雄も、そしてモモも、楽しそうだし、気持ちよさそうだ。

「拓馬、おれ、こいづで今年は甲冑競馬に出ることにしたよ」

「本当か？」

ようやく、親友が、かつての姿をとり戻そうとしている。

「で、考えがあるんだ。親父さんのことなんだけど……」

夏雄も雅之が塞ぎがちなのを気にしていたという。

彼が話してくれたアイディアに、拓馬は大きく頷いて賛同した。

三

一歳になってからも順調に成長をつづけたリヤンは、新冠のGマネジメントに三つある育成厩舎のうち、もっとも多くのGI馬を送り出している横川《よこかわ》厩舎で馴致、育成されることになった。

六月の終わり、拓馬は三カ月ぶりにGマネジメントを訪ねた。

横川厩舎に行ってみると、リヤンの馬房の前に、厩舎長の横川とイヤリングマネージャーの小山田がいた。

「松下さん、お久しぶりです。横川さん、こちらは――」

と小山田は拓馬を横川に紹介したあと、リヤンの顔を見て苦笑した。

「本当に、あれっきり脱走しなくなったんです。まあ、こうして育成厩舎に入ると、怪我でもしない限り、放牧地に出すことはなくなるので、その心配はないんですけど」

拓馬と小山田が話していたとき、横川はまったく言葉を発しなかった。年齢は三十代後半だろうか。がっちりとした体躯《たいく》で四角い顔をした、ちょっととっつきにくそうな印象の男だった。

小山田が横川に話しかけた。

「横川さん、リヤンは馬銜も腹帯も、馴致はスムーズだったんですよね」

「ああ。もう人を乗せてる」

意外と優しい口調だった。

「横川さん自身は？」

「乗ってみた」

「どうでした？」

と問われた横川は腕を組み、眉間にしわを寄せた。

「乗り味はいいんだげんちょ、もっと食わせて体さ芯通さなっかなんねえべ」

その言葉を聞いて「あれ？」と思った。拓馬が訊いた。

「横川さんも福島の浜通りの出身ですか」

「な、なしてわがった？」

語尾やイントネーションからバレバレなのに、本当に驚いているようだ。

「いや、何となく」

「横川さんは、何かに集中しているときや、すごく機嫌のいいときだけ、お国訛《なま》りが出るんです」

と小山田。

「よぐ小山田に言われんだげんちょ、自分じゃわがんねんだ」

懐かしい響きを耳にしてリヤンもリラックスしたのか、馬房で横になり、目をとじている。

横川も南相馬出身で、小さいころ相馬野馬追の騎馬武者行列に参加したことがあるという。中学生のとき、父の仕事の都合で北海道に越してきたとのことだった。

「リヤンをよろしくお願いします」

拓馬が頭を下げると、横川は笑顔で頷いた。

「おう。お互い頑張っぺ」

横川がリヤンに跨り、屋内のウッドチップコースで乗り運動を始めた。コースを一周しただけで、若い乗り手に乗り替わった。その乗り手も一周しただけで、今度は女性の乗り手にバトンタッチした。リヤンだけではなく、ほかの一歳馬や二歳馬も、みなそうしている。

「うちでは、よっぽど難しい馬でない限り、全員がすべての馬に乗り、乗り味を覚えるようにしているんです。そうすると乗り手のセンサーが磨かれ、スキルが上がる。上手い乗り手を背にすると、馬の走り方がよくなる……という循環に乗せる。これが後藤田会長の考え方なんです」

小山田が説明した。なるほど、ここにいる馬たちの血統とGマネジメントの実績からして、今自分が見ている馬のなかからほぼ確実にGIホースが現れる。GIホースの背中を知っている乗り手が増えれば増えるほど、「名馬製造工場」としてのGマネジメントの製造能力はさらに高まる。

小山田がイヤリング厩舎に戻り、リヤンたちのクールダウンが終わってから、横川が事務所でお茶を淹れてくれた。壁にはGマネジメントで制作したカレンダーがかかっている。写っている馬はすべて生産馬だという。朝焼けをバックに当歳馬が駆けるシルエットや、青草を食《は》む親子の写真など、どれも美しい。十二月までめくって見せてもらった拓馬は、あることに気づいて驚いた。

「ここに写ってる馬、イメージカットのような写真や、十数頭の集団で走っている写真でも、すべて馬名や血統名が欄外に書かれていますね」

「それも会長のやり方なんだ。何となく、っつうことは絶対にしねえ」

「厳しい人なんですね」

「ほうがもしんねえげんちょ、おらほは慣れでっから」

「そうですか」

「あんた、昔、新冠さいだ松下雅之さんの息子だべ」

「はい、親父を知ってるんですか」

「ちょごっとしゃべったごとあるだけだげんちょも、有名だがら、あの人」

「どんな生産者だったんですか」

「うーん、気ィ悪くすんなよ。理論派だけど熱血漢つう、変わった人でな。エスグループさいだどぎゃあ、東の松下か、西の岡村かっつう気鋭の二大巨頭よ」

父は、日本最大の生産者グループである「エスグループ」で、カリスマオーナーブリーダーの岡村茂雄とともに働いていたのだという。横川が話をつづけた。

「東と西は逆だったかな。いや、岡村さんはもどもど関西の人だ。岡村さんの考え方は、鍛えて馬を強ぐする。松下さんは、成長を邪魔せず促して、持ってるものを引き出す。水と油だ」

「犬猿の仲だったんですね」

「ほだごとねえんだ。むしろ仲はいがったんだげんちょも、とにかぐしょっちゅうやり合ってた。決定的だったのは、馬喰《ばくろう》事件だ」

「馬の仲買人の馬喰、ですか」

「んだ。昔はひどい馬喰もいて、馬主さ一千万で馬売りたがってる人がいるっつって、生産者には五百万で馬買いたがってる人がいるっつって、差額の五百万を懐さ入れる悪玉もいだ。んまあ、馬喰がいだがら馬が回るっつう部分もあったんだげんちょも、松下さんはそれが許せねがった。悪質な馬喰が新規の馬主の参入の邪魔をしてるっつって、自分が関わってねェ馬の売買まで、ぜーんぶ売値と買値の差額を調べ出して、新聞社と軽種馬《けいしゅば》協会さ持ってったのよ。確かに、松下さんの言ってるごだあ正しいんだげんちょ、ほれだと窮屈だわな。んで、馬喰容認派の岡村さんと徹底的にやり合ってな。生産者っつうのは、できるだけたくさん馬売りだくて、ときには自分も売買の仲介するわげだから、結局、松下さんが孤立して終わり、ってごどよ」

「そうだったんですか」

父が新冠時代の話をしない理由が、ようやくわかった。

「松下さん、大殿とも交流があったんだ」

「大殿って、相馬和胤公ですか」

「んだ。大殿も生産者だったんだ。大樹《たいき》で牛やって、門別《もんべつ》で馬つくってだ」

それで父は、去年の上げ野馬神事で親しげに話していたのか。横川がつづけた。

「松下さんは戦うのが好きなんだな。でっかい相手を敵さ回さねえど、おもさぐねんだべ。日高を出て故郷の相馬さ戻ったのも、地理的な不利とか、そういうもんと戦いたがったがらでねえか」

「そうなんですかね」

「おれは、あんたの親父さんが大好ぎだァ。おっ、もうこっだら時間だ」

「長居しちゃってすみません」

「いやあ、松下さんの息子さんと話せでおもせがっだ。また来てくれな」

と右手を差し出した。握り返すと、見た目の印象よりさらに分厚く、温かい手だった。

四

この年、二〇一二年の相馬野馬追は、早くから、前年行われなかった神旗争奪戦や甲冑競馬を実施する「通常開催」になる、と告知されていた。昨年の甲冑行列は宇多郷と北郷の八十数騎だけで行われたが、今年は中ノ郷、小高郷、標葉郷を合わせた五郷すべての騎馬武者四百騎が参加する。数のうえでは例年の八割なので通常開催に近いのだろうが、小高郷と標葉郷の騎馬武者は全員が避難先からの出陣となり、初日の宵祭は徒歩で雲雀ヶ原に集結する。「通常」からはほど遠い内容だ。

拓馬は、騎馬会から配付された、騎馬武者全員の名とその行列順を記した紙を父に渡した。小高郷の行列に「松下雅之」と、父の名が載っている。

夏雄のアイディアで、小高郷の騎馬武者行列に参加するよう申し込んでおいたのだ。騎乗馬はモモだ。リハビリ中であることを考え、拓馬と夏雄のふたりで口を持ってモモが暴れないようにする。雲雀ヶ原祭場地に着いたら、今度は夏雄がモモに乗り、甲冑競馬に出る。

本人が知ったら、怒るか喜ぶかのどちらかだろうと思っていたのだが、雅之の反応はどちらでもなかった。黙って自分の名が記された紙を見ているだけだ。リハビリをする病院やプールでも、最近はあまりKYぶりを発揮せず、ただ無気力で、動きの鈍い患者になってしまっているという。

「ほしたらこれはホースセラピーだべ」

夏雄はそう言っていた。確かにそうだ。

そして、拓馬は、父になり代わったわけではないが、競走馬の生産者として、これと見込んだ生産馬が引退して、ともに出陣できるようになるまで野馬追には出ないと決めた。見込んだ馬というのは、もちろんリヤンドノールである。

宵祭の徒歩での出陣は、まだまともに歩けない父には無理なので見合わせた。

そして二日目、本祭の朝。

甲冑は、本物だと重すぎるので、胴や籠手などはプラスチック製のレプリカを揃え、なるべく軽くして父に着せた。

「いやあ、お父さん、似合うじゃない」

母の佳世子は、思いのほか喜んだ。佳世子はもともと野馬追は大好きなのに、自分の家の馬には興味がないという、拓馬から見るとねじれた嗜好《しこう》を持っていた。

原町保健センターの駐車場に行くと、ちょうど夏雄が馬運車からモモを降ろしているところだった。

「夏雄、やっぱり今日はモモの口、お前らふたりで持ってくれ」

と拓馬は、将子を前に押し出した。彼女は陣羽織を着て、陣笠をかぶっている。

「本当に私がやっても大丈夫なの」

「ああ、曳くだけなら騎馬会に届けなくていいんだ。夏雄が左の曳き手綱を持って、お前が右だ。万が一親父が落馬するようなことがあっても、いつも乗り降りしている左側に落ちるから心配ない」

「やだよ、そんなの」

「じゃ、夏雄、おれは原に先回りしてっから、頼んだぞ」

黙って頷いた夏雄は真っ赤になっている。

父のために動いてくれたことへのお礼のつもりだった。将子にとってもお礼となるかどうかは、夏雄次第だろう。

祭場地の入口でカメラを構えていた拓馬は、ホースセラピーの効力に驚かされた。

馬上の雅之が満面の笑みで、沿道の客に向かって軍扇で「よっ」と挨拶をしたり、撮影のためのポーズをとったりしている。鞍上で馬と呼吸を合わせているうちに本来の自分をとり戻したのか。初めての人が見たら、ゲストの有名人かと思うほどの、いかにも父らしいKYぶりだった。

日天、月天の旗印が、意外なほど似合っている。

母の佳世子も、モモの脇にいた。

「母さん、小川橋から行列と一緒に歩いてきたの？」

「そうよ、何回見てもいいね、野馬追って」

夏雄はどうしているかと様子を見ると、鞭を入れる仕草をしながら将子と何やら話している。将子は将子で、きちんと曳き手綱を握っていた。

そして、午後。

甲冑競馬で、夏雄が乗るモモは鮮やかな差し切り勝ちをおさめた。

「ただ今優勝しましたのは、小高郷の田島武者！　田島武者は、何と、かつてJRAのジョッキーだったという腕利きの武者であります」

場内実況に、観客席から拍手と驚きの声が湧き上がった。

夏雄は、鐙の上で両膝を伸ばして立ち上がり、鞭を天にかざした。

この年の相馬野馬追は大盛況のうちに終わった。沿道から約四万五千人が行列を見守り、雲雀ヶ原祭場地には約四万二千人が詰めかけた。

「んだげんちょ、小高と標葉の侍は避難先からの出陣で、小高の火の祭もねえべし、ミニ神旗争奪戦もできてねえ。んだのに、通常開催って言い方はおかしいべェ」

　雲雀ヶ原祭場地に近い、小高郷の騎馬武者の借り上げ住宅の庭でひらかれた仲間うちの「反省会」で老武者が言った。

「んだ、小高や標葉の侍が自分とっから出陣して本当の通常開催さなったときが、おらだぢの復興でねえか」

　中年の騎馬武者がそう応じると、隣に座っていた雅之が、

「んだ、おめえの言うとおりだ。本当なら、ちょうど今ごろ火の祭だべ」

と、ビールのグラスを空にした。拓馬がテーブルからとろうとしたビンを母の佳世子が持ち、雅之のグラスに注《つ》いだ。

　本祭の夕暮れ、小高郷の侍を迎える火の祭も、いまだ行われずにいる。

　光の粒が延々と連なる道を馬上で揺られ、心地よい疲労感に、今年も野馬追があったことを実感できる時間。それが拓馬にとっての火の祭だった。

んだ、まだまだだ、と拓馬は小さく独りごちた。

五

野馬追が終わると、拓馬はまた松下ファームの除染に一日の大半を費やすようになった。お盆が明けたころには、周辺の雑木林も毎時〇・一マイクロシーベルト以下になっていた。

これでようやく母屋を建て直し、独立した牧場事務所や飼料庫、そして以前より大きな厩舎の築造にとりかかることができる。そう思っていたのだが、放射能汚染の風評は根強く、工事をしてくれる業者はなかなか見つからなかった。地元の小高区内で工務店を営む、野馬追の騎馬武者の今山は引き受けてくれるというが、耐震工事などの復興バブルで忙しく、手があくのは来年になるという。

パワーショベルの操作にも慣れてきて、削れるところは削り尽くしてしまった。

そんなとき、高橋が土地を手放してもいいと声をかけてくれた。これで、拓馬が望んでいた、直線に坂のある調教コースをつくることができる。早速、パワーショベルで下草を根こそぎ除去する作業にとりかかった。とり除いた土や草木を黒いビニールに入れて一カ所にまとめる作業を終えたときには、西側の山々が紅葉で色づいていた。

パッケージは出来上がった。再建の準備完了、と言いたいところだが、かつて自分たちが住んでいた母屋だけがとり残されている。一階の戸や窓はなくなってしまった。土台も海水に浸かって腐食しているだろう。必要なものは原町の借り上げ住宅に移したので、あとは壊すだけだ。このパワーショベルなら簡単に壊せるはずだが、自分や家族の体に傷をつけるかのようで、壊す気になれない。窓が目、戸が口で、表情のある生き物のようにも見えてくる。

毎日ここに来ているのは、家族のなかで拓馬だけだ。

母と妹は、出入りが自由になってすぐ一度荷物をとりに来たが、それっきりだ。住めないところに来ても仕方がないと割り切っているのか。

父は、震災後、一度も来ていない。ずっと生活してきた場所だが、死にかけた場所でもある。ひょっとしたら、ここで松下ファームを再建したいとは思っていないのかもしれない。野馬追で見せたのは空元気だったのか、原町の借り上げ住宅にいるとき、自分から馬の話をしようとはしない。

母は、複数の病棟の看護師長を束ねる立場となり、前にも増して忙しそうだ。

妹の将子は、野馬追のあと、夏雄と一緒にたびたび相馬中村神社の厩舎に行き、馬の世話をしたり、被災馬を探しに行ったりするようになっていた。今は母の働く病院より「相馬ホースクラブ」の仕事を手伝う時間のほうが長くなっている。

十一月になると、紅葉が山から平地までひろがってきた。

市役所で用事を済ませ、いつものように松下ファームに来た拓馬は、車を降りると、思わず駆け出した。

夏雄と妹、そして父が来ていた。三人とも拓馬に気づいているはずだが、こちらに背を向けたまま、敷地の向こうにひろがる海のほうを見つめている。

「これがうぢの牧場か」

父がかすれた声で言った。

厩舎や飼料置き場や物置はコンクリートの基礎だけになり、放牧地は表面を削《そ》いで土だけになっている。そこからつながる傾斜地の先にあった防風林はあとかたもなくなり、以前は見えなかった浜辺が見える。見えるというより、むき出しになっている、という感じだった。

「お兄ちゃん、あそこもうちの土地になったの？」

将子が高橋から買った傾斜地を指さした。

「ああ。こういうふうに走路をつくって、直線に坂のある調教コースにする」

と拓馬は指で楕円《だえん》を描いて説明した。

「それ、自分でつくれないの」

「んまあ、このショベルのほかに、ブルがあればできなくはないな」

「でも、どっかからコースに敷く砂を買ってこなっかなんねえべ。そこの海の砂、勝手に使うわけにもいかねえから」

と夏雄が腕組みした。

「馬道は、ショベルで掘り返した土を耕耘機《こううんき》でやわらかくするだけでいいけどな」

「コースと厩舎ができれば、ここにリヤンを連れてくることができるんじゃない」

将子がそう言うと、父の表情がかすかに動いた。

拓馬が言った。

「それはおれも考えた。けど、避難指示解除準備区域の指定が解かれて、人間が常駐できるようになんなきゃ、競走馬を預かるのは無理だろう。リヤンにしても、馬ってのはみんな高いんだから、何かあったら責任問題になっぺ」

それを聞いた将子は黙って口をとがらせた。

「今は無理でも、目指してみっぺ」

そう言ったのは雅之だった。

「目指すって、何を」

将子が訊くと、雅之は、重機の横にあったスコップを手にした。そして、そのスコップを杖のようについて、傾斜地のほうへと降りて行く。

「親父、急にどうしたんだよ」

拓馬が追いかけて行くと、雅之は「フン！」と地面にスコップを突き立て、そこを掘り返した。周囲を見回し、自分の位置を確認するように頷き、また「フン！」とスコップを突き刺す。かけ声は大きいのだが、スコップを突き立てるたびによろめいて危なっかしい。

「リヤンの育成は無理でも、せめで、来年でも再来年でも放牧さ出たどき、ここで預がれるようにしねえか。それ目指さねえか」

と、また数歩進んで、「フン！」とスコップで地面を掘り返す。

「それはいいけど、スコップでコースをつくるなんて無茶だよ」

「誰がつぐるなんて言った。マーキングだ。お前が言ってだコース取りだと、坂が急すぎるべ。んだから、こう通すといいんでねっか」

ぐるりと指で指し示し、言葉をつづけた。

「一歳馬や二歳馬を、こだら急斜面走らせっど、鍛える前に壊れっど。傾斜をゆるぐしとけば、逆回りで下り坂を歩かすトレーニングもできるべ」

「なるほど。わかった。わかったから、もうやめてくれ。これでまた怪我が悪化したら、おれがお袋に怒られっから」

と、厩舎跡に立つ将子と夏雄に助けを求めようと手を振ると、ふたりは笑って手を振り返すだけで、こちらに来ようとしない。

そのとき、彼らの意図がわかった。

塞ぎ込みがちだった父が、ここに来ることで、かつての情熱をとり戻すことを期待したのだろう。

少し歩いては、「フン！」とスコップを振り下ろす父は、まんまとふたりの術中に嵌《は》まったわけだ。

さすがに疲れたのか、雅之がゼーゼーいいながらスコップに顎を乗せて休んでいると、ディーゼルエンジンの音が近づいてきた。

将子と夏雄の後ろに、大型のパワーショベルが見えた。さらに、ブルドーザーを荷台に載せた大型車も来た。

「おっ、やっぱり、今日もやってっか、拓馬君」

と日に焼けた顔をほころばせるのは、南側の敷地を接する安井《やすい》という隣人だった。東郷エステートが一帯の土地をまとめて買いたいと申し出てきたとき、率先して応じた男だ。同じ小高郷の騎馬武者でもあったが、「拓馬君」と呼ばれるほど親しい仲ではない。

「こんにちは。どうしたんですか、あの重機」

拓馬が訊くと、安井は神妙な顔をして帽子をとり、雅之に話しかけた。

「松下さん、おら、あんたに謝んなっかなんねえ」

「なあした、いぎなり」

「あんたが反対してた、何とかエステートの土地買収」

「東郷んとごが」

「んだ。ほんでなァ、あどでいろいろ調べたらよ、再開発の話っつうのは嘘っぱちで、おらの土地さ、除染で出だ廃棄物の仮置き場として国さ貸して、いずれ返してもらえば、あいづらが言ってた金の何十倍にもなんだってな。あやうぐ何千万って大金、ドブさ捨てっどごだった」

「ほういうこど、平気でやる連中だかんな」

やはり父は、東郷エステートについて詳しく知っていたのだ。

「悪がった。このとおりだ」

と安井は頭を下げ、つづけた。

「んで、お詫《わ》びの印に、手伝わしてくんねえか。こいづは郡山で土建屋やってる弟で、あそごの重機、郡山さ帰るまで何日か使えっからよ」

父の陣頭指揮のもと、コースの造成が始まった。

十メートルほど進んだとき、別のトラックが停まった。降りてきたのは、工務店を営む今山だった。

「あれ、今山さん、家を建ててくれるのは来年でしょう」

拓馬が言うと、今山は丸い顔をほころばせ、

「ほうなんだけんちょ、そご通ったら重機の音すっからよ。枝はらうぐれえなら手伝え

っから」

と、チェーンソーをとり出した。

「いいんですか」

「いいも何も、うぢの厩舎で預がれなぐなった馬、将子ちゃんが引きとって中村神社の厩舎で世話してもらってんだ。こんぐれえしねえと」

少し前までひっそりしていた松下ファームが、にわかに活気づいた。

拓馬も作業に加わった。

傾きかけた陽が、眼前にひろがる海を鏡のように見せている。まだ何もないところだけど、綺麗だな、と思った。

二〇一三年　競走馬デビュー

一

東日本大震災二年後の二〇一三年、リヤンは二歳になった。

拓馬は、完成したばかりの松下ファームの牧場事務所で、リヤンの走りを映したDVDを見ていた。Gマネジメントの育成厩舎長の横川から送られてきたものだ。

「これで大丈夫なのか？」

拓馬は思わず声をもらした。以前はさほど気にならなかったリヤンの悪い癖が、二歳になり、ハロン二十秒ほどのキャンターをするようになると、はっきり表に出るようになっていた。

リヤンは、四肢のうち、右トモだけを外に振るようにして踏み出すのだ。内向して痛みのあった左前脚をかばって歩くうちにそうなってしまったのか。痛がってしているわけではないようだが、そういうトモの送り方が癖になってしまったのは、頭の痛い材料だった。

「右トモが外側になる左回りのコースなら問題はありませんが、内側に来る右回りでは、若干走りがぎこちなくなります」

送られてきたDVDに同封されていた横川からの手紙に、そう記されていた。

思い起こしてみると、相馬にいたとき、立ったまま、右トモを大きく回すようにしていたこともあった。虫でも追い払っているのかと軽く考えていたのだが、癖にならないうちにやめさせるべきだったのか。イヤリングの小山田に、きちんと申し送りしておけば違ったかもしれない。

いろいろな思いが浮かび、とり返しのつかないことをしてしまったような、嫌な気持ちが残った。

三月十一日、東日本大震災発生から二年という節目に、リヤンは新冠町のGマネジメントを離れ、茨城県のジョイフルファームでデビューに向けて調教されることになった。

そこはJRAの厩舎がある美浦トレーニングセンターから車で二十分ほどのところに位置し、調教師の大迫正和が外厩として管理馬を預けている育成場だ。

原発事故による通行止のため、南相馬から常磐自動車道一本で行くことはできない。県道で山を越えて東北自動車道の福島西インターまで一時間半ほど、そこから磐越《ばんえつ》自動車道を経由し、常磐自動車道の桜土浦《さくらつちうら》インターまで二時間半、さらにジョイフルファームまで三十分ほどかかるので片道四時間半ほども要する。それでも、車で行けるところにリヤンが「帰ってくる」のは嬉しいことだった。

リヤンがジョイフルファームに到着し、馬運車から降りるところを夕方のニュースで見た。

「復興がまだまだ進まない被災地の現状をほかの地域の人々に忘れてほしくない」というメッセージを発信するため、オーナーの後藤田幸介の意向で、あえてこの日に移動させたという。馬運車の脇には大迫の姿があった。彼の隣にいる綺麗な女性は、取材に来たキャスターだろうか。

「被災馬として注目されたリヤンドノール号が、無事に茨城の牧場に到着しました。順調なら、この夏には競走馬として走る姿を、私たちに見せてくれることでしょう」

というナレーションで締めくくられ、画面は次のニュースに切り換わった。

ナレーターの「順調なら」という言葉に、リヤンが右トモを回すようにしながら歩く姿が重なり、拓馬は複雑な気分になった。

大迫がどう思っているのか知りたかったし、何よりリヤンに会いたかった。

翌週、拓馬はジョイフルファームを訪ねた。

ジョイフルファームの正門は、注視していないと見過ごしてしまうほど奥まったところにあり、しかも地味だった。牧場事務所もGマネジメントと比べると質素だし、どの厩舎もかなり築年数が経っていた。

しかし、ひと棟だけ重厚な雰囲気のレンガ張りで、隣に新しい洗い場のある厩舎があった。

車から降りてそちらの様子をうかがっていると、後ろから声をかけられた。

「迷わずに来られたかね」

大迫だった。

「はい、どうにか」

「ちょうど今馬場入りしたところだ」

オールウェザー（人工素材の全天候馬場）の周回コースを、リヤンが右回りに走っていた。

「乗っているのは、ここの人ですか？」

プロの騎手のように綺麗なフォームで、水平になった背中のラインがまったくブレていない。

「いや、うちの調教助手だ」

「大迫厩舎の……」

と言いかけた拓馬は、目の前を駆け抜けるリヤンの鞍上を見て息を呑んだ。その乗り手は、先日のニュースで見た、キャスターかと思った女性だった。

「内海真子《うつみまこ》君と言ってね。馬術の高校チャンピオンになったのに、オリンピック選手より競馬サークルを選んだ変わり者だ」

真子の乗るリヤンが向正面に差しかかった。苦手なはずの右コーナーでも走りはスムーズに見える。

「リヤンの右トモ、大丈夫でしょうか」

「見てのとおり、右回りでもずいぶん首の使い方が上手になった。Ｇマネの横川さんとリヤン自身が頑張ってくれたからだろう。それでも局部的な疲れが溜まりやすいかもしれないから、注意は必要だがね」

キャンターでの調教を終えたリヤンが、常歩でこちらに戻ってくる。走っているときはわからなかったが、こうして歩くと、やはり右トモを少し外に振っている。

「先生！」

真子が馬上で怒鳴り声を上げた。

「何だ」

「どうしてもわたしがこの馬を担当しなくてはいけないのですか」

顔を紅潮させた真子は、大迫を睨みつけていた燃えるような目を拓馬に向けた。そして、髪を掻きむしるようにヘルメットを脱ぎ、こちらに投げつけた。

真子が投げたヘルメットは、綺麗な弧を描いて拓馬の胸元に飛び込んできた。

それを受けとって途方に暮れていると、また真子が声を上げた。

「今すぐこの馬をあなたの牧場に連れ帰ってください！」

「な、何を言ってるんだ」

拓馬はいくつかの意味で驚いていた。まず、真子がヘルメットを投げてきたことに対する驚き。その彼女が怒りのあまり状況が見えなくなっているのかと思いきや、拓馬が誰なのか理解しているらしいことに対する驚き。そして何より、彼女がリヤンに対して敵意を抱いているらしいことへの驚きが大きかった。

救いを求めるように大迫を見ても、黙って腕を組んでいるだけだ。

真子を背に乗せたリヤンは、拓馬と同じく困っているように見えた。

拓馬が真子にヘルメットを返そうと埒に近づくと、リヤンもこちらに歩いてきた。

真子にヘルメットを差し出した拓馬の右手に何かが当たった。彼女の涙だった。

突き返されると思ったが、彼女はぺこりと頭を下げてヘルメットを受けとり、かぶりなおした。

「この馬は、福島にいたときからこうだったんですか」

絞り出すように真子が訊いた。

「こうだったとは？」

「いつも、我慢ばかりしている」

「我慢って、リヤンが？」

「そう。右の後ろ脚が痛いのに、それを隠して走ろうとする。本当は走りたくないのに、嫌そうな素振りを見せまいとする。今だって松下さんに甘えたいのに、おとなになったふりをして、松下さんを安心させようとして我慢している」

真子がそこまで言ったとき、リヤンがブルルッと鼻を鳴らした。

それを聞いて大迫が息をついた。

「馬は『そんなことないよ』と言ってるんじゃないのか」

「先生はいつもとり合ってくれませんが、わたしは、この子は競走馬には向かないと思います」

「それはお前が判断することじゃない」

大迫の言葉に、真子はさらに眉を吊り上げた。

「この子の我慢は、前に行きたいのを我慢するとか、馬群のなかで我慢するとか、そういう次元じゃないんです！　火のなかに飛び込んで我慢しろと言われたら、本当に死ぬまで我慢しちゃうような性格なんです。それが伝わってくるから、一緒にいると切なくて、わたしまで苦しくなって……」

「内海、それはいいが、早くリヤンを洗ってやれ。お前だってそいつに我慢させているじゃないか」

そう言われた真子は、唇を震わせてうつむき、リヤンをターンさせた。

拓馬は、彼女とリヤンが洗い場に入るのを見届けてから大迫に訊いた。

「あの女性がリヤンを担当するんですか」

「そうだ。うちはきっちり担当を固定するやり方だからね。心配なのか」

「は、はい」

「うちのスタッフのなかでは最適任者だ」

「はあ」

「ああいう性格を『キレキャラ』というらしいね。うちに来る前、みんなが彼女のことをそう言うものだから、頭が切れるという意味かと思っていたら、すぐに怒ってキレるキャラクターという意味だとは、参ったよ」

と肩をすくめるが、言葉ほど参っているようには見えなかった。

それはいいとして、あれほど激しい性格で、しかもリヤンの競走馬としての適性に否定的な人間が最適任者とはどういうことだろう。拓馬の疑問を察したかのように大迫が言葉をつづけた。

「リヤンは、内海の言うとおり、我慢強い性格だ。血統なのか、環境によるものなのかはわからないが、自分が何をしたいのか、何をしてほしいのかをほとんど表現しない」

確かに、東北人そのものだと思うこともあった。

「それでも、おとなしくて我慢強いだけの馬ではありません」

イヤリングでは群れのボスになり、脱走して「都市伝説」の主人公にもなった。

「わかっている。ただ、内海は、リヤンが抑圧されたまま押しつぶされてしまいそうな危うさを感じているのだろう」

大迫はそこまで言ってから、少し声を低くした。

「実は、私も同じことを感じていたんだ。そして、内海は内海で、まったく正反対の危うさを持っている。リヤンと彼女が互いに刺激し合って、やがて支え合うようになり、持っているものを引き出し合ってくれることを期待して、組み合わせたというわけだ」

真子がリヤンを洗い場から厩舎へと曳いてきた。逆光になって表情はうかがえなかったが、人馬の影がひとつに溶け合っているように見えた。

二

ジョイフルファームには、一周一マイルのオールウェザーの周回コースと、ウッドチップの坂路《はんろ》コースがある。美浦トレセンからのアクセスがいいため、十人以上の調教師が外厩として利用している。

今、拓馬がいるこの厩舎だけ、ほかとは新しさも重厚感も違うレンガ張りだ。出入口はアーチ状になっており、横に八つ並んだ馬房が通路を挟んで向かい合っている。合計十六馬房だ。外壁に「ＯＨＳＡＫＯ」と刻印されているこの建物は、大迫が私費を投じてつくったのだという。

毎日の調教と厩舎作業をする常駐のスタッフはジョイフルファームの社員だが、ときおり大迫厩舎の調教助手が、自らの担当馬の状態を確かめるため美浦トレセンから乗りに来る。

内海真子は、リヤンがここに来た日から毎日欠かさず足を運んでいるという。

この厩舎では、音に慣れさせるため比較的大きな音量でポップスを流している。しかし、リヤンの馬房にいる彼女は、まったく違うメロディーを口ずさみながら敷料《しきりょう》を整えている。

そうした真子の様子に気をとられていた拓馬は、大迫の、

「ダービーの翌週にも間に合いそうだが……」

という言葉を聞き逃してしまった。

「すみません。ダービーが、どうしたんでしたっけ」

「リヤンのデビュー戦をいつにするかという話だよ。オーナーは任せると言ってくれている」

「そうですか」

拓馬は、リヤンと自分の故郷、福島県にある福島競馬場の新馬戦《しんばせん》でデビューさせてほしいと思っていた。

しかし、左回りのほうが走りがスムーズなのだし、翌年のことを考えても、広い東京

か新潟のほうがいいだろう。

「二回福島にしようと思っている」

「はい？」

一瞬、大迫の言葉の意味が呑み込めなかった。

「七夕賞の日に芝一八〇〇メートルの新馬戦が組まれている。今から三カ月半後だ」

「リヤンを福島でデビューさせてくれるんですか!?」

「そうしてほしいと思っていたなら言えばいいのに、相変わらず遠慮がちだな」

大迫と拓馬の話が聞こえているはずだが、真子は鼻唄を歌いながら厩舎作業をつづけている。

——右回りの福島でデビューなんてとんでもない！

と、逆上しても不思議ではないところだが、何とも思っていないようだ。

彼女は、そこに自分とリヤン以外の生き物はいないかのようにリヤンに接し、しょっちゅう話しかけている。そのうち半分ほどは「わかった？」「返事は？」など唇をとがらせての言葉だが、意識して馬に語りかけるようにしてきた拓馬よりずっと自然に馬に声をかけ、そして、何らかの「返答」を得ていることが伝わってきた。

「では、わたしはこれで失礼します」

馬房から出た真子が、歌うように澄んだ声で言った。ずっと誰かに似ていると思っていたのだが、今わかった。フィギュアスケートの日本代表選手だ。

厩舎の前に、軽自動車の四駆と、シルバーのポルシェが停まっている。

当然、ポルシェは大迫の車だと思っていたら、真子は長靴を履いたままポルシェに乗り込み、エンジンをかけた。

低いエンジン音が響くと、リヤンがカイバ桶から顔を上げた。間違いなく、リヤンはこの音を「真子が出す音」として認識している。

「知っているだろう？」

と大迫は、私鉄と百貨店、不動産会社などを経営するグループ企業のオーナーの名を口にした。

「はい、もちろん」

「内海は彼の孫娘なんだよ。根は素直なんだが、純粋培養されすぎたのか、子供のまま大人になってしまったのかな」

厩舎前に停められた軽四駆のドアハンドルに手をかけ、大迫は言った。拓馬の軽トラよりちょっと新しい程度だ。自身の車より、外厩などの施設に金をかけるあたりも大迫らしさなのか。

「大迫先生、このあと、美浦トレセンの厩舎にお邪魔していいですか」

「構わないよ。ちょうどいい。リヤンの主戦騎手も来るから、紹介しよう」

「誰ですか」

「上川博貴《かみかわひろき》だ」

その名を聞いた拓馬は、少しの間、思考が停止したように感じた。

「か、上川って、あの上川ですか」

「すべて任せると言った後藤田オーナーも、上川を起用すると言ったときは絶句していたよ」

それは当然だと思った。

上川博貴は、デビュー二年目に関東リーディングを獲り、その後、数々のGIを制して「天才」と称された一流騎手である。いや、元一流騎手と言うべきか。エッセイ集がベストセラーになり、自身がボーカルをつとめるバンドを率いてお台場に数千人を集めてライブをするなど多才ぶりを発揮した一方で、問題発言や暴力事件を繰り返し、三十歳になったころから勝ち鞍が減っていった。そしてついには裏社会とのつながりを指摘され、騎手免許を剝奪される寸前まで行った男だ。一度騎手免許を返上し、再起を狙っているという噂は本当だったのか。そして、上川を窮地から救い出したのはある大物調教師だと聞いていたのだが、それはこの大迫だったのか。

三

美浦トレセンでは百人ほどの調教師が厩舎を構え、それぞれが二十頭ほどを管理している。つまり、ここには常時約二千頭ものサラブレッドがいるのだ。ここに来て「馬最優先」の標識を見ると、場内の交通ルールのみならず、馬との接し方すべてに思いが至り、身が引き締まる。そういう関係者は自分だけではないはずだと思いながら、拓馬は大迫厩舎のある南F列の奥のスペースに車を停めた。

今日のように曇っていると、三月中旬の美浦はまだ冬の気配が濃い。コートとマフラーがほしくなるが、動き回っている厩舎スタッフのなかにはジャンパーを脱ぎ、汗をぬぐっている者もいる。

大迫厩舎の前庭に行くと、何人もの若い厩舎スタッフから「こんにちはー!」と挨拶された。

こうして声をかけられ、その声が周囲に響くことにより、部外者の自分も居場所を与えられたような安堵感《あんどかん》が得られる。このあたりのスタッフへの教育は、大迫が徹底して行っているのだろう。

厩舎の庇《ひさし》と平行するようにミストの配管がほどこされ、前庭には芝が張られている。

厩舎の中央部に置かれているのは活水器だろうか。

外壁に「OHSAKO」とペイントされているのは、競馬週刊誌に掲載される重賞レース出走馬の写真をその前で撮影するための工夫だ。

——ここでリヤンが撮影される日が来るのかな。

そう考えると、少しドキドキしてきた。

スタッフが休憩する大仲《おおなか》と反対側、E列の厩舎に近い側にある玄関前のカーポートに大迫の軽四駆が停まっている。

玄関の呼び鈴を押そうとしたとき、低いエンジン音とともにダークグリーンのジャガーが厩舎前に滑り込んできた。ほとんど減速せずに大迫の車の後ろにつけようとした。

——危ない、ぶつかる！

ジャガーは弾むようにカーポートに進入し、ザッと砂を踏むブレーキ音をたてて停止した。そのノーズと大迫の軽四駆のリアバンパーの間は一センチあるかどうかだ。車間を見切って寸止めしたというより、ぶつかってもいいと思って、勘でブレーキを踏んだだけに見えた。

ジャガーから、サングラスをかけて黒いスーツを着た細身の男が降りてきた。

騎手の上川博貴である。

テレビや雑誌でしか見たことがなかった、かつてのトップジョッキーが突然目の前に現れたものだから、さすがに緊張した。

「はじめまして、生産者の……」

そう言いかけた拓馬を無視して、上川は呼び鈴も押さずに厩舎玄関の引き戸をあけた。

入ってすぐの部屋が応接室で、重賞の口取《くちと》り写真や優勝レイが壁に飾られている。右奥が事務室になっているようだ。

上川は応接室のソファにドカッと腰かけ、犬でも呼ぶように拓馬を手招きした。

「入れよ。寒いから早く戸を閉めろ」

テレビのスピーカーを通して聞こえてくるような、芯が通っているというか、どこか不思議な響きのある声だった。

「はい、失礼します」

大迫は事務室で電話中だった。

上川は大迫に断りもせず、テレビの横にある保温器から缶コーヒーをふたつとり出し、ひとつを拓馬に放って寄《よ》こした。

受けとったら、ものすごく熱かったので、思わず下に落としてしまった。

そんな拓馬の様子を見て、上川は「クックック」と笑っている。

大迫が電話を終えて向かいのソファに座ってもまだ上川は笑っていた。

「何がそんなに可笑《おか》しいんだ？」

大迫に訊かれると上川はサングラスを外し、

「いや、こいつが缶コーヒーを落としたときのツラがマヌケすぎてさ。なあ、お前バカだろう」

と拓馬に向け顎をしゃくった。

拓馬は何も言い返せなかった。

「そうか、バカか。言っとくけどな、おれもバカだ。クックック」

まだ笑っているが、拓馬には何が面白いのかまったく理解できない。上川の態度の大きさに驚きすぎたせいか、不思議なくらい腹が立たなかった。

拓馬が競馬を見はじめたころ、長身を綺麗に折り畳んだ上川の流麗な騎乗フォームに憧憬《しょうけい》の念を抱いたものだ。甘いマスクで女性ファンも多く、特に大舞台での勝負強さには際立つものがあった。ところが、ここ数年、地方競馬出身の騎手や外国人騎手の台頭もあって乗り鞍が減り、そこに不祥事が重なって騎手免許を返上した。免許取消になる前に自ら返上したほうが再申請しやすいからそうしたらしく、来月、二〇一三年四月からレースでの騎乗を再開すると報じられていた。

「上川、リヤンの調教ＤＶＤは見たか」

「ああ、暇だからな」

大迫より年下なのに、ぞんざいな口の利き方をする。

「どう思った？」

「そんなの、自分で乗らなきゃわかるわけないだろう。ただ、テキんとこのミキティが可愛いってことはよくわかったよ」

テキというのは調教師のことで、「騎手」を逆さに読んだのが語源と言われている。ミキティとは、フィギュアスケートの選手に似た、リヤンを持ち乗りで担当する調教助手の内海真子のことだろう。

「七月の二回福島でデビューさせる予定だから、そのつもりでいてくれ」

上川は頷き、ふんぞり返ったままソファの横にあった鞭を右手に持った。

「天下の大迫正和が、おれに大事な新馬の騎乗依頼をするとはね。何か裏があるんじゃねえのか」

大迫は手にしていたペンを胸ポケットに差し、言った。

「なあ上川、『壊し屋』と呼ばれるのはどんな気分だ」

「どういう意味だ」

上川は上体を起こして大迫を睨みつけた。

「リヤンの騎乗依頼をしたのは、お前が壊し屋だからさ」

「あんた、正気か？」

「ああ、正気だとも。リヤンには、お前に壊してほしいところがある」

「壊してほしいところ？」

上川と拓馬は同時に訊き返した。

「もちろん、脚元を壊せという意味ではない。あの馬は人間の心を見透かそうとするところがあって、人に期待されたぶんだけ返そうとするのが癖になっている。ときには自分を見失い、気がついたら大声を上げているような状態に追い込んだりと、リヤンの気持ちの殻を壊してほしいんだ」

「なるほど。癇癪《かんしゃく》持ちのミキティを担当にしたのと同じ理由か」

「似ているが、彼女にはこれからもリヤンと支え合ってもらう。お前には、制御不能になるまで追い込んでもらって構わないから、爆発力を引き出してほしい」

「そういうことか」

と脚を組み直した上川と目が合った。

「よろしくお願いします」

そう言ってしまってから、「何をよろしくすりゃいいんだ」と怒鳴られるのではないかと身構えたが、上川は黙って目を逸らした。

「松下君、もし時間があるなら、これからジョイフルファームに戻って、リヤンの午後の運動も見ていかないか」

「はい。見たいです」

だろうか。

「上川もどうだ」

上川は答えず、引き戸を乱暴にあけて出て行った。壊し屋と言われて気分を害したの

「さあ、出かける前に、うちの厩舎を見てもらおうか」

大迫は上川を気にかける様子もなく、拓馬を馬房の並ぶ通路へと案内した。

通路はコンクリートの上に弾力性のある素材を敷きつめ、各馬房の入口は、鉄の厩栓棒ではなく、幅四十センチほどの厚いビニールの幕で塞いでいる。敷料は馬によって違い、寝藁もあればおが屑《くず》もあり、ペレットに水を含ませたものもある。

チタンの特製ネックレスを首にさげた馬もいる。馬たちがつける頭絡や手綱は、その馬のオーナーの勝負服と色を揃えているという。

洗い場に目を転じると、あえて曳き手綱を左右につながず、ひとりが口を持ち、もうひとりが手早く洗う、というスタイルの人馬もいる。

「こうした洗い場があるのは日本だけだから、洗い場のない海外に遠征したとき、戸惑わずに対応できるよう練習しているのさ。まあ、その前に海外遠征できるほどの馬をつくらなければな」

飼料は馬や季節によっても配合を変えているというし、大仲には馬関係のミニ図書館のような書棚があり、ネットにつないだ大型ディスプレイで海外のレースをいつでも見

られるようになっている。

人も馬もみな楽しそうにしている。ここならリヤンも大切にされ、厳しい調教に耐えることができるような気がした。

県道沿いのレストランで大迫と食事を済ませてから、ジョイフルファームの大迫の専用厩舎に戻った。少し経つと、タイヤをきしませ急停車する音が駐車場から聞こえてきた。来ないかもしれないと思っていたのだが、上川が来たようだ。

厩舎前の馬道を、真子を背にしたリヤンが歩いてくる。首を上下させるリズムが、ほんの一瞬変わった。拓馬に気づいたのだろう。

そのとき、上川に後ろから肩をつかまれた。

「あの芦毛、今、お前に挨拶したのか」

「はい、上川さんにも」

「何だって?」

リヤンは相馬ホースクラブで撮影モデルの仕事をしていたころから、接する人間の種類を嗅ぎ分けていたフシがある。たくさんの「お客さん」と少数の「仲間」だ。お客さんの前では絶対に寝ころがったりせず、精神的に一定の距離を保つようにしていた。

それに対し、拓馬、雅之、将子、夏雄、郁美のほか数名の仲間に関しては、誰が誰なのかをきちんと認識したうえで、手から草を食べたり、一緒に歩いたりしていた。上川に対しては、馬を操る特殊技能を持った人間であることを感じとったのだろう。リヤンが特別な興味を抱いていることが、拓馬にも伝わってきた。

「上川さん、ちょっと来てください」

拓馬はリヤンを追いかけ、右の手綱をつかんだ。

リヤンが歩みを止めた。

「どうしたんだ」

と近づいてきた上川に、拓馬は言った。

「手綱のそっち側を持ってください。少しリヤンと一緒に歩きましょう」

「あ？　お前、おれを誰だと思ってるんだ」

答えずにいると、上川は拓馬を睨みつけたままリヤンの左側に回り込み、右手で手綱の馬銜に近いところを握った。

すると、リヤンが歩きはじめた。

背に乗った真子は黙っている。拓馬が訊いた。

「上川さんも、曳き運動をしたことがあるんですか」

「あるわけねえだろう……いや、競馬学校に行ってたときはやってたから、十七、八年ぶりかな」

「どうですか」

「何が」

「リヤンとこうしている感じ、よくないですか。ぼくも生産者として父を手伝うようになってから、馬の背ではなく、この高さで接することによる人馬一体もあることを知ったんです」

上川は何も言わなかった。

三人とも黙ったまま、厩舎を囲む馬道を一周した。

デビュー前の二歳馬が女性調教助手を背にし、主戦騎手と生産者の二人曳《ににんび》きで運動する——という妙な光景を、管理調教師が腕を組んで眺めている。

「上川さん、ひとつ訊いてもいいですか」

拓馬が言っても返事がなかった。いいという意味だと思って、訊いた。

「上川さんが壊し屋って、どういうことですか」

手綱を持つ真子の手がぴくりと動いた。

「まったく、お前は、普通は本人には訊かねえようなことを、よく質問できるな」

上川はリヤンの背中越しに拓馬を睨みつけた。

三年前、上川が新馬戦で騎乗した馬が二頭つづけて競走中止になった。一頭目は他馬の落馬に巻き込まれた事故で、二頭目はパドックで跨ったときから歩様《ほよう》が悪く、調教師に出走を取り消すよう言ったが、押し切られた。どちらも上川に責任はなかったのだが、時期が重なったために「壊し屋」と呼ばれるようになったという。

「まあ、でも壊したのは事実だから、何を言われても仕方がねえわな」

と笑う上川と、こうして一緒にいる感じが誰かに似ていると思ったら、父の雅之だった。世の中のルールより自分の尺度を大切にし、人の話を聞いているのかどうかわからず、周囲の評価など虫の声ぐらいにしか思っていないようでいながら、案外優しいところもある。

「大迫のテキは、乗り役を攻め馬には乗せねえんだ。なあミキティ」

真子は小さく頷いた。乗り役とは騎手、攻め馬とは調教のことだ。上川がつづけた。

「乗り役にはピークに仕上がったレーシングマシンの状態だけを感じてほしいからだろう。そのテキに『運動を見たらどうだ』なんて言われたのは、長い付き合いで初めてのことだ」

「大迫先生は、どうしてここに上川さんを呼んだのですか」

拓馬が訊くと、上川は手綱から離した右手をリヤンの首筋に当て、少し間を置いて言った。

「こいつが特別だからだろう」

拓馬は手綱に軽く手を添えているだけだが、リヤンの一歩一歩が自分のそれであるように感じながら歩いている。上川も同じように感じていることを、リヤンが伝えてくれている。ふたりと一頭のザッ、ザッと砂を踏む音がひとつになっている。

そのまま馬道を二周し、上川と拓馬は事務所に戻った。

紅茶を出してくれたスタッフが部屋を出ると、大迫が切り出した。

「上川、リヤンに関して、もうひとつ注文がある」

「何だよ」

「新馬戦の勝ち方に関することだ」

「まだ入厩《にゅうきゅう》もしてねえのに、勝ち方だとォ？」

「そうだ。いいか、二着馬を突き放さず、小差で勝ってくれ。鼻差でもいいが、とりこぼしが怖いから、首差か頭差でだ。きっちり差し切る形でも、併せて凌《しの》ぐ形でも、どちらでもいい」

「何でそんなことをしなきゃなんねえんだ」

「そのうちわかる」

上川は「ケッ」と顔をしかめたが、どこか楽しそうでもある。

ふたりのプロフェッショナルのやりとりを聞いた拓馬は、リヤンドノールという競走馬が、自分の知恵や力がおよばないところで形づくられ、世に出ようとしていることをあらためて知った。

ジャガーに乗り込もうとする上川を駐車場まで追いかけ、リヤンをよろしくお願いします、ともう一度言った。

——これで上川さんにバトンタッチができた。

運転席から、上川がこちらに手を振ったように見えた。

＊

竜ケ崎《りゅうがさき》のマンションに向かってジャガーを走らせながら、上川博貴は松下拓馬という若い生産者とのやりとりを思い出していた。

——よろしくお願いします。

と厩舎事務所で彼が言ったとき、こんなにまっすぐな目で相手を見ていた時期が自分にもあっただろうかと考えてしまった。目の光から、期待、希望、夢、結果に対する恐れなど、いろいろなものが伝わってきて、今の自分にはそれらを受け止めることができないように感じ、目を逸らした。

帰り際、車まで追いかけてきた松下はこう言った。

——これからは上川さんの目をぼくの目だと思うようにします。リヤンをよろしくお願いします。

よくもあんな臭いセリフを吐くことができるものだ。あいつはバカだ。甘いし、青臭いし、純粋すぎて、あちこちで騙《だま》されそうな大バカ野郎だ。

小差で勝てという大迫のリクエストもバカげている。大迫が好きだったというリヤンの父シルバータームは、現役時代、僅差で競り勝つ競馬で強さを見せた馬だ。父と同じようなレースをさせ、血を覚醒させるとでも言うつもりか。答えのわからないもどかしさは残るが、その一方で面白そうだとも思う。着差を想定して勝つのは、ほかの出走馬と力の差があれば不可能ではない。しかし、力の差がありすぎても無理ではないか。いや、道中遊ばせるか、馬群のなかであえて行き場をなくすなどすれば、どうにかなるかもしれない。

不意に、ステアリングを握る右手に、リヤンの首筋の感触が蘇ってきた。これまで数千、いや、一万を超える馬に乗り、その馬体に触れてきたが、あんな手ざわりの馬は初めてだった。まるで造形中の粘土を押し込んだかのようなやわらかさとしなやかさに、一瞬、自分が馬にさわっているということを忘れてしまったほどだ。

その夜、自宅マンションで木馬に乗るルーティンのあと体重を計ったら、五十キロを切るところまで来ていた。もうひと絞りすれば、ハンデ戦で四十八、九キロの馬にも乗れるようになる——。

競馬界の新年度は三月から始まるのだが、上川は、大迫の助言で、新人騎手に注目が集まるその時期ではなく、ひと月遅い四月から実戦に復帰した。

二週目に最低人気の馬で復帰後初勝利を挙げると、騎乗依頼が少しずつ増えはじめた。

絶頂期ほどではないが、馬乗りの感覚がほぼ戻った五月の終わりのことだった。翌週、リヤンドノールが入厩するというので、大迫厩舎を覗きに行った。

リヤンを担当する内海真子が、別の担当馬の水を換えている。後ろから肩を叩いたら、

「何すんだよ、このジジイ！」

と手を払いのけられた。

「まあ、ミキティちゃんから見たらジジイだけどよ」

しょっちゅう尻をさわったりするベテラン厩務員か誰かと間違えたのだろう。

上川は真子の左手をつかみ、その手のひらを自分のほうに向けた。

「はなしてよ、セクハラオヤジ」

「ジジイからオヤジに格上げか」

上川は内ポケットからサインペンをとり出し、真子の右の手のひらに「一」と書いた。

「何するんですか」

「一回キレるたびに、こうやって正しいという字を書いていけ。で、あとでそれを見て、一本一本、どうしてキレたのか思い出してみるんだ」

真子はきょとんとしていた。

「お前のことだから、なぜ怒ったのか思い出せない一の字がいくつも出てくるはずだ。そのうちキレるのがアホらしくなる。経験者が言うんだから間違いない」

手を放すと、挑むような目で言った。

「何の用ですか」

「大迫のテキが言っていたことをどう思うか確かめに来た」

「先生が言っていたことって？」

「お前がもうリヤンには乗らなくなる、ということだ」

「わたしが乗らなくなるって、どういうことですか!?」

「言葉どおりだ。あの馬に関しては、持ち乗りではなく厩務員業務に徹する、ということだろう」

「でも、そうやって、上でいじめる人間と下で可愛がる人間を分けるのは、牝馬のときだけのはずです。どうして……」

真子は目を真っ赤にして走り去った。後ろ姿を見送りながら、上川は舌打ちした。どうやら大迫に嫌な役回りを演じさせられたらしい。策士の大迫のことだ。何か考えがあってこうさせたのだろう。

上川が実戦に復帰してから二カ月近くになろうとしていた。

一日に四、五鞍、土日で十鞍ほどのペースで乗り、七勝した。まだＧＩには乗っていないが、競馬週刊誌のリーディングページの左ページの下三分の一ほどのところまで押し上げてきた。

リヤンドノールの勝ち方として注文を受けたとおり僅差で決着するレースを他馬で試しながらの七勝で、うち六勝が半馬身差以内だった。一度だけ二馬身後ろを離してしまったのは、怖がりで、大逃げを打ったほうがいい馬に乗ったときだった。直線入口で後続を待ち、これ以上待ったら裁決委員に何か言われるというギリギリのところまで引きつけたのだが、僅差でゴールすることはできなかった。

失敗したのはその一度だけで、六度も「テスト」に成功したわけだが、それでもまだ大迫の意図はつかみかねていた。

ところが、次の週末――。

前走、突き抜ける手応えがありながらあえて頭差で勝たせた馬の格上げ初戦だった。馬ごみに入れて我慢させ、直線、ラスト二〇〇メートル地点で外に出すと、弾むように伸びた。今度も頭差ぐらいで勝とうとしたのだが、差し切った次の完歩も勢いが止まらず、半馬身差での勝利になってしまった。

それは大迫の管理馬だった。検量室前に戻っても、騎乗馬はこれからレースをするかのように気持ちを昂《たかぶ》らせたままだった。

「だいぶ溜まってきたな。だが、こうならないやつもいるだろう？」

という大迫の言葉でピンと来た。

普通「溜まる」というのは、末脚《すえあし》を爆発させるため、レース序盤にゆっくり走らせてエネルギーを温存することを言う。それと似たようなもので、十の力を出せる状態で直線に向きながら八の力でゴールすると、使わなかった二の力が体内に溜まるような感覚が、確かにあった。同じ僅差でも、全力を出して差し届かなかったときや、差されたレースのあととは明らかに馬の様子が違う。

ただ、こうした「意図的な僅差勝ち」は、エネルギーだけではなくストレスも同時に溜めていくことになるので、リスクもあるのではないか。

この馬も、これくらいにしておかないと、溜まった力を次に爆発させる前にストレスに押しつぶされてしまうかもしれない。

——同じことを二歳馬にやれというのか。

これまでに味わったことのない緊張感がじわじわと胸にひろがっていく。

翌週、大迫厩舎に行くと、内海真子が洗い場でリヤンの蹄に蹄油《ていゆ》を塗っていた。

「もう環境には慣れたか」

「はい、さっき、そこの馬道で横になって砂遊びをしようとしたぐらいです」

先日とは打って変わって表情がやわらかい。真子も、リヤンもだ。

「テキが言ってた、右トモを振り回して歩く癖は？」

「わたしが乗っていたときはしないよう我慢していたのに、今は隠さなくなりました」

背に乗る人間と下で世話する人間を分けて見ているのは、大迫だけでなく、リヤンも同じだったのだ。「馬には乗ってみよ、人には添うてみよ」と言うが、生産者の松下が言っていたように、目線を低くしてこそ見えてくることも多い。馬にとっても、人にとっても、だ。

攻め専と呼ばれる、調教騎乗だけをする調教助手にリヤンについて訊くと、みな口を揃えて「やわらかい」「乗り味はいい」と言う。だが、能力的なことや、背中から伝わってくる将来性に関しては何も言わない。走らないと思っているのかもしれない。

――速いところをやるようになれば変わってくるだろう。

そう思っていたが、新馬戦に向けて時計を出すようになってからも同じだった。追い切りのタイムも平凡で、競馬週刊誌や日刊紙の「注目新馬」の欄にとり上げられることはあっても、血統、馬体、動きのすべてにおいて、評価は今ひとつだった。

四

福島第一原子力発電所の事故から二年と四カ月ほどになろうとしていた。家族連れが多く集まるここ福島競馬場では、今も場内に環境放射線量の測定値が掲示されている。

この日も、馬場内、スタンド内ともに、国が示した除染目標値を下回る数値だった。

ここは原発から五十キロ以上離れているのだが、爆発直後の風向きの影響で放射線量が高くなった。そのため、震災の半年後、スタンドの本格的な補修工事が開始されたのと同時に、芝コースの芝を張り替え、ダートコースの砂を入れ替えるなどの除染が行われた。五十億円ほどが投じられた復旧工事が完了し、レースが再開されたのは震災の翌年、二〇一二年春のことだった。

翌二〇一三年の七月七日、伝統のハンデ戦、七夕賞がメインレースとなるこの日、福島競馬場はいつも以上に大勢のファンで賑わっていた。

第五レースに芝一八〇〇メートルの二歳新馬戦が組まれている。

リヤンドノールのデビュー戦だ。

フルゲート十六頭の出走馬がパドックに姿を現した。

緊張した面持ちで、内海真子がリヤンを曳いている。

——ミキティ、お前が硬くなると馬に伝わっちまうぞ。

控室前に立った上川が、馬にするように舌鼓《ぜっこ》で合図しても真子は気づかない。前後を歩く馬は耳を動かしたが、七番のリヤンも真子同様、まったく反応しなかった。

右トモを外に回すような歩き方は相変わらずだが、体は仕上がっている。馬体重は四百四十キロ。顔が小さいのでバランスはよく、数字ほど小ぶりには見えない。

単勝は今のところ二・六倍。一番人気だ。

リヤンの横断幕が五枚もあり、うちひとつの後ろには生産者の松下拓馬がいる。その隣には、タレントのような女がふたり並んでいる。すぐ後ろにいるのは年格好からして松下の両親か。

――ん、あいつは？

松下から少し離れた後ろにいるサングラスの男が、上川の視線から逃れるように下を向いた。

――田島……だな。間違いない。競馬場に来るようになったのか。

田島夏雄を目で追う上川に自分が見られていると思ったのか、松下がぺこりと頭を下げた。

馬主席にリヤンのオーナーの後藤田の姿はない。大迫の横に立つ男が代理だろう。

「止まあれーっ！」

騎乗命令がかかった。

左脚を大迫に持ち上げてもらい、初めてリヤンに跨った。

「どうだ？」

大迫が意味ありげな目を向けた。真子が聞き耳を立てている。

リヤンが歩き出すと、観衆のざわめきが遠ざかり、パドックを踏みしめる感触が鐙を踏む足の裏と尻に伝わってきて、そのリズムが自分の鼓動と重なった。

――何なんだ、この馬は。

見かけからは想像できないほど剛性感が高い。普段の足に使っているジャガーも、ドアを閉めるときの「ボム」という音を聞きながらシートに伝わる振動を受けとめるだけで剛性の高さがわかるのだが、リヤンはそれ以上だ。

——こいつはまるで戦車だな。

揺さぶるように重心をずらしてもびくともしない。この小さな体のどこに強靭《きょうじん》な芯が通っているのだろうか。

リヤンの背にいると、外部の音だけではなく、自身の呼吸音や心音などを聴く内耳も雑音から逃れ、リヤンと互いに耳を澄まし合っているかのようにも思えてくる。

「面白い馬だ」

気がついたら、大迫の「どうだ？」という問いかけに、そう答えていた。

馬場入りしてから内埒沿いを歩く馬が多いなか、上川はあえてリヤンに外埒沿いを歩かせた。

——見てみろ。これが競馬場ってやつだ。ここにいる人間たちが、お前の走りを見て大声を上げても、驚くんじゃねえぞ。

ゆっくりと歩いていたリヤンが、ほんの少しだけ顔と耳を動かした。

——どうした？

カメラでも気にしたのかと、横目でスタンドのほうを確かめると、生産者の松下拓馬と、さっき見た女たちが立っていた。リヤンは彼らに目線を送ったのだ。

——お前、本当に馬か？

返し馬でキャンターに降ろすときの一歩目は、上川がそうしなくても馬が自分でそっと踏み出すような感じだった。

手綱に伝わる口のやわらかさ以外は、完成された古馬のような雰囲気だった。鞍上の指示を待ち、それをきちっと受けとめ、言われたとおりに動く。よくも悪くも、まとまっている。爆発力につながる危なっかしさのようなものはまったく感じさせない。

——なるほど。これじゃあ普通の馬だって勘違いされちまうだろうな。

あえて無個性であろうとするかのような、セールスポイントも欠点も感じさせない走り方をする。

新馬戦だから当然だが、周りには口を割って顔を振ったり、指示を無視して突っ走ろうとする馬が何頭もいる。スタンド前からの発走となるだけに、余計に怖がったり、興奮してしまうのだろう。なのに、この馬は汗ひとつかかず、淡々としている。

ファンファーレが鳴った。

ゲート入りもスムーズだ。先入れの奇数枠だったが、おとなしく他馬の枠入りを待っている。

ゲートがあいた。

上川は普通に出したつもりだったが、リヤンはそろりとゲートを出て、一馬身ほど出遅れてしまった。キャンターに降ろしたときと同じように、自分でスピードを加減したような感じだった。

そのまま無理せず他馬を先に行かせ、最後方《さいこうほう》の十六番手につけた。スピードが上がるにつれ、重心の真下に近いところだけで地面を蹴り、四肢を意識して近いところに着地させているかのような走り方になっていく。大迫厩舎の馬はだいたいこんな感じだ。馬術の選手だった調教助手が多いからだろうか。

手前を替えて一コーナーに入った。右回りのコースなので右手前で曲がって行く。走りが少し窮屈になったのは、右トモを回す癖に関係しているのかもしれない。

二コーナーでもまだぎこちなさは残っていたが、一コーナーを回ったときよりは四肢の回転がスムーズになっている。

——それはいいんだが、参ったな。

先行馬群は手綱の引っ張り合いになっているようで、ペースが急に遅くなった。

この流れのなか、せっかく折り合っているのに、途中で動いて変な癖がついては困る。

三コーナーあたりで外から一気にまくるか。それとも、馬場が荒れ気味なので他馬が避けて通る内を突くか。あるいは、ここから少しずつポジションを上げて行くか。

相手になりそうだと見ている二番の馬は、四、五番手の外目という絶好位につけている。母系の特徴からすると、小回りコース向きの瞬発力が武器で、脚の使いどころさえ間違えなければ、総合力で優る相手にひと泡吹かせるタイプだ。

——やはり、あの馬の近くで競馬をしたいな。

上川はリヤンを外目に持ち出し、そっと小指一本ぶんほど馬銜を詰めた。

アクセルを踏んだぶんだけ加速する高性能スポーツカーのように、リヤンはするすると進出した。

三コーナー手前で中団まで押し上げ、二番との差を四馬身ほどに縮めた。前が壁になるポケットに誘導すると、リヤンはそこにおさまってくれた。

三コーナーを回りながら急激にペースが上がった。

激しく追われても反応し切れない馬が次々と脱落していく。

四コーナーで、上川の前に、二番を追いかけながら直線で外に併せるルートが出来上がった。すぐにそこを走らなければ他馬が張り出してきて邪魔をされるリスクがあるのだが、この手応えからして、今入ると突き抜けてしまいそうだ。大迫の僅差勝ちの注文に応えるために、ひと呼吸、いや、ふた呼吸待ってから動き出すことにした。

直線に向いた。福島芝コースの直線は二九二メートルしかない。

先に抜け出した二番が独走態勢に入った。

上川は、リヤンの首を起こしては押す、という動作でストライドを少しずつ伸ばしてやった。三完歩、四完歩とストライドを意識しながら走らせているうちに、自然と二番との差が詰まってきた。

――そう、いい感じだ。もっと伸ばせるだろう、もっとだ。

ラスト五〇メートル地点で、内外、少し馬体を離してほぼ並びかけた。

相手は何発も鞭を入れられているが、リヤンはほとんど体力を消耗していない。

急に歓声が上がった。後ろから何か飛んできたのか……とターフビジョンの映像を見たが、三番手は十馬身以上ちぎれている。

どうやら、この二頭のマッチレースになったと観客が思い込み、スタンドが沸いているようだ。

――今日のところは、このストライドでいいぞ。このまま、このまま。

ゴールまであと五完歩。今、ほぼ横並びの状態だ。次の完歩で鼻だけ出て、その次で頭、そして最後の二完歩で首差にしてゴールすればいい。

そうしたイメージで最後のストライドを伸ばし、ゴールを通過しようとした瞬間、ギクリとした。

――お前、何をするんだ。

リヤンは最後の一完歩だけ、ぐっと重心を沈め、それまでの完歩より格段に強く、鋭く前に進んだ。

勝った。しかし、今の感じからして内の二番を半馬身以上かわしてしまったようだ。

検量室前に戻ると、内海真子が泣いていた。

福島開催のときだけバレットという馬具係をしている学生アルバイトまで泣いている。

上川が下馬すると、近くに陣取った観客から拍手が沸き起こった。ものすごい数のテレビとスチールのカメラが通路側の一角に集まり、こちらにレンズを向けている。

口取り撮影は、まるでGⅠのそれのような賑やかさだった。

震災直後に県内の南相馬で生まれ、親と死に別れた「被災馬の星」が、故郷と言える福島競馬場で新馬勝ちしたのだから、騒ぐなというほうが無理なのか。

「ありがとうございました」

と松下拓馬が差し出してきた右手をぐいっと引き寄せ、訊いた。

「お前は泣かないのか」

「はい、大きいところを勝つまでは」

「そうか。いい心がけだ」

検量室のモニターでレース映像を見ていると、横に大迫が来た。

「最後のひと脚も計算のうちだったのか？」

「わかってるくせに訊くんじゃねえ。首差ぐらいでゴールするイメージだったんだが、馬が勝手に飛びやがった」

「それで四分の三馬身も差をつけたのか」

大迫は、目元だけでニヤニヤしている。

「引っ張るわけにはいかないから、しょうがないだろう」

「まあ、僅差と言えば僅差だがな」

ＪＲＡの職員が、上川に共同インタビューに応じてほしいと頼みに来た。

「わかった。じゃ、久しぶりに爆弾発言でもしてやるか」

代表質問として、民放のアナウンサーが束ねたマイクを上川に向けた。

「期待馬のリヤンドノール、前評判どおりの強さでしたね」

「はい。思っていた以上でした」

「この馬のよさはどんなところですか」

「いろいろありますが、新馬のなかで突出しているのは、フットワークがしっかりしていて、自分でスピードのコントロールができるところですかね」

上川がまともな受け答えをするので、アナウンサーが戸惑っているのがわかった。前にこの男にレース後の生放送でマイクを向けられたとき、「インタビューは同意を求める形じゃなく、疑問文にして訊け」だとか「見ればわかることを質問するんじゃねえ」などと言ってしまい、インタビューが打ち切られたことがあった。

そろそろ、いつもの調子に戻ってやろうかと思っていると、アナウンサーが質問をつづけた。

「レースを振り返っていただきたいのですが、まず、パドックで跨った印象は？」

「それは言えないなあ」

「なぜ、でしょうか」

「もし、おれがここでリヤンについて話したことをライバル陣営が参考にして戦術を組み立てたせいでダービーを獲りそこねたら、お前、責任とれるか？」

「それは……」

「おれに責められるだけならいいけど、この馬のオーナーは怖《こえ》えぞォ」

アナウンサーは何も言わなかった。

「なーんてね。まあ、それくらいの馬だということ。おれは今落ちぶれて一・五流の騎手になっちまったけど、これまでGIを、いくつ勝ったんだっけな」

「十一です」

額に玉のような汗を浮かべたアナウンサーが補足した。

「そうか。GIを十一勝したけど、ダービーには手が届いていない。でも、リヤンは、はっきりとおれに東京芝二四〇〇メートルのゴールを意識させてくれた。お前らラッキーだよ。来年のダービー馬を目撃できたんだから」

メモをとっていたほかの記者たちが一斉に顔を上げるなか、アナウンサーがつづけた。

「上川さんはダービーで二着と三着が二回ずつありますが、それらの馬を上回るものを感じた、と」

「負けた馬とは比べないよ。リヤンに乗りながら浮かんできたのは、おれの馬を負かしたダービー馬たちのイメージだ」

「では、十度目のチャレンジが実を結ぶか、楽しみになりましたね」

「十度目？」

「もし来年のダービーに出るなら、上川さんにとって十度目の参戦になります。さて、話は変わりますが、福島競馬場にこれだけのお客さんが集まりました。被災地の期待を背負っていることを意識されたのでは」

「そりゃあ、もちろん。だけど、震災から二年以上経っているのに、いまだに被災地という言葉が使われているし、リヤンだって被災馬と言われているわけだろう。それ、おかしいと思わないか。どうなんだ、いわゆる被災地と呼ばれる地域に住んでいる人たちは、今でもそういう意識でいるのかな」

「復興がなかなか進まないので、忘れてほしくない、と思っている方が多いようです」

「お前、それ誰かに訊いたのか」

「はい、現地で取材しました」

「そうか。まあ、でも、福島生産のサラブレッドってのは珍しいんだろう」

「この世代で登録されているのはリヤンだけです」

「だから、被災地のっていうより、南相馬の、福島の期待を背負って天下を獲る、っていう感じで見てほしいよな。ま、こんなところでいいか」

「はい、ありがとうございました」

記者たちが引き上げてから、「おい」と上川がアナウンサーを呼び止めた。

「きっちり下調べしてくるのはいいけど、人間同士は頭じゃなく、ここでやりとりしないと、肝心なことは伝わらねえぞ」

とアナウンサーの胸を拳で軽く叩いた。

「前にも同じことを言われました」

そう言って笑う彼の額に、もう汗はなかった。

「そうか」

「はい。もうひとつ。自分のフォームを崩すな、とも」

「おれ、そんなこと言ったか？」

「ぼくにではなく、ほかの社のアナウンサーにですが。ぼくは、このフォームで行ってみます」

「勝手にしろ」

言いながら、前に彼の胸を小突いたときのことを思い出した。よろめいて眉を下げた顔は子供のようだったが、今、右手には、コンクリートの壁を叩いたような感触が残っている。周りは強くなっている。インタビューでダービーに触れたのはサービストークではない。間違いなく、この馬は栄冠に近いところにいる。これまで九回獲りそこねてきたが、今の上川博貴ならそのうちいくつかを勝つことができたと言えるところまで、自分も強くなっていると信じたい。近づいているからこその緊張感が全身にひろがっていくのを感じながら、勝負服を着替えた。

＊

「よかったね、お父さん」

スタンドから観戦していた将子が、雅之の腕を揺すった。

「ああ、勝つとは思ってだげんちょ、競馬は何があっかわがんねえからな」

と、雅之は洟《はな》をすすった。

「おめでとうございます」

佳世子があらたまった口調で言った。

「お、おう」

「競馬場がこんなに綺麗でお洒落なところだって知っていたら、もっと早く、何回も来てたのに、教えてくれないんだから」

「綺麗か」

「ええ。さっき初めてここから緑の芝コースを見渡したとき、感動しちゃった」

「ほうが。おらほは見慣れでっからな」

「お父さんは記念撮影に加わらなくてよかったの」

将子が訊くと、父は手にした杖で床を叩いた。

「これであのへんさ出て、芝コースさ穴あげんのはやんだからな」

「そっかァ。あれ？　夏雄君はどこ行ったんだろう」

「仕事があるからって、郁美さんと一緒に帰った」

と佳世子が駐車場のほうに顔を向けた。

「夏雄君、あんまり喜んでなかったみたい」

「あの子にとっては、複雑だったのかな」

そこに、口取り撮影を終えた拓馬が戻ってきた。

「何だ、誰も泣いてないんだ」

「お父さんは号泣してたけど、もう涙が乾いちゃった」

将子が言うと、雅之は、唇についた鼻水をぬぐって笑った。

「バガタレ、ちょごっと泣いただけだ」

「リヤンのレースが終わったし、車が混む前に帰ろうか」

拓馬が言うと、佳世子が首を横に振った。

「私はもうちょっと馬券買って遊んでく」

「私もまだ帰らない。せっかく来たんだし、あそこのソースカツ丼も美味しそうだし」

と将子は内馬場の、食堂のある建物を競馬新聞で指し示した。

女ふたりは、拓馬と雅之などそこにいないかのように、パドックを歩く馬を映し出すモニターと競馬新聞を交互に見ながら、マークシートを塗りつぶしている。

そして、締め切り五分前を告げるアナウンスが流れると、小走りで窓口へと向かって行く。

リヤンがプレゼントしてくれたこの時間を忘れたくない、と拓馬は思った。

五

リヤンで新馬戦を勝った二週後、福島開催の最終日の騎乗を終えた上川博貴に、新馬戦で勝利騎手インタビューを担当したアナウンサーが話しかけてきた。

「上川さん、来月、関屋《せきや》記念に乗りに行きますか」

「一応、騎乗馬はいるけど、何でそんなことを訊く」

「その日の芝一八〇〇メートルの新馬戦に、藤川厩舎のマカナリーというディープ産駒が出ます」

「だから？」

「あの馬が来年、リヤンの最大のライバルになると思います。たまにはデータオタクの言葉にも耳を傾けてください」

そのときは聞き流していたのだが、八月になると、そのアナウンサーの言葉が自然と思い出された。新聞でもテレビでも、「期待の大物」として連日マカナリーがとり上げられたからだ。前年十四戦全勝で引退するまで世界中を沸かせたイギリスの最強馬フランケルが名調教師にちなんで命名されたのと同じように、藤川調教師が敬愛するアメリカの調教師にちなみ、「マカナリー」と名づけられた。

マカナリーのライバルとしてリヤンにスポットを当てた媒体もあったが、ごく少数だった。不動の「超一強」というムードで、まだデビューもしていないのに、翌年の凱旋門賞参戦の可能性を云々《うんぬん》する者まで出てきた。

上川は、「怖がりなので逃げてくれ」と調教師に指示された馬で、マカナリーのデビュー戦となった、新潟競馬場の新馬戦に参戦した。

上手くスローに落とし、後ろをじわっと引きつけながら四コーナーを回った。新潟の直線は六五九メートル。日本一の長さだが、平坦《へいたん》なので、この手応えなら一発ありそうだ――と馬銜を詰めた刹那、背筋が寒くなるような気配を感じた。

外からマカナリーが並びかけてきた、と思ったら、もう三、四馬身離されていた。上川の馬も水準以上の力の持ち主で、確実にラスト三ハロン三十四秒台の脚を使っていたにもかかわらず、だ。

——化け物が出てきやがった。

そのまま大差をつけられ、レースが終わった。マカナリーは、ほとんど追われていなかったのに、従来のそれを大幅に更新するレコードを叩き出した。父がリーディングサイアーという血統、海外でもGI勝利のある厩舎、日本最大のクラブ法人馬主、そして期待のホープ三好晃一《みよしこういち》が鞍上、と、翌年のクラシックで主役を張るにふさわしい要素が揃っている。

「三好君にGIを勝たせてあげようと思って依頼しました」

レース後、囲み取材に応える藤川調教師の声が聞こえてきた。

検量室前で上川が長靴についた汚れを洗い流していると、横に三好が来た。

「リヤンドノールとどっちが強いですかね」

と三好は笑顔を見せた。この人懐っこそうな笑みの下に、したたかさを隠している。

デビューした五年前、二十一年ぶりに新人最多勝記録を更新して注目された。若くして「天才」ともてはやされたところは上川と同じだが、キャリアは対極的だ。上川が百勝にひとつ以上の割合でGIを勝っているのに対し、三好は史上最速のペースで通算百勝、二百勝を達成しながら、いまだＧＩ勝ちはない。それでも彼は、ここ数年、勝ち鞍も連対率も上川を大きく上回っている。

「お前はどう思っているんだ」

上川が訊き返すと、

「わからないから質問しているんです」

と三好は笑顔のまま言った。

「そのうちわかるさ」

「はい、藤川先生もそう言っていました。次走で対決するから、どっちが強いかすぐにわかる、と」

「どういう意味だ」

「藤川先生は、リヤンが次に使うレースにマカナリーを出走させる考えのようです」

そう言って三好は笑みを消した。

翌日のスポーツ新聞各紙には、「伯楽《はくらく》の宣戦布告」「超良血エリート対悲運の被災馬」など、マカナリーとリヤンの「ＭＬ対決」をあおる見出しが並んだ。

そのうち一紙に、両馬の血統、完成度、馬体、距離適性、気性、厩舎、騎手、馬主などの比較表が掲載された。五点満点で、厩舎はどちらも満点の評価だったが、騎手は三好が五点、上川は三点になっている――という話を聞いた上川が大迫厩舎の大仲に行くと、その記事が載った新聞がめちゃめちゃに切り裂かれ、宙を舞っていた。

「この点数、誰がつけたの!?」

内海真子が、その社の男性記者の胸ぐらをつかんでいた。

「い、いや、デスクが……」

「今すぐここに呼んできて！　いや、わたしが行くわ」

と振り返った彼女と目が合った。

「お前、何をやってるんだ」

上川が言うと、彼女は記者から手を離した。

「上川さん、悔しくないんですか」

よくもこれだけ出てくるものだと感心するぐらい、真子の目から涙があふれてくる。

「悔しがるつもりだったんだが、お前が切り刻んだせいで、読めないじゃないか」

と、床から紙片を拾い、比較表の「騎手」のところを探した。

「これか。上川博貴三点。大舞台での強さに定評があるもブランクが難点。そのとおりだ。なあ?」

と記者を見ると、彼はバツが悪そうに目を伏せた。

横にいた他社の記者が上川に訊いた。

「先ほど大迫先生にうかがったところ、リヤンの次走は十一月の東京スポーツ杯二歳ステークスになるとのことですが、もうご存じでしたか？」

「ああ、さっき聞いたよ」

「どう思います」

「どうもこうも、こっちは与えられた条件でやるしかない立場だし、そもそもお前ら、評価三の騎手に話を聞いてどうするつもりだ」

という上川の言葉が聞こえなかったかのように年輩の記者が訊いた。

「リヤンはどんどん連勝していくタイプだと？」

「と思うよ」

「藤川先生も三好君も、無敗にこだわりたいって言っていたけど、それについては？」

「例年ならタイトルを総なめにできただろうに、同じ年に生まれて不運だったね、マカナリーは」

上川がそう言うと、記者がニヤリとした。

「それは勝利宣言？」

「どうとってもらってもいい」

いつのまにか真子の姿が見当たらなくなっていた。

記者と厩舎スタッフが引き上げたあとも上川は大仲に残り、競馬週刊誌を読んで時間をつぶした。ジムに行く前に顔を見ようとリヤンの馬房を覗いたとき、驚いて声が出そうになった。

馬体を横にしたリヤンの首に両腕を巻きつけて、真子が眠っている。

リヤンがこちらを見て、彼女を起こさないよう上川に注意するかのように、そっと目をとじた。

――相手は化け物だ。だが、お前なら、そう簡単にはやられない。その娘《こ》のためにも頑張れよ。

胸のなかで言うと、リヤンはまたゆっくりとまばたきした。

六

松下拓馬が相馬中村神社の放牧地に行くと、友人の田島夏雄と、拓馬の妹の将子が並んで柵に手を置き、馬たちを見つめていた。

夏雄の右手には携帯電話があった。

「どうかしたの」

将子に訊かれた夏雄は、

「競馬学校で同期だったやつからなんだけど」

と手にした電話を見せ、前を向いたまま言った。

「引退した騎手が、もう一度騎手免許をとるための条件が、今年から緩和されるらしい。十月の一次試験の実技は免除されて筆記だけになって、受かれば来年一月に二次の面接で、それも通れば……」

「また騎手になれるの？」

「そう、来年の三月に免許が下りる」

　この年の初め、ＪＲＡの障害レースで騎手が足りなかったため出走を取り消す馬が現れ、ちょっとしたニュースになっていた。競馬ブームに火がついた一九八〇年代には中央競馬の騎手は二百五十人ほどいたのだが、地方競馬出身の騎手や、短期免許で来日する外国人騎手などの参戦で淘汰《とうた》が進み、半数ほどに減ったがゆえのことだった。主催者は、もう少し騎手を増やそうと考え、技術的裏付けのある元騎手が再チャレンジしやすくなるシステムを用意したわけだ。

「夏雄君は、どうしたいの」

「本当は、リヤンに乗ってレースに出たいって思ってたんだ。けど、上川さんの乗り方を見て、自信なくなってさ。おれにはあんなふうに馬を走らせることはできない」

「あの人、そんなにすごいんだ」

「ああ、すげえ。指先だけで馬を操ってる。でも……」

　ふたりに向き合うようにして、モモが脚元の草を食べている。三歳になった今年も夏雄を背に野馬追の甲冑競馬に出走し、二年連続で勝利をおさめた。しかし、競走馬として競馬場で走ることなく、繁殖牝馬となる予定だ。人と馬が松下ファームに戻れるようになったら、という条件つきではあるが。

「でも、何？」

「この前、松下ファームに将子のお父さんを連れて行ったとき、あの人『今は無理でも、目指してみっぺ』って言ってただろう」

「そうだっけ」

「試験に受かるかどうかもわかんないし、受かったとしてすぐ上川さんに勝つのは無理だとしても、目指してみっぺ、っておれも思ったんだ」

「そっか、目指してみっぺ、か」

「ダメかもしんないけど、モモだって頑張ったんだから」

「応援するよ」

と言った将子に鼻を寄せたモモが、拓馬のほうに顔を向けた。

「あ、お兄ちゃん、牧場に行ってたんじゃないの」

「モモの様子を見に来たんだよ」

「ふーん」と、拓馬などそこにいないかのように夏雄と話をつづけている。

拓馬は、自分が真希と一緒にいられなくなったぶんまで、このふたりには、楽しい時間も苦しい時間もともに過ごしてほしいと願っていた――。

九月になると、夕方の風が秋の気配を感じさせる日も出てきた。

拓馬は、松下ファームの、出来上がったばかりの厩舎の前に立っていた。

背後に車の走行音が聞こえると、つい真希の軽自動車を探してしまう。

あの日から二年半になる。真希とは一歳違いだったが、それが三歳違いになった。

なぜ、自分の周りで進みつづける時間が、真希のところでは止まっているのか。二年半経った今でも受け入れ切れてはいない。自分は今も真希のことが好きだ。真希も、自分のことが好きなのか。好きなまま時間が止まったのは、そういうことを意味するのだろうか。

ポケットから線量計をとり出した。真希の知らない未来に起きた事故で、これが必要になった。彼女が見たら不思議がるだろう。セシウム一三七の半減期は三十・二年だという。真希は二十一歳のままで、自分は五十三歳になっている。

――こんなことを考えてどうなるんだ。

自分でもおかしいと思うが、なぜ真希は死ななければならなかったのか、なぜ真希だったのか、どうしても納得できない。

拓馬にとって、松下ファームの除染は、他人から見たら現実そのものかもしれないが、感覚としては現実逃避にほかならない。真希がいないということが現実なら、そこから逃げられるものなら、どこまでも逃げたい。

真希といたところ。真希と生涯をともに過ごそうとしたところ。

それが拓馬にとっての松下ファームだ。

いや、それだけではない。そんなことばかり考えてしまうのは、ここに馬が一頭もいないからだ。馬と人が、同じゴールを目指していけるようにするには、今すべきは除染なのである。

そんなふうに自分に言い聞かせて、ようやく体を動かせるようになる。大切な人を失った悲しみと、出口のないトンネルに迷い込んだような不安に押しつぶされないようにするには、これしかない。

除染だ、除染。松下ファームと周辺の空間線量率は、拓馬が目標に据えた毎時〇・一マイクロシーベルトを下回っているが、少し離れた草地では五・〇マイクロシーベルト以上のところも珍しくない。他人の土地や公有地には何もできないので、自分の土地でゼロを目指しつづけるしかない。

政府は、個人が受ける年間の追加被ばく線量が一ミリシーベルト以下になることを目指すという。毎時〇・二三マイクロシーベルト未満だと、それをクリアする計算になる。しかし、そのラインの上か下かで健康への影響にどのような違いが出るのか。自然放射線による年間被ばく線量は、日本では約二・一ミリシーベルトだというから、普通に生活しているだけで、誰でもそれだけの放射能を浴びているわけだ。

放射能に関する最低限の知識もないのに、線量の高いエリアが残っていることだけをとり上げ、いたずらに恐怖をあおる人間は少なくない。そうした人間たちは「フクシマ」を忌み嫌っている。

ここと同じく、原発から二十キロ圏内の避難指示解除準備区域にあり、野馬追に出る馬を預かっている原町区の厩舎では、この春から十数頭の馬を飼育するようになった。

馬たちの立つ舞台が、同じ「フクシマ」の雲雀ヶ原祭場地ならそれでもいいだろう。だが、松下ファームの場合はそうはいかない。拓馬は震災前から、休養馬の受け入れを新事業として始めたいと思っていたのだが、そうすると、ここに来る馬たちは東西のトレーニングセンターのほか、北は札幌から南は小倉《こくら》まで、日本中の競馬場に行く。何万、何十万という人々の前に出る。

「放射能で汚染された馬を関東に送り込んで、おれたちを殺す気か」

インターネットの掲示板に、「リヤンドノールの生産者へ」というタイトルで、そうした匿名の書き込みがあった。同意する人間たちもかなりいた。

風評というのは恐ろしい。風評に流される人間たちは、簡単に拓馬たちを「殺人者」と呼ぶ。

つい先日、相馬の酪農家が自殺した。外国人の妻が帰国したあと、孤軍奮闘する姿が地元紙に紹介されたこともあった。命を絶ったのは彼自身だが、首を吊るロープを用意したのは風評ではないか。

ひょっとしたら、大迫のもとにもそうした中傷の声が届いているのかもしれない。オーナーの後藤田に対しても……いや、後藤田なら投稿者の所在を突き止め、引きずり出しかねない。卑劣で憶病な匿名の投稿者は、そうした強者には楯突かないものだ。

母屋のあったところは更地になっている。人間が寝泊まりできるようになるまでは、家を新築しても仕方がない。先に飼料庫と牧場事務所をつくるべきだ。

馬がいないのに厩舎をつくることには抵抗を感じなかった。牧場なのに厩舎も放牧地もないことのほうがおかしい。

新しい牧柵で囲まれた放牧地は雑草だらけだが、ライグラスなどの種をまくのは来年からでいい。

相馬中村神社から株を分けてもらったオキザリスが、黄色い花を風に揺らしている。

仲間たちと造成した調教コースは、砂を入れれば完成する。

「目指してみっぺ」という父の言葉が耳の奥に蘇ってきた。

このコースをリヤンが走るシーンを思い浮かべてみた。

――よーし、目指してみっぺ。

拓馬は、今山工務店に電話を入れ、飼料庫と牧場事務所建設費の見積もりを依頼した。

七

二〇一三年十一月、東京スポーツ杯二歳ステークス当日の東京競馬場は、スタンドから富士山《ふじさん》がはっきりと望める好天に恵まれた。

翌年のクラシック戦線の主役と見られている超良血馬マカナリーと、当歳のころから被災馬の星として注目されてきたリヤンドノールの初対決が行われるとあって、GI開催日と見紛《みまが》うほどの観客と報道陣が集まっていた。

他馬陣営が「二強」に恐れをなしたのか、東京スポーツ杯二歳ステークスの出走馬はフルゲートに満たない十三頭にとどまった。単勝一番人気は三好晃一騎乗のマカナリーで一・九倍。上川博貴のリヤンドノールは単勝三・七倍の二番人気。十倍以下はこの二頭だけで、二戦二勝の関西馬トニーモナークでさえ十五倍以上のオッズだった。

ポケットで輪乗りをしているとき、リヤンの背にいる上川に、マカナリーに跨った三好が話しかけてきた。

「ほかの馬は、この二頭に近づいてきませんね」

「そうだな」

「ぼくの馬にこうして寄られても怯《ひる》まない二歳馬はリヤンが初めてです。さすがですね」

同じ言葉を返してやろうと振り返ると、三好はすでにゴーグルで目元を隠し、表情をうかがうことはできなかった。

「ほかの馬がこっちに来ないのは、あの乗り役連中が、おれとお前を嫌がってるからじゃないか？」

「ひどいなあ上川さん。一緒にしないでください」

デビュー当初、目標とする騎手に「上川博貴」の名を挙げていた彼も、ずいぶんな口の利き方をするようになったものだ。

声は届いていないはずだが、ふたりのやりとりを、三番人気のトニーモナークに乗るベテランの柴原《しばはら》がじっと見つめていた。ハイペースで逃げて連勝してきたトニーモナークとしては、マカナリーとリヤンが後ろで牽制《けんせい》し合う展開が理想だろう。

ファンファーレが鳴った。上川は背中に三好の視線を感じながら一番枠にリヤンを入れた。

「リヤンの近くであれば、枠は内でも外でもどっちでもいいです」と公言していた三好のマカナリーは、奇数番の馬がすべて入ったあと、リヤンの隣の二番枠に入ってきた。

ゲートがあくと、出鞭《でむち》を受けたトニーモナークが外からハナに立った。

新馬戦同様、ゆっくりとゲートを出たリヤンは自然と後方の位置取りになった。三好はさらに後ろにつけようと手綱を引き、マカナリーはそれに反発して顔を上げている。

――三好のやつ、そこまでしてマークするつもりか。

おそらくリヤンを馬群のポケットに押し込み、外から蓋をするつもりなのだろう。相手がしようと思っていることをこちらが先にする――それは、競馬における戦術の基本である。

上川は、リヤンをグーンと下げ、少しずつ手綱をくれてやりながら外に出し、マカナリーを馬群の内に封じ込めた。しかし、すぐに後悔した。馬群のポケットにおさまったマカナリーは、ふっと全身の力を抜き、ゆったりと四肢を伸ばして折り合った。折り合いをつけやすい馬の並びを上川がつくってやったに等しい。三好がしめしめといった感じで口角を上げている。

「三好五、上川三」というスポーツ紙の評価が思い出された。相手が一方的に意識しているかのように思い込んでいたが、気づいたら、こちらのほうが相手を意識して術中に嵌まろうとしている。

リヤンとマカナリーは、まったく同じリズムで全身の筋肉を伸縮させ、同じストライドで走っている。リヤンが前走と同じ四百四十キロ、マカナリーは十キロ増えた五百キロと、体の大きさは異なるが、どちらのフォームもきわめて自然に感じられた。

上川が大迫から受けた指示はひとつだけ。新馬戦同様、小差で勝ってくれ、というものだった。

新馬戦ではリヤンの力が抜けていたからどうにか指示どおりに乗ることができたが、今度は化け物が相手だ。大迫が「小差で」と言ったのは、イコール「力を溜めながら」という意味だろう。

しかし、直前の追い切りでも古馬のGI馬を楽に競り落とした化け物のマカナリー相手にそんな芸当ができるだろうか。

並走していたリヤンとマカナリーの馬体が少しずつ近づいている。三コーナーを左に回りながら、上川の鐙と三好の鐙がぶつかり、甲高い金属音を上げて火花を散らした。しかし、両馬ともにストライドを乱すことなく、三、四コーナー中間の勝負どころを抜けて行く。

リヤンにとって、左回りの東京コースは、振り回す癖のある右後ろ脚が外側に来るので、フォームが窮屈にならず走りやすそうだ。

直線入口、また三好と鐙がぶつかった、と思った次の瞬間、今度は互いの馬体も衝突し、リヤンは外、マカナリーは内に進路をとることになった。

——ふっ、いけすかないガキだが、やりやがる。

上川と三好は、阿吽《あうん》の呼吸でそうしたかのように互いの騎乗馬を弾き飛ばし、前で壁になっていた馬の両脇をすり抜ける形に持ち込み、加速した。一頭、また一頭と挟み打ちにしながらかわして行き、ターゲットは十馬身ほど前の先頭を行くトニーモナークだけになった。

内のマカナリーと外のリヤンは、鼻面を揃えながらも馬二頭ぶんほどの間隔をあけたまま、一完歩ごとにトニーモナークとの差を詰めた。二頭がラスト五〇メートルほどのところでトニーモナークの両脇をすり抜けようとした瞬間、トニーモナークが外によれ、リヤンに馬体をぶつけてきた。

——くそっ、何しやがる。

ぶつけられた左トモが空転するのを感じた上川が、ストライドのリズムをとり戻すべく、リヤンの全身を少しだけ強めに収縮させる操作をしたのは一秒もなかったはずだが、その間に内埒沿いを行くマカナリーが半馬身ほど前に出ていた。

誤算だった。上川は初めてリヤンにステッキを入れた。さらに右の見せ鞭をすると即座に反応したので、次の完歩も見せ鞭で走らせた。

三好は右鞭を連打している。内埒から離れず、リヤンと馬体を併せずに流れ込む算段だろう。

全身を沈めてストライドを伸ばすリヤンが、首、頭、鼻と、マカナリーとの差を縮め、ギリギリ並んだところでゴールした。

決勝線を通過した瞬間、自分と三好の体は真横に並んでいた。ちょうどリヤンが四肢を伸ばし切ったところでゴールしたはずだが、しかし、リヤンよりマカナリーのほうが体が大きいぶん、差し届かなかったかもしれない。

三好の様子をうかがうと、馬上でまっすぐ前を見つめている。彼の性格からして、自分が出ていると思ったら、こちらに笑顔を向けるはずだ。彼も確信が持てないのだろう。

検量室前に戻った上川は、一着馬用と二着馬用の枠場の間で馬を止め、下馬した。

「勝っていますか?」

担当の内海真子が青ざめた唇で言った。

検量室に入ると、大迫が、ほかの調教師や騎手たちと、リプレイを流すモニターを見上げていた。

「GIならともかく、これは同着でいいだろう」という声が聞こえてきた。

大迫は視界の端で上川をとらえているはずだが、目を合わせようとしない。

ホワイトボードには、写真判定であることを示す「写」の文字があり、マカナリーの馬番「二」がリヤンの「一」より前に書かれている。これは、写真判定の結果が出る前の時点で、決勝審判がマカナリーのほうが優勢だと判断したことを意味している。

上川は敗戦を覚悟した。

「二番、マカナリーだ!」

誰かがそう叫んだのと同時に、職員がホワイトボードの一着のところに「二」と書き込んだ。

マカナリー陣営がドッと沸いた。クールな受け答えで知られる調教師の藤川が満面の笑みで三好と握手をしている。目元をぬぐっているのは担当厩務員だろうか。

その様子を見て、彼らが決して「受けて立つ」立場でこの一戦に臨んでいたわけではなかったことを悟った。と同時に、そこまで相手に恐怖感を与えていたリヤンを信じ切ってやることができなかった自分を情けなく思った。相手の力を封じようなどとせず、自分の力を出すことだけに徹していれば結果は違っていたかもしれない。

大勢の関係者に囲まれたマカナリーは枠場を離れ、口取り撮影へと向かって行った。

真子に曳かれたリヤンは、厩舎につながる正面の馬道をゆっくりと歩いて行く。

「後藤田オーナー、すごい形相で帰って行ったぞ」

「勝ったと思って馬主席から降りてきたら、これだもんな」

という声が聞こえるなか、上川が帰り支度をして検量室を出ると、記者たちに何重にも囲まれた。

「相手を意識しすぎたおれのミスだ。勝てるレースだった。残念、以上」

と歩き出したら、新馬戦のとき代表質問をしたアナウンサーの声が追いかけてきた。

「でも、賞金を加算できたことは大きかったのでは？」

「そんなことで喜んでいい馬じゃないことぐらい、お前もわかっているだろう」

振り返ってアナウンサーの顔を見た瞬間、声を荒らげたことが恥ずかしくなった。

いかにもリヤンの応援者という、すがるような目をしているものと思っていたら、まっすぐこちらを見据える、プロの取材者の目だった。最近知ったのだが、彼も福島出身で、津波で親族や友人を亡くしたらしい。

「またマカナリーと戦いたいですか」

「当たり前だ」

「もう一度やれば、今度は勝ちますか」

「ああ、何度やっても二度と負けねえ」

吐き捨てるように言い、記者たちを振り切った。調整ルームに向かって走りはじめたとき、見覚えのある顔に気がついた。生産者の松下拓馬だ。松下は、きをつけの姿勢から小さく頭を下げた。その顔をまっすぐ見ることができなかった。

翌日は全休日だったが、大迫厩舎の前には大勢の報道陣が集まっていた。

朝刊で一社が報じていた、フランスから短期免許で来日している一流騎手のエージェントが、リヤン陣営に「乗りたい」と申し入れたという記事の真偽を確かめるためだった。復帰してから、前週乗った馬の様子を見るため厩舎回りをすることを月曜日の日課にしていた上川は、最後に大迫厩舎に行った。

大仲の前に報道陣の輪があり、その中心に大迫がいた。

上川に気づいた記者たちが一斉にこちらに顔を向けた。

空気の変化に気づいたはずの大迫はしかし、胸の前で腕を組み、目を伏せたまま、ゆっくりと背中を向けた。大迫は、足先で馬糞を砕いている。周りを囲んでいた記者たちが離れて行った。上川の脳裏を「乗り替わり」という言葉がよぎった。

「次は朝日杯だ。後藤田オーナーの了承も得ている」

馬糞を検分しながら大迫が上川に言った。

「朝日杯って、乗り役は？」

「お前に決まっているだろう」

「じゃ、スリヨンからのオファーを断ったのか」

「後藤田オーナーは、外国人力士が上位を占めて人気が落ちた相撲界を、競馬界が追いかけるようなことはしたくないそうだ」

確かに後藤田の所有馬に外国人騎手が乗っているのを見たことがない。

「テキ、あんたはどうなんだ」

「スリヨンのほうがリヤンの力を引き出せると判断したら頼んだかもしれないが、そうは思わない」

言いながら体をこちらに向け、足元の馬糞を見て首を傾《かし》げている。獣医師でもある彼は、馬糞の状態をこうして確かめるのが癖になっているのだ。

「それは光栄だ」

とぶっきらぼうに言った上川は、騎手生命が危ぶまれたときも、また、実戦に復帰してからも、ずっと大迫の世話になってきた。

いつも力になってくれた大迫に対し、上川はひとつ、心に決めたことがあった。

それは、自分より先に、大迫のほうから「ありがとう」と言わせる、ということだ。

驚異的な勝率で勝ち星を量産している大迫だが、いまだＧＩ勝ちがないということで、手腕を疑問視する向きもないわけではない。

そんな大迫にとっての初ＧＩは、自分がプレゼントしてやりたい。大迫とて、かつてのスタージョッキーの境遇にただ同情して手を差し伸べたわけではないはずだ。

大迫が、自分のために上川を利用した、という結果になるよう、騎乗で答えを出す。それが自分にできる唯一の恩返しだ。だから今は大迫に「ありがとう」とは言わない――。

翌朝も大迫厩舎に大勢の報道陣が押し寄せた。

朝刊各紙を見て、なるほど、と思った。

リヤンドノールが朝日杯に向かうことを知ったマカナリー陣営が、次もまた、リヤンにぶつけるために朝日杯を目指すことにしたという。藤川はこうコメントしている。

「若駒のうちに力関係をはっきりさせ、もううちの馬には勝てないと、向こうの馬に思わせたい」

捕食動物から逃げて生きるＤＮＡを持つサラブレッドは、群れで逃げるとき、ボス馬より後ろで走っていれば食われずに済むと思い込んでいるかのような走りをするケースが実に多い。馬が相手を覚えていて、抜いてはいけないと思い込んでブレーキをかけることもままある。

それを今のうちにリヤンに刷り込んでおこうと藤川は目論《もくろ》んでいるわけだ。

厩舎の事務所に行くと、大迫が誰かと携帯で話をしていた。

「はい。中三週でもこちらは充分なくらいです。向こうは、上がりの感じを見たところ、かなり無理をしているようです」

どうやら相手は後藤田のようだ。

電話を終えた大迫は、自らの腿《もも》を両手でピシャッと叩いて立ち上がった。

「上川、オーナーからの伝言だ。ミスしたからといって乗り替わりさせないのが自分のやり方だ。お前を今後も起用しつづける。その代わり、次は勝て、とのことだ」

「おう、わかった」

「この二戦でずいぶんリヤンに力が溜まってきている。攻め馬でもっと溜めておいてやるから、次はそのすべてをぶっ放せ」

八

師走も折り返しに入り、一年の総決算となる有馬記念が翌週に迫っていた。今日は、中山競馬場の芝一六〇〇メートルで、二歳王者を決める朝日杯フューチュリティステークスが行われる。

午前中、松下拓馬が中山競馬場の検量室前に行くと、後ろから声をかけられた。

「久しぶりだなァ。元気だったが、色男」

Gマネジメントの育成厩舎長の横川だ。笑うと四角い顔が、さらに四角くなるように感じられた。

隣に立つ、イヤリングマネージャーの小山田が右手を差し出した。拓馬が握ろうとするとすっと手を引っ込め、笑った。

「やっぱり、握手は勝ってからにしましょう」

「そうですね」

「ほれにしても、何でわざわざ大外の十六番枠を引いたんだべ」

横川が相馬弁で言った。

「うちの会長は、中山のマイルは、十番枠より外に行くと、枠番がひとつ増えるごとに一馬身ずつ不利になっていく、と言っています」

と小山田が苦笑した。

「そんなに違いますか」

「相手のマカナリーは一番枠。ちょうどいいハンデだ」

と話に割り込んできたのは上川だった。次のレースで乗る馬主の勝負服を着て、鞭を右手のなかでくるりと回した。その鞭で自分の長靴をピシッと叩き、拓馬に訊いた。

「お前、乗り役だった田島と知り合いなのか」

「はい、小さいころからの友人です」

田島夏雄は、十月に行われた騎手免許一次試験に合格していた。日本で短期免許を取得している外国人騎手が不合格になったことが大きく報じられたが、ふたりの日本人が合格していた。個人情報保護法により名は伏せられていたが、ひとりは若くして自ら免許を返上した夏雄であることは、厩舎関係者の間では周知のこととなっていた。翌年一月の二次試験は、受けさえすれば合格すると言われていた。

「そういえば、あいつも福島出身だったな」

「でも、まだどうすべきか迷っているようです」

騎手としてのキャリアをリスタートさせたとして、待っているのは厳しい目だ。

「今日は来てないのか」

「はい。でも、お姉さんの郁美さんは来ています。あと、ぼくの家族も」

頷いた上川は、拓馬の肩を引き寄せた。

「朝日杯のときは、全員でパドックに来い。田島の姉貴も含め、当歳のときからリヤンにさわっていた人間は全部連れてくるんだ」

「わかりました」

「まあ見てろ。今日は特別レースを三連勝で決めてやる」

その言葉どおり、上川は第九レースと十レースの特別を連勝し、メインの第六十五回朝日杯フューチュリティステークスを迎えた。

＊

朝日杯フューチュリティステークスのパドックで、上川博貴がリヤンドノールの関係者が集まっている一角に近づくと、オーナーの後藤田幸介に手招きされた。

「上川君、記念撮影や」

生産者の松下拓馬と、その家族とも写真を撮った。松下と一緒にリヤンにミルクを与えていた田島郁美という女もだ。

リヤンが、前を通るたびにこちらを気にしている。子馬のときずっと一緒にいた松下と郁美のほか、イヤリングや育成時代の担当者までいるので不思議に思っているのかもしれない。いや、あれだけ頭のいい馬なら、正午の時点で十万人を超えた大観衆から漏れるざわめきや衣擦《きぬず》れの音などから、今日が特別な日であることを理解しているはずだ。

　騎乗命令がかかった。

「ミキティ、足を上げてくれ」

リヤンを曳いてきた内海真子に左膝を突き出すと、彼女は無言のまま右手で膝を持ち上げた。その手は細かく震えていた。

上川は左の手綱を引き、リヤンの口元を真子の顔に近づけた。リヤンは、じっと真子をすぐ近くから見つめている。

「上川さん、何を……」

「お前はもういい。ちょっとどけ」

上川は、パドックを周回しはじめた他馬に合流しようとはせず、今度は拓馬と郁美にリヤンの顔を近づけた。そうしてリヤンにひととおり関係者の顔を見せてから、わざと乱暴に手綱を操作し、腹を蹴って歩かせた。

——今、お前にとって大切な人間たちの顔を見て、どう思った？

珍しく、リヤンが戸惑っている。なぜ上川に怒られるのかわからないからだろう。

——あいつらだけじゃねえ、ここにいる何万という人間たちはみんな、お前を見に来ているんだ。

興奮して首を大きく上下させたり小走りになる馬が多いなか、リヤンはいつもどおり悠然と歩いている。もう一頭、一枠一番のマカナリーも前走同様落ちついているようだ。

——いや、お前とあの化け物との戦いを見に来たのかもしれない。だが、レースが終わったときには、誰もがお前だけを見に来たかのような気になってしまう、そういう走りを見せてやれ。

馬道をコースに向かっているとき、頭上から落雷のような轟音が響いた。マカナリーの馬場入りを迎える観衆の声援だ。それに怯えて暴れた馬たちはエネルギーを浪費し、この時点で脱落していく。

十六番のリヤンは、マカナリー以上に大きな声援で迎えられた。

それでもリヤンは動じない。のっし、のっしと馬場を歩く。普通なら心強い材料として歓迎するところだが、リヤンに心身ともにキレてもらうつもりでいる上川にとっては、喜ばしくない状態だ。

上川は、リヤンは「人に期待されたぶんだけ返そうとする」という大迫の言葉を思い出していた。

——これだけの期待にどう応える？　今までみたいにスカした走りで何とかなるなんて甘い考えだと、化け物には勝てねえぞ。

キャンターに降ろすときはこれまで同様そっと走らせてやったが、ある程度ほぐれたら、競馬とそう変わらない速度になるよう追い、スピードが乗りかけたところで乱暴に手綱を引き、減速したらまた首を押した。そうしてわざとギクシャクした走りをさせ、最後に、地方競馬出身の騎手がやるようにドンと鞍に尻を打ちつけてやった。

リヤンは耳を絞り、大きく首を振った。その目は燃えているかのようだ。

リヤンが怒っている。

――よーし、いいぞ。

上川は、両腕が持って行かれそうなほどのパワーを手綱に感じながら発走地点へと向かった。

＊

拓馬から借りた競馬新聞を持って返し馬を見ていた内海真子が、ぎゅっと新聞を握りつぶして立ち上がった。

「リヤンが壊れるじゃない！」

と歯ぎしりの音が聞こえそうな顔を拓馬に向けた。

「いや、きっと上川さんには考えがあるんだと思います。それより、ぼくの新聞……」

突き返された新聞は何カ所も破けていたが、ちゃんと字は判読できる。新馬戦のときから新聞を記念にとっておいてあるのだが、これはこれでいい思い出になるだろう。

関係者席に並んで座る両親と妹、そして郁美は、一見お嬢様ふうなのに逆上する真子の姿に呆気《あっけ》にとられている。

拓馬は双眼鏡でリヤンの様子を確認した。輪乗りの列に入ると、自然と他馬が遠ざかっていく。育成馬時代に群れのボスだったことが思い出された。ときおりツル首になって小刻みにステップを踏むリヤンは、拓馬が胸に抱いていた、優しく、人懐っこいリヤンではなくなっている。

今、レースに臨むリヤンに対して、生産者である自分にできることは何もない。寂しいが、思いを上川に託し、祈るしかない。

ファンファーレが鳴り、出走馬がゲート入りを始めた。

大外枠のリヤンは最後に入った。

一瞬の静寂ののち、ゲートがあいた。次の刹那、場内に悲鳴が上がった。

リヤンが二馬身ほど出遅れたのだ。

*

そっと一完歩目を踏み出したリヤンの背で、上川は重心を前に移すタイミングを、三分の一呼吸ほど遅らせた。

リヤンは二完歩目も背中を伸ばしたまま踏み出すことになってフォームを乱し、それを自分で修正しているうちに、内の馬たちから二、三馬身遅れてしまった。

そのおかげで、コースロスなく内に切れ込んで行けるスペースが出来上がった。

中山芝一六〇〇メートルは、ゲートを出て一ハロンほどのところからコーナーを回り、そのコーナーがもう一ハロンほど行くと急にきつくなるという特殊な形態だ。外枠の馬が出たなりの競馬をすると、ずっと外を回らされて大きく距離をロスしてしまう。

それをなくすため、上川は、あえてゲートからゆっくりと出したのだ。二、三馬身の遅れなど、このコースで外を走るロスに比べたらわずかなものだし、そうして遅れたぶん他馬より楽をしたとも言えるわけだから、ロスのうちには入らない。

スタンドのどよめきは、上川の耳にも届いていた。最近は「全馬が五番手の内をほしがる」というフランス競馬の影響なのか、こうしてゆっくりゲートを出す戦術をとる騎手が少なくなっている。驚いたファンが多いのは、そのせいもあるのだろう。

上川はゆっくりとリヤンを内埒から馬一頭ぶんのところまで誘導した。これまでの二戦とは違い、返し馬のときからテンションが高くなっていたので、前に馬を置かないと凄《すさ》まじい勢いで突っ走っていきそうな雰囲気だ。

最初のコーナーを回り、三コーナー手前で、ここからどこを通って行こうかと、前を行く馬を一頭一頭観察した。先頭から三、四馬身の絶好位で最内のポケットに入れたマカナリーの鞍上の三好晃一が、脇の下から何度かこちらを確認している。

そのときだった。

――ん、どうした？

前にいた馬たちが鞍上の制止を振り切るようにして次々と外に膨れ、リヤンの前に道ができた。

上川は、妙な感覚が全身を駆けめぐるのを感じた。

一年ぶりの実戦となった有馬記念を圧勝して「帝王」と呼ばれた馬の背にいたときにも、これに似た感覚に襲われたことを思い出し、小さく戦慄した。あのときも、他馬が上川の騎乗馬に怯え、勝手に道をあけた。

――今、おれは……いや、おれの馬は、このレースを支配している。

支配者となったリヤンは、自身のために用意された道を猛然と突き進み、そのままマカナリーに追突しそうになった。威嚇して、嚙みつきに行ったのかもしれない。

四コーナーを右に回りながら、マカナリーが一気に加速した。三好の重心がぐっと沈み込み、アクションが大きくなる。

見事なアプローチだ。十年前の自分よりずっと上手い。

マカナリーのフットワークも、後ろから眺めていると、見ほれるほど素晴らしい。

しかし、あの馬は化け物ではない。化け物は、こいつだ。おれを背に乗せ、唸るようなエネルギーを爆発させようとしている、リヤンドノールという芦毛馬だ。

抑えている両腕がシビれてきた。そろそろ限界だ。

直線入口、先に抜け出したマカナリーの真後ろを進み、外に他馬がいなくなったところで鞭を右手に持ち替え、見せ鞭をして風切り音を聞かせた。

ドーンと、リヤンが大地を蹴る衝撃音がしたかのようだった。上川の全身が揺れた。追い出しに入ったときにバランスを崩したのは、騎手になって初めてのことだった。リヤンの首の上下動が速すぎて、上川の手の動きが追いつかない。

——す、すげえ！

マカナリーの外に馬体を併せた、と思ったのはほんの一瞬だった。リヤンは瞬時にマカナリーを置き去りにし、末脚を伸ばす。三好が鞭を入れる「ピシッ」という音がどんどん遠ざかっていく。

——もういい、充分だ。

と手綱を抑えたら、それに反発してさらに前に行こうとする。

——こいつ、もっと加速できるのか。

手の震えが止まらない。こんなことも初めてだった。

ゴールした瞬間、体内時計のストップのスイッチを押しそこねてしまい、上がりタイムが何秒ぐらいだったかもわからなくなった。一万回以上乗ってきて、体内時計を狂わされたのも、これが初めてのことだった。

ゴールをわかっているのか、リヤンは入線後すぐに全身の力を抜き、ゆっくりと一コーナーに進入した。そして、鞍上の上川博貴からの「止まれ」の指示を待っている。

――よくやった。たいしたやつだ。

リヤンを止めかけたとき、すぐ脇を三好晃一のマカナリーが駆け抜けて行った。三好はこちらを見ようともしなかった。

リヤンをターンさせ、スタンド前に戻った上川は目を見張った。

二歳GⅠレースとは思えないほどムービーやスチールのカメラマンが多く、スタンドでは、十万を超える大観衆が波のようにうねっている。返し馬のときやレース中にこのスタンドの様子に気づかなかったということは、冷静なつもりでいた自分も、どこか舞い上がっていたのかもしれない。

内海真子が、曳き手綱を持ってコース上に立っている。リヤンを迎えに来たのだろうが、上を向いて口をあけ、子供のような泣き方をしている。

スタンドからリヤンコールでも起きるかと思っていたが、かすかなざわめきが聞こえるだけだった。

五年前の上川なら、馬上で自分の耳に手を当てて観衆をあおり、コールを要求したところだ。

「ミキティ、帰ってきたぞ。馬はどこも傷めていないから、心配するな」

上川が真子に声をかけると、リヤンが真子の胸のあたりまで顔を下げた。

「やったね、勝ったんだね」

と真子がリヤンの顔に抱きついた。

スチールカメラのシャッター音が響いた。

詰めかけた十数万人が、こちらを見つめているのがわかった。しかし、スタンドは相変わらず静まり返っている。

電光掲示板に「レコード」の文字が浮き上がっている。そのタイムが示すように、二歳馬離れしたリヤンのパフォーマンスに驚愕《きょうがく》し、どう反応すべきかわからずにいるのか。

上川は、真子に言ったのと同じこと——リヤンが無事に戻ってきた、ということを伝えるつもりで、スタンドに向かって鞭を持った右手を挙げた。

その瞬間、凄まじい大歓声が中山競馬場全体を揺らした。

「1」と記された勝ち馬の枠馬にリヤンを入れて下馬した上川に、大迫正和が右手を差し出してきた。

「久々のGI勝ち、おめでとう」

と微笑む大迫の手を握り返しながら、つくづくこの男らしいと思った。

「ありがとう」と言ってくれなかったせいで、こちらも「ありがとう」とは言えなくなった。

「テキこそ、初めてのＧⅠ勝ち、よかったじゃねえか」

言いながら検量室に入り、モニターを見上げた。そこに映し出されるレースリプレイを見ながら大迫が訊いた。

「ゲートをゆっくり出してから内埒ぴったりのところまで行かなかったのは、ストライドを考えてのことか？」

「ああ。ここのマイルは綺麗なコーナーじゃなく、カクンカクンと曲がるようになっているからな」

「人間には厳しいが、馬には優しい上川博貴らしい騎乗だ。ストライドのロスがまったくない」

普段は寡黙な男が、珍しく饒舌《じょうぜつ》になっている。よく見ると頰が上気している。感情を隠そうとしてはいるが、やはりこの勝利に興奮しているようだ。あえて「ありがとう」と言わずにいるのは、礼を言うのはクラシックを勝ったとき、と決めているからか。

テレビの勝利騎手インタビューを済ませ、口取り撮影に向かった上川の足が、電光掲示板の着差を見た瞬間、止まった。

マカナリーとの差は三馬身二分の一。五、六馬身は突き放したつもりでいたのだが、それしか差がついていなかったとは……。

カメラマンから馬上で「まずはＧＩを一勝」という意味で人差し指を出してくれとリクエストされたが、聞こえないふりをした。

ディープ産駒の成長力は、これまで嫌というほど見せつけられている。中山で行われる皐月《さつき》賞はまだしも、広い東京の二四〇〇メートルが舞台のダービーでは、リヤンの父シルバータームと距離適性の差が出て、逆の結果にならないとも限らない。

それに、もう一頭、気になる馬が来週のＧⅢ、ラジオＮＩＫＫＥＩ《ニッケイ》杯二歳ステークスに出てくる。その馬、ヴィルヌーヴもマカナリーと同じディープ産駒で、「馬を見る天才」と言われている岡村茂雄の生産馬だ。しかも主戦騎手は、年間最多勝記録のほか、ほとんどすべての最年少・最速記録を塗り替え、ＧＩを史上最多の六十勝以上もしている武原豊和《たけはらとよかず》。かつて「天才」と呼ばれた上川を追い越していった唯一の後輩騎手で、上川にとってはずっと目の上のたんこぶ、それもとてつもなくデカいたんこぶとなっている男である。進路に蓋をしてやろうと思ったら、もうそこにはいないし、自分の馬を叩くふりをして手を叩いてやろうとしたら先に叩かれたりと、ただ上手いだけではなく、ポーカーフェイスの下に厳しさと激しさを隠し持った日本一の騎手だ。

口取り撮影を終えて検量室前に戻るとき、生産者の松下拓馬が並びかけてきた。

「お前は泣かないのか」

と右手を差し出すと、

「はい。あの着差を見たら泣けません」

と、後ろで涙をぬぐっている妹や仲間たちに聞こえないよう小声で言い、苦笑した。

――こいつ、案外競馬をわかっているんだな。

マカナリーの後ろは八馬身ちぎれていた。

翌年、二〇一四年のクラシックは、リヤンとマカナリー、そして関西のヴィルヌーヴの三強による争いになると思われた。

二〇一四年　日本ダービー

一

二〇一四年の正月開催で、上川は中山金杯《きんぱい》勝ちを含む十勝の固め打ちをし、久々にリーディングのトップに躍り出た。

しかし、気分は晴れなかった。このところ繰り返し脳裏に蘇ってくる、あるレースシーンのせいだった。それは、リヤンで制した朝日杯でもなければ、人気薄で逃げ切った金杯でもなく――。

他場のモニターで見た、前年暮れのGⅢ、ラジオＮＩＫＫＥＩ杯二歳ステークスでのヴィルヌーヴの走りだった。

武原豊和が操るヴィルヌーヴは、道中引っ張り切りの手応えで、直線、手綱をゆるめただけで後続を突き放し、二着に七馬身差をつけて勝った。二着は、リヤンがマカナリーに鼻差で敗れた東京スポーツ杯二歳ステークスで三着に逃げ粘ったトニーモナークだった。東スポ杯で、一、二着馬とモナークとの着差は三馬身。そのモナークに、軽く走って七馬身差をつけたのだから、桁外れの強さだ。

これで、新馬、札幌二歳ステークス、ラジオＮＩＫＫＥＩ杯と無傷の三連勝。

三強全馬とやり合ったモナークの主戦騎手の柴原は「ヴィルヌーヴが一枚上だろう」と話している。

ヴィルヌーヴを生産した岡村は「三強ではなく一強でしょう」とコメントした。

朝日杯を制したことで、前年の最優秀二歳牡馬のタイトルは、自動的にリヤンが獲得することになったが、ヴィルヌーヴに投票した記者も数名いた。

「今は『暫定王者』ってところだろうが、そうじゃないってことを、クラシックで見せてやるよ」

JRA賞の授賞式での上川の言葉が、翌日のスポーツ紙で大きくとり上げられた。

去年の秋、一度負けたことでしぼみかけていた日本ダービー制覇への夢が、リヤンの周囲でまた熱を持って語られるようになっていた。日本で生まれたすべてのサラブレッドが目指す競馬の祭典、それが日本ダービーだ。「日本競馬の父」と言われる安田伊左衛門《やすだいざえもん》が、欧米に追いつき、追い越すために創設し、一九三二年に第一回東京優駿大競走が行われた。それに先立ち安田が発表した「東京優駿大競走編成趣意書」の一節「広ク全国ニ良駿ヲ求メテ能力ノ厳選ヲ試ミムトス」を競馬学校時代に目にしたときの胸の高鳴りは、今でも忘れられない――。

大迫は、リヤンドノールの年明け初戦を弥生《やよい》賞にする、と早々に発表した。言われなくても、次は皐月賞、その次はダービーとなることがわかる。競走馬がもっとも力を発揮するといわれる休み明け三戦目がダービーとなるよう、ダービーから逆算したローテーションを組んだわけだ。

数日後、マカナリー陣営とヴィルヌーヴ陣営も、報道陣からの質問に答える形でローテーションを明らかにした。ヴィルヌーヴはきさらぎ賞、マカナリーはスプリングステークスを使ってから、ともに皐月賞に向かう、とのことだった。

三強に対する注目はいやがうえにも高まり、報道合戦が過熱した。

やはりメディアは絵になる対象を追いかけたがるもので、有力馬を担当する美人調教助手として内海真子の露出度も日に日に高くなっていった。

弥生賞の前週、大迫厩舎の大仲で上川が眺めていた競馬週刊誌の特集に、真子が自分で撮った部屋の写真が載っていた。小さくてわかりにくいが、壁に貼ってあるポスターは、上川が「帝王」と呼ばれた馬で一年ぶりの実戦となった有馬記念を勝ったときのものだ。

仕事を終えた真子が大仲に入ってきた。

「ミキティ、これ」

上川がその写真を見せると、真子は、きょとんとした顔で訊いた。

「どうかしましたか？」

「この写真だ。テイオーとおれの」

「はい」

「マスコミにこれだけ出るようになったら、細かいところまで気をつけろ。あのレースに感動したのかもしれないが、実はおれのファンだったとか、妙な噂を立てられたら困るだろう」

「わたしは別に困りませんけど、上川さんにご迷惑がかかるようでしたら謝ります」

と真子はうつむいた。

例によってキレられると思っていた上川は拍子抜けした。黙って頭を下げ、ホワイトボードに担当馬について書き込む後ろ姿を見て、このひと月ほど、彼女が穏やかになるにつれ、リヤンが少しカリカリしてきたことに思い当たった。気持ちを爆発させる力を真子とリヤンが共有し、どちらかが多く持つときはもう片方が少なく持つ……というように分け合っているかにも見えた。

三強のなかで一番早く年明け初戦を迎えたヴィルヌーヴのきさらぎ賞は圧巻だった。三コーナー過ぎから前をひとまくりにし、四コーナーを回りながら先頭に立ち、直線をノーステッキで流しただけで二着に八馬身差をつけた。

「皐月賞は、この馬にステッキを入れなきゃならないレースになることを、ぼくも望んでいます。そうじゃないと、競馬界全体が盛り上がりませんからね」

武原はそうコメントした。

——武原らしいな。

上川は苦笑した。武原はしばしば、ただでさえ強い自分の騎乗馬をさらに強く見せ、他馬陣営に揺さぶりをかける。自分の馬への対策をとらせ、自分をマークさせることによって、主導権を握り、レースをつくるのだ。だから彼は、普通の騎手なら尻込みするような、GⅠの大舞台で単勝が一倍台になるような馬に進んで乗りたがるし、より人気が高まることを望む。

オーナーブリーダーの岡村も、他馬陣営を挑発するかのようなコメントをしている。

「種牡馬としての価値を考えると、無敗のまま三冠馬になってほしいですね」

リヤンは、朝日杯の疲れも完全にとれ、さらに、レース間隔があいたことで体内にエネルギーがかなり溜まっていたのだろう、弥生賞を圧勝した。本番の皐月賞に向けて、それなりに溜める競馬をするつもりだったのだが、これ以上手綱を引っ張ると口が硬くなりかねないと思い、四コーナー手前から少し行かせたら、二着を五馬身も突き放してしまった。

マカナリーもスプリングステークスを楽勝した。二着との差は七馬身。ディープ産駒らしからぬ重戦車のような走りは、さらに豪快さを増していた。

「ぼくはこの馬が一番強いと信じています」

そう話した鞍上の三好晃一の目には、本来の強い光が戻っていた。

二

第七十四回皐月賞の前売りオッズが明らかになった。単勝二・〇倍の一番人気は三枠五番のヴィルヌーヴ。二番人気は四枠八番のリヤンドノールで三・五倍、三番人気は六枠十二番のマカナリーで六・三倍、四番人気のトニーモナークは二十倍以上の単勝オッズを示していた。

「おもせェのは三連単だべ」

「三強の順番を決めなっかなんねえのは難しいな」

「んだげんちょ、福島県民なら頭はリヤンだべ」

「いんやあ、ヴィルヌーヴの武原がなんかやりそうで怖《こえ》えど」

皐月賞の前夜、松下拓馬が南相馬駅近くの居酒屋で遅めの夕食をとっていると、小上がりにいる客たちの話し声が聞こえてきた。

店長が、カウンターに座った拓馬に、

――あんたがリヤンの生産者だってこと、あの人らに教えようか？

と目で言っているのがわかったが、拓馬は首を横に振った。

もう少し彼らの競馬談義を聞いてみたかったのだ。しかし、馬券の結論に至る前に話はどんどん逸れて、震災から三年以上経っても復興が進まないことへのボヤキばかりになっていった。

妹からメールが来た。両親と一緒に東京のホテルにチェックインし、これから食事に行くという。

「いよいよ皐月賞か」

自分に言い聞かせるように呟いても、思いはその次のダービーへと飛んでしまう。リヤンは右トモの出し方に問題があるので、右回りの中山で行われる皐月賞には絶対の自信を持って臨むことはできない。勝てなくても、無事に回ってきてくれればいい。そして、「競馬の祭典」日本ダービーの舞台に立ってくれれば、それでいい。ほかの生産者も、調教師も、騎手も、そしてファンも、なぜダービー、ダービーと騒ぐのか、以前は不思議に思っていたのだが、こうしてリヤンがその有力候補になって初めて、自分のなかにもダービーへの強い思いが眠っていたことに気づかされた。これがダービーの魅力であり、魔力でもあるのか。

＊

上川博貴は皐月賞のパドックでリヤンの背に跨った。思っていた以上に落ちついていたので、曳き手綱を持つ内海真子に訊いた。

「おい、装鞍所《そうあんじょ》でひと暴れして、疲れちまったわけじゃないだろうな」

「いえ、競馬場に来て少しの間はイライラしていましたけど、発汗するほどではありませんでした」

「それにしては、気持ち悪いぐらいおとなしいな」

「パドックでたくさんのお客さんを見たら落ちついたみたいです」

「普通は逆だがな」

「この子、相馬にいたとき、『支援物資』としてずっと人間と一緒だったから……」

という真子の言葉を聞きながら、周囲の馬の様子を観察した。

前を行くマカナリーは、これまで同様どっしりした雰囲気を漂わせている。

対照的に後ろのヴィルヌーヴは、何度も後ろ脚で立ち上がろうとしたり尻っ跳ねをしたりして武原を煩わせている。が、これに騙されてはいけない。前走もその前もパドックで暴れてエネルギーをロスしながら圧勝しているのだ。ムダな動きをしなくなったらどれだけ強くなるのかと思うと恐ろしい。

ちょっと気になるのは、逃げ馬としては絶好と言える一枠一番を引いたトニーモナークだ。前走からマイナス十キロという極限の仕上げをほどこされながらも、ゆったりと首を伸ばし、大股で歩いている。

あの馬の好気配に、武原や三好が気づかないわけがない。

脚質からして三強は比較的近いところでレースを進めることになるだろう。それだけに、一頭だけ離れたところで自分の競馬に徹する実力馬には要注意だ。ちょっとした力の差など、何かの拍子にあっさり逆転するのが競馬だし、小回りで直線の短い中山芝二〇〇〇メートルというのは、そうした番狂わせの起こりやすい舞台である。

——案外、このレースのカギを握るのは柴原さんのトニーモナークかもな。

ポケットで輪乗りをしながら、上川は周囲の変化を感じていた。二歳のとき、他馬はリヤンの威圧感を恐れて近づいてこなかったのに、人間と過ごす時間が増え、「対馬」以上に「対人間」として生きるサラブレッドらしくなったのか、リヤンが輪乗りに加わっても動じる馬が少なくなっている。前走の弥生賞以上にその傾向が明らかなのは、一流馬だけが集まるクラシックの舞台だからだろう。

「上川さんの馬、右トモ、大丈夫なんですか？」

武原が声をかけてきた。

「こういう歩き方なんだよ」

「その馬体でようあんな走りをするなあ」

「今日もそういう走りをしてやるよ」

「ほう、そりゃ楽しみやわ」

ファンファーレが鳴り、フルゲートの十八頭がゲートに入った。

スタートした。

内からトニーモナークがハナに立ち、得意の「ハイペースの逃げ」に持ち込んだ。

武原のヴィルヌーヴが、引っ張り切れないほどの手応えで好位につけ、それを斜め後ろから見るように三好のマカナリーが大きなストライドを伸ばしている。

いつものようにゆっくりとゲートを出たリヤンは後方三番手の内につけた。

馬群は縦長になった。内にいるリヤンにとっては外に出す隙間が大きく、走りやすい展開だ。望んでいたとおりの、よどみない流れになった。自分はこのまま、馬群の後方から、前を行くヴィルヌーヴとマカナリーを見ながらレースを進めればいい。

馬群はスタンド前を通過し、一コーナーに差しかかった。

ほぼそのままの馬順で二コーナーを右に回り、先頭のトニーモナークが向正面に入ったところで、スタンドがどよめいた。

――ちっ、やりやがったな。

これだけ流れてくれると、どこから動いてもまとめて差し切れそうだと思っていたら、先頭を行くトニーモナークが、向正面で急激にペースを落としたのだ。馬群が一気に凝縮され、前の馬に乗りかかりそうになったり、首を上げて口を割り、フォームを崩す馬が多くなった。

――そう来たか、柴原さんよ。

トニーモナークは、ハイペースで逃げ、後続になし崩しに脚を使わせる競馬で結果を出してきた馬だ。ところが、前走の毎日杯では、途中までハイペースで流しながら、最後は上がりの決着に持ち込んで他馬を翻弄し、大勝した。

本番でもある程度揺さぶりをかけてくると思ってはいたが、よもやこのタイミングで動いてくるとは思わなかった。

百戦錬磨のベテラン、柴原の狙いは何か。もともと行きたがるところのあるヴィルヌーヴは、急に遅くなったペースに対応し切れず、折り合いを欠きそうになっている。武原が、片側だけ馬銜をかけたり外したり、さらに拳の位置を微妙に調整するなどして、ギリギリのところでなだめている。

隙間のない馬群につつまれる形になったマカナリーは、本来の大きなストライドを伸ばし切れず、見るからに走りが窮屈だ。

あの二頭のリズムを崩すために柴原はペースを変えたのだろうか。それとも……。

ターゲットはリヤンだろうか。馬群が縮まったことにより、正面スタンド前では二十馬身近くあったトニーモナークとの差が十馬身ほどになった。前で壁になっている馬群をさばくのに手間どるかもしれないが、いざとなれば他馬が避ける荒れたインコースに突っ込むか、大外をブン回せばいい。先頭との距離が近くなったぶん、リヤンにとって好都合である。

それは柴原もわかっているはずだ。ということは、彼はただ、このレースを究極の瞬発力勝負に持ち込もうとしているだけなのか。それだけの脚を使える感触を得ているからこその戦術なのだろう。

有力馬のなかで、ヨーイドンの競馬になるともっとも分が悪そうなのは、どれか。マカナリーだろう。

——おい、三好、そろそろ自分から動かないと、まずお前の馬が脱落するぞ。

上川の思考が伝わったかのように、三好はちらっとこちらを見てからマカナリーを外に持ち出した。

——やはり、リヤンを気にして動けずにいたのか。

マカナリーが内のヴィルヌーヴをかわし、さらにトニーモナークとの差を詰めて三コーナーに進入した。すぐさまヴィルヌーヴがマカナリーの真後ろにつけ、一緒にポジションを上げると、スタンドから大きな歓声が上がった。

——武原のやつ、三好の動きにタダ乗りか。相変わらずエゲつないな。

そのままマカナリーについて行くかに見えたヴィルヌーヴは、三、四コーナー中間地点でマカナリーの外に出て、持ったままの手応えで、マカナリーとその内のトニーモナークをかわしにかかった。

武原は手綱を握る力の加減だけで馬をコントロールしている。

三好のアクションが大きくなった。

柴原は右鞭を入れて、外、つまり左にいるマカナリーとの併せ馬の形を保とうとしている。しかし、トニーモナークは少しずつ遅れていく。

——いいぞォ。そのまま、後ろのことは忘れてガンガンやり合ってくれ。

リヤンの五馬身ほど前で、手綱を持ったままの武原を背にしたヴィルヌーヴと、三好に激しく追われるマカナリーが馬体を併せて四コーナーを右に回り、直線入口に差しかかった。

その瞬間、上川の両腕に衝撃が走った。

リヤンが自ら馬銜をとったのだ。

——そうか、行きたいか。お前も競走馬らしくなったな。

一気に加速したリヤンは、直線に入って手前を左に替えるとトニーモナークを抜き去り、右前方を走るヴィルヌーヴとマカナリーに迫って行く。

——このまま忍び足で武原に近づきたいところだが。

そう思って見ていると、武原が右に鞭を持ち替え、手の中で回した。歓声と、ターフビジョンの映像で、リヤンの伸び脚に気づいたようだ。

——くそ、バレちまったか。

ラスト二〇〇メートル。上川はリヤンをさらに外、つまり左側に持ち出し、右のヴィルヌーヴとの間に馬二頭ぶんの間隔を保ちながら、ゴーサインのステッキを入れた。

リヤンが大きく首を使い、さらにストライドを伸ばした。

ヴィルヌーヴとその内のマカナリーに一馬身ほどまで迫った。そのとき、武原が右ステッキを振るうのが見えた。

——お前の言葉どおり、ヴィルヌーヴに鞭を入れる展開になったな。

そのままこちらに馬体を寄せてくるかと思いきや、武原はまた鞭を左に持ち替え、逆鞭を入れた。

最内のマカナリーが二の脚、三の脚を使ってしぶとく伸びているのだ。

——嘘だろう!?

ラスト一〇〇メートル。もっと楽にかわせると思っていたが、内の二頭に併せたところで、急にリヤンの伸び脚が鈍った。

——おい、どうしたんだ。

バテたわけではなく、明らかに自分で力をセーブしている。

リヤンの耳の動きが急にせわしなくなった。内の二頭のほうより、スタンドのほうに神経が向いているようだ。

——まさか、お前、松下たちを探しているのか。

左の見せ鞭と逆鞭でヴィルヌーヴに馬体を併せに行き、何度も手綱をしごいて馬銜を詰め直しても反応しない。朝日杯のときもスタンドを気にしたが、前走の弥生賞ではこんなことはなかった。違いは、客の数だ。リヤンは、たくさんの人間が来ているのが嬉しくて、その喜びをゆっくり味わおうとしているのかもしれない。

——バカヤロー、余裕かましてる場合じゃないぞ！

ステッキを入れる音も、併せた三頭の蹄音も聞こえないほど歓声のボリュームが高まり、汗が目に入って視界がボヤけたその刹那、リヤンがぐっと全身を沈め、ジャンプするかのようにストライドを伸ばし、フィニッシュした。新馬戦のときと同じように、最後の一完歩だけ大きく跳んだのだ。

しかし、わずかに及ばなかった。

皐月賞を勝ったのは、最内からしぶとく差し返したマカナリーだった。

GI初制覇を遂げた三好晃一は、ゴール入線後、手綱から離した両手を突き上げ、空に向かって雄叫《おたけ》びを上げた。

リヤンドノールは首差の二着。さらに頭差でヴィルヌーヴが三着。これら上位三頭に大差をつけられた四着にトニーモナークが粘り込んだ。

上川は、「2」と刻印された、二着馬の枠場にリヤンを入れた。リヤンはすぐに息が戻り、それほど汗をかいていなかった。明らかに全力を出し切っていない。

下馬して鞍を外した。目を真っ赤にした内海真子が無言のままリヤンを地下馬道へと曳いて行った。

少し遅れて、隣の「1」の枠場に、三好を背にしたマカナリーが入ってきた。調教師の藤川と握手をした三好は泣いていた。

上川は検量室に入り、後検量を済ませた。顔を洗い、モニターでレースリプレイを見ていると、大迫が話しかけてきた。

「ゴール前で何かあったのか」

「馬がスタンドを気にして、レースをやめかけたんだ。まだ遊びながら走ってやがる」

「そうか。仕上げが甘かったかもしれない。すまなかった」

「な、何を……」

調教師が謝るべきことではない。

リヤンがスタンドの観衆に気をとられることは、あらかじめわかっていた。そうさせないように乗らなかった自分が、どう考えても悪い。

検量室から出て、囲み取材に応じた。

「勝てるレースだった。一気にかわす乗り方をしなかったおれのミスだ」

もう少し話そうとしたら、記者たちは一斉に別の出口に走って行った。そこから勝利ジョッキーの三好が出てきたのだ。

笑顔でカメラのライトを浴びる三好も、曳き運動でクールダウンするマカナリーも、

GIを制したことでひと回り大きくなったように見えた。

ダービーは今回以上に厳しい戦いになるだろう。

皐月賞の道中で積極的に動き、勝ちに行く競馬をして結果を出したマカナリーは掛け値なしに強い。それまで素質だけで勝ってきたヴィルヌーヴは、初めて多頭数に揉まれる競馬を経験したことにより、大きく変わってきそうだ。二頭とも、皐月賞の二〇〇〇メートルからダービーの二四〇〇メートルへの距離延長は大歓迎だし、血統や、ストライドの大きな走りからして、広くて直線の長い東京コースのほうが間違いなくいい。右トモを回して走るリヤンにとっても左回りの東京はプラス材料だが、あの二頭の走りを反芻すると、「楽しみです」とばかりは言っていられない気分になった。

皐月賞で三着に終わったヴィルヌーヴのオーナーブリーダーの岡村はこう話した。

「実に腹立たしい。それほど、一、二着の馬は強い。間違いなく競馬史に残るクラシックで、自分の馬が主役になれないことが、腹立たしい。馬のつくり方を考え直さなければならないようだ」

翌朝、もっとも発行部数の多いスポーツ紙の一面に衝撃的な記事が載った。

「世界一の大馬主、ハマダン殿下がリヤンドノール陣営に金銭トレードのオファー。提示したトレードマネーは三十億円！」

アラブの石油王として知られるハマダン殿下は、所有馬でフランスの凱旋門賞、イギリスのキングジョージⅥ世&クイーンエリザベスステークス、アメリカのブリーダーズカップクラシックなど世界の主要なレースを制している。しかし、若いころから勝つことを熱望していたケンタッキーダービーだけは、いまだ勝てずにいる。ケンタッキーダービーに勝てる馬を育成するために、自国の競馬場のダートコースにケンタッキーダービーの舞台であるチャーチルダウンズで使用されているのと同じダートを導入するなどしても、栄冠を手にできずにいた。これまでたびたびケンタッキーダービー直前にアメリカの馬を高額で購入して出走させたが、結果が出なかった。ここ数年そうしたトレードをせずにいたので、一部では「もう諦めたのではないか」との噂が流れていたなかでのニュースだった。

その日は朝から馬主の後藤田と誰も連絡をとれなくなっていたこともあり、大迫厩舎の周囲には一般メディアを含めた大勢の報道陣が集まっていた。

上川が美浦トレセンに行き、大迫厩舎の事務所の引き戸に手をかけると、中から大きな笑い声が聞こえてきた。間違いない。リヤンのオーナー、後藤田幸介の、かすれているが、よく通る独特の声である。

——どうして後藤田オーナーがここに?

近くにメルセデスやレクサスなどそれらしき車がないので、お忍びで来たのだろう。

外から室内が見えないよう、ほんの少しだけ扉をあけ、体を滑り込ませた。

「おお、上川君か、おはよう。ようけマスコミが集まっとるな」

かすかに笑っているようにも、睨みつけているようにも見える後藤田の視線は、まったく揺らぐことなく、上川の頬のあたりに注がれている。このオーナーはいつも、相手の目ではなく、目の少し下を見て語りかける。その黒目がいつ少し上に向けられるのかと、相手は緊張を強いられる。そうしたすべてを観察しながら力関係を計るのが、ここまでのし上がってきた彼の習い性となっているのだろう。

「オーナーがここにいると知ったら、大変な騒ぎになりますよ」

「そやな。決まったことは早《はよ》う発表せんと、妙な噂が流れてしまうわ」

リヤンをハマダン殿下に三十億円で売却することが決まった、ということか。

上川は脱力してくずおれそうになった上体を、やっとの思いでソファの背もたれに押しつけて、息をついた。

「では、オーナー、お願いします」

大迫が立ち上がり、出入口を手で示した。

「お願いいって、何を言うとんや。大迫君が記者の前で発表しなはれ」

「トレードに関することを調教師だけで話すのは……そうだ、上川も一緒なら、オーナーも出やすいでしょう」

「そやな、ほな、上川君」

後藤田の分厚い手で肩を叩かれ、上川はふらつくように厩舎事務所を出た。

空を見上げ、倒れないよう両足を踏ん張り、何かのスイッチを入れるようにいつもの自分に戻ろうと前を見たら、ものすごい数の報道陣に囲まれていた。洗い場の手前には、内海真子ら厩舎スタッフが並んでいる。彼らも「重大発表」を待っていたのだろう。

大迫が口をひらいた。

「一部報道でご存じかと思いますが、リヤンドノールのトレードに関して、後藤田オーナーのほうから発表していただきます」

後藤田が一歩前に出て、先刻と同じ目を、まず上川に向けてから胸を張り、大きく咳払いをした。

「ハマダン殿下から、三十億円でリヤンを譲ってほしいというオファーがありましたが、お断りしました」

厩舎がざわめいた。報道陣にまじって他厩舎の関係者も大勢いるなか、後藤田がつづけた。

「丁重にお断りするつもりが、わしが駆け引きをしとる思うたんか、『それなら五十億出す』と言うてきたので、『ふざけるな』とお引き取りいただきましたわ。ワハハハ！」

記者から「なぜですか」「迷いはなかったのですか」などの質問が出た。

「迷うわけないでっしゃろ。ケンタッキーダービーに使うなら、わしの馬として使いますわ。でも、今、わしはアメリカのダービーより日本のダービーを勝ちたい。それだけのことです」

後藤田は、また上川の頬のあたりに視線を送ってきた。今度は確かに笑っていた。

上川のGI勝ちの半分近くが代打騎乗で、デビュー戦から乗ってGIを勝ったのは牝馬ばかりだった。騎手として二十年近くになるが、牡馬の相棒とともに新馬戦からGIまで歩んできたのは初めてのことだった。その相棒を失うかもしれないと思ったとき、深い喪失感を覚え、自分にとってのリヤンの大きさをあらためて思い知らされた。一度胸にあいた大きな穴が再びリヤンの存在によって埋まり、さらに温かいものがあふれ出てくる。全身に少しずつ、力が漲《みなぎ》ってくるのを感じた。

「リヤンはダービーに直行します。鞍上は引きつづき上川です」

と大迫が言った。「ダービー」という言葉だけ、少し震えていた。

この移籍騒動のおかげで皐月賞敗戦の悔しさが紛れ、厩舎の雰囲気が暗くならずに済んだ。案外、それを見越した後藤田がマスコミにリークしたのかもしれない。

三歳牝馬の頂点を決めるオークスが終わると、ダービーの話題が連日スポーツ紙の一面を飾るようになる。血統、馬体、距離適性、コース適性、馬場状態、枠順、展開、相手関係、仕上がり状態、騎手といったピースのすべてがかみ合って初めて勝てるのがG

Ｉレースだ。どれかひとつのピースが欠けるだけで勝利が遠のく。リヤンがかねてより不安視されていたのは、父がシルバータームであることによる距離適性だ。二四〇〇メートルは長すぎる、と。しかし、主戦騎手の自分にできるのは、リヤンが持っている能力を最大限引き出してやることだけだ。その結果、距離が長すぎたのなら、受け入れるしかない。受け入れるために何より大切なのは、相棒を、リヤンを信じてやることだ。

マスコミ関係者が引き上げてから、リヤンの馬房を覗きに行った。

上川が前に立つと、リヤンはカイバ桶に突っ込んでいた顔を上げた。

リヤンの澄んだ瞳に松下拓馬の笑顔が重なった。拓馬とその家族、友人たち、南相馬の、福島の人々、後藤田と彼の牧場の人間たち、大迫と真子をはじめとする厩舎スタッフ、そしてリヤンを応援する日本中の競馬ファンの夢を自分は背負い、リヤンとともにゴールを目指す。ひとりで戦っているのではない。むろんプレッシャーはある。しかし、この重圧こそが、騎手としての自分を強くする無二の武器でもあり、鎧でもある。すべての人々の思いを背負って、いや、思いそのものとなって走るからこそ競走馬であり、騎手なのだ。

——リヤン。お前ならできる。いや、お前にしかできないはずだ。一緒に、やってやろうぜ。

しばらく上川を見つめていたリヤンは、また桶に顔を戻し、カイバを食べ出した。

三

松下拓馬は、トラックの荷台を踏み台にして思いっきりハンマーを振り下ろした。この手製の看板を入口に立てれば、新生・松下ファームは一応完成となる。

リヤンの売却代金の一億円は、綺麗さっぱりなくなった。

二十馬房の厩舎を新設し、その横に自分と従業員の住む家も建てた。厩舎は、北海道の大牧場のそれを真似《まね》、室内に洗い場と装鞍所のある北国仕様のものにした。

友人の高橋から譲り受けた土地に一周一二〇〇メートルのダートコースをつくった。

二人乗りの軽トラックは、四ドアで五人乗りのピックアップトラックになった。六頭積みの馬運車も購入した。

それはいいのだが――。

相変わらず、ここには馬もいなければ、拓馬以外の人間もいない。

拓馬は牧場全体を見渡せる厩舎前の広場に立ち、左胸に手を当てた。ブルゾンの内ポケットに、パスケースにおさめた土田真希の写真が入っている。

――真希、お前に話していた新事業、どうにかやれそうなところまでこぎ着けたよ。

それが始まれば、止まっている真希との時間も動きはじめるような気がした。

だが、今もここは「避難指示解除準備区域」に指定されたままだ。出入りは自由だが、宿泊してはいけない、ということになっている。

人間が常駐できないところで、高額な競走馬を預かるわけにはいかない。しばらくは、相馬野馬追に出場する馬でも預かるしかないようだ。

拓馬は、東の海岸線を見下ろした。かつて見事な松並木があった海浜公園は、綺麗に整地されてはいるが、何か新たな施設が建ちそうな気配はない。南に目を転じると、漁港の向こうにイチエフこと福島第一原子力発電所が見える。

三年前、生まれたばかりのリヤンと、白煙の上がるイチエフを見つめた日のことが思い出された。

真希との時間は止まった。

しかし、リヤンとの時間が動き出した。

事故以来、世界中から忌避されているあの発電所は、拓馬が生まれたときには稼働していた。物心つく前から、聳《そび》える鉄塔や、その脚元に並ぶ原子炉建屋を眺め、それがあるのが当たり前のこととして育ってきた。

ここは自分を生んだ土地、育んだ土地、すなわち自分が帰ってくるべき土地である。簡単に切り離すことなどできない。

それはリヤンにとっても同じではないか。たとえわずかの間であっても、幼い馬体を抱いた土地がここであることに変わりはない。

そのリヤンを休養馬として受け入れるための〝箱〟は出来上がった。

現役の競走馬でも、運動や普通キャンターぐらいなら拓馬にもできる。だが、これからは、競馬施行規程に従い、レースの十日前までにＪＲＡの施設に戻し、一、二本追い切りをかければ出走できるレベルにまで仕上げる調教もこなさなければならない。そうした高い技術を持つ乗り手は、そう多くはない。

クラクションが鳴った。

トラックから田島夏雄が降りてきた。妹の将子と、両親もいる。

夏雄と将子は、牧場の看板の前で腕を組んで写真を撮っている。父は、今日は杖を持たずに家を出てきたようだ。母が後ろから手を添えて、一緒にこちらに歩いてくる——。

四

日本ダービーを三週間後に控えた月曜日、拓馬の目がスポーツ紙の見出しに釘《くぎ》づけになった。胸に重苦しいものがひろがっていく。

「リヤンドノール、馬場入り中止」

紙面の大半は前日行われた天皇賞・春の詳報に割かれているので扱いは小さいが、拓馬の受けた衝撃は大きかった。「右トモに疲れが出たので大事をとりました」と大迫がコメントしている。

右後ろ脚を回すようにして歩くリヤンの姿が思い出された。二戦目の東京スポーツ杯以外は、新馬戦、朝日杯、弥生賞、皐月賞と、右トモを内側にして走る右回りのコースばかりだった。

走りが窮屈になる右回りのレースが多かったので負担がかかっていたのだろうか。疲れというのはどの程度のものなのか。昨日症状が見られたのなら、どうして自分に連絡をくれなかったのか。何もわからず、何もできないだけにもどかしい。

拓馬は美浦トレセンへと車を走らせた。

月曜日は全休日だが、リヤンは洗い場にいて、真子が口を持っていた。大迫と獣医師らしき男たちが正面に立ち、白髪を角刈りにした男がリヤンの脚元にかがみ込んでいる。

「どうしたんだ、松下君」

大迫に訊かれ、どうしたもこうしたもと言おうとしたら、白髪の男がこちらを向いた。

「おう。松下の倅《せがれ》か。久しぶりだなァ」

「あ、石内さん」

リヤンが当歳のとき削蹄してくれた装蹄師の石内だった。

「おめえ、ダメだべェ」

「はい？」

「GⅠ勝ったら『カリスマ装蹄師の石内さんのおかげです』って言う約束、忘れたのか。朝日杯のあと、何も言わねがったべ」

「すみません」

拓馬が頭を下げると、石内はガハハと笑った。

「ほっだらごとより、やっぱりこいづは爪が薄いわ。ほれに、左前の内向と右トモの使い方のせいで蹄鉄の減り方も普通じゃねえ。おし、これでさすけねえ」

石内は立ち上がり、道具を仕舞いはじめた。

右トモの運びがいつもより重く、爪も痛がっていたので、担当の装蹄師に相談したところ、その師匠だった石内に来てもらうことにしたのだという。釘を打つと爪を貫通して痛がるかもしれないので、エクイロックスと呼ばれる、蹄鉄を接着剤で固定する手法を用いたとのことだった。

「靴が合ってねぐて腰痛さなっこともあっからな。ほれ、歯の噛み合わせよぐしたバッターが急にホームラン打ぢ出すみてェに、これで思いっきり走れっぺ」

石内の言葉に大迫は頷き、拓馬に言った。

「明日から、通常どおり馬場入りさせる。本番までに五回時計を出す機会があるから、昨日休んだことで生じたよじれを、少しずつ戻していくよ」

リヤンは、さっき大迫が「どうしたんだ」と言ったときと同じような目で拓馬を見ている。

信じることのできなかった自分が恥ずかしくなった。

リヤンと大迫と、彼の指揮下で動くスタッフ、そして上川を信じることが、今の自分にできるただひとつのことなのか。それがリヤンの勝利を願うことにもなる、ということか。

トニーモナークがその週末に行われたＮＨＫマイルカップを三馬身差で逃げ切り、三歳マイル王の座についた。それを軽くひねったマカナリー、リヤンドノール、ヴィルヌーヴの「三強」を中心とする、この年、二〇一四年のクラシック世代は「空前のハイレベル」と言われた。

ダービーデーは六月一日、日曜日。ダービーウィークになると、新聞記事や広告、テレビコマーシャルなどでも「日本ダービー」という文字を目にすることが多くなる。日増しに「競馬の祭典」ならではの華やかな緊張感が高まっていく。

本番を三日後に控えた五月二十九日、木曜日の午後、ダービーの枠順が発表された。

三強の引いた枠を内から順に見ていくと、こうなる。

三好晃一が乗る皐月賞馬マカナリーは一枠一番。

上川博貴が騎乗する前年の二歳王者リヤンドノールは三枠五番。

武原豊和が手綱をとる素質馬ヴィルヌーヴは八枠十八番。

マカナリーを管理する調教師の藤川は、何度もリーディングトレーナーとなり、海外のGIも勝っている伯楽だ。その藤川が、この枠順を見て、

「競馬の神様は、我々に大きなチャンスを与えてくれた」

とコメントした。確かに、ダービーでは最内の一枠一番が好成績をおさめる傾向にあるのだが、冷徹なジャッジで知られる理論派が「競馬の神様」に言及したというだけで話題になった。マカナリーは、同じ一番枠から出た二歳王者決定戦の朝日杯フューチュリティステークスでは二着と惜敗するも、皐月賞を優勝した。リヤンに土をつけた唯一の馬でもある。それも二度にわたって。成長力と距離適性の幅の広さに定評があるディープ産駒だけに、東京芝二四〇〇メートルの舞台も味方すると見られている。

ヴィルヌーヴは、「馬を見る天才」と呼ばれるオーナーブリーダーの岡村茂雄の所有馬で、キャリアがわずか四戦目の皐月賞で三着となった。大外の十八番枠は、普通なら評価を下げる材料になるのだが、岡村は、

「揉まれる心配がないので、お坊っちゃまのこの馬はむしろ歓迎だね」

と笑ってテレビのインタビューに応えていた。

そして、昨年の朝日杯フューチュリティステークスを制し、クラシック三冠の皮切りとなる皐月賞で二着となったリヤンドノール。調教師の大迫は、

「ゲートにあと入れの奇数枠なので、出遅れたときの言い訳があらかじめ用意されているようなものですね」

と、冗談とも本気ともつかないコメントをした。オーナーの後藤田は、

「三枠の騎手がかぶる赤い帽子は、ブルーの地に赤いラインの入った私の勝負服に最もよく合う。それだけでも嬉しいです」

と、こちらも余裕をうかがわせるコメントをした。

翌日、金曜日の午後二時、ダービーの前売り発売が始まった。

すぐにリヤンの単勝オッズが一・一倍の一番人気になった。おそらく後藤田が一千万円ほど購入したのだろう。

少しずつヴィルヌーヴとマカナリーのオッズも上がりはじめ、やがて、ヴィルヌーヴのそれがリヤンを追い越し、一番人気になった。マカナリー同様、底力と成長力、距離適性に分があるディープ産駒で、鞍上が史上最多の日本ダービー五勝を挙げている武原というのも「買い」の大きな要素になっていた。

本番前日の土曜日、競馬が開催された東京、京都の両競馬場とも好天に恵まれた。

その夜、拓馬は、馬も従業員もいない松下ファームの放牧地に立ち、頭上にひろがる星空を眺めていた。ポケットのスマホが震えた。妹の将子からのメッセージだった。妹と両親は東京のホテルに宿泊している。妹は、ゲンを担ぎ、皐月賞の前夜とは違うホテ

ルを選んだという。

「おれはあえて皐月賞の前と同じ居酒屋で夕飯を食ったよ」

そう返信した。店主が気を利かせて、

「リヤンは後ろから差して勝つがら、これ食ってくいろ」

と串カツをサービスしてくれた。

カツが美味かったことは覚えているが、それから何を話したかも、どうやってここに帰ってきたかも覚えていない。自分では落ちついているつもりなのだが、やはり、いつもとは違う精神状態になっているのか。

新しい木の香りのする部屋のソファでウトウトし、気がついたら朝になっていた。

五

二〇一四年六月一日、第八十一回日本ダービー当日。

拓馬が東京競馬場に着いたのは、ちょうど午後の最初のレースである第五レースの出走馬がゴールしたときだった。場内は多くの観客でごった返していた。

「午前十一時の時点で入場者が十万人を超えていましたので、最終的には十五、六万人は入りそうです」

顔見知りのＪＲＡ広報担当職員が教えてくれた。

上階の関係者席に行くと、両親と妹、友人の田島夏雄、その姉の郁美、リヤンの育成を担当したＧマネジメントの横川と小山田、オーナーの後藤田と部下たちのほか、後藤田が連れてきたと思われる力士とボクシングの世界王者もいた。

少し離れたテーブルでは、別の馬のオーナーが呼んだらしいプロ野球選手と俳優が、ワイングラスを手に談笑している。

やはり、「競馬の祭典」は、何もかもが特別だ。

バルコニーに出ると、妹の将子が隣に来た。

「富士山、去年の秋来たときより大きく見えるね」

拓馬も同じように感じていた。

「ああ、どうしてだろうな」

「リヤンのおかげだね。リヤンが私たちをいろんなところに連れてきてくれて、いろんな景色を見せてくれる」

「そうだな。ところで、昼飯は食べたのか」

拓馬が訊くと、将子は首を横に振った。

「朝からドキドキして、何も食べられないの」

拓馬も同じだった。

次のレースの出走馬が馬場入りを始めた。

実況アナウンサーの声と大観衆の歓声が爆音となってせり上がってくる。

そのレースが終わると、拓馬はエレベーターで階下に降り、検量室前に行った。

ガラス越しに、騎乗を終えたばかりの上川博貴が見えた。顔を洗い、白いタオルで顔を拭きながら、頭上のモニターでリプレイ映像を見ている。

拓馬と目が合った。

殴る素振りをするとか、顔をしかめるなどするだろうと思っていたら、上川は小さく頷いただけだった。

その上川の横を、後輩騎手の武原と三好がすり抜けて行く。彼らは互いに目を合わせようともしない。

走り終えた馬たちの蹄音や呼吸音、関係者の声や場内アナウンスなどが入り混じってざわついているのだが、それでも、検量室の時計の秒針が時を刻む音まで聞こえてきそうな緊張感が漂っている。

「いいだろう、この雰囲気」

声に振り向くと、調教師の大迫が、いつものやわらかな笑みを浮かべていた。

「はい、ぼくまで空気に呑まれて、膝が笑いそうですけど」

「嘘つくんじゃないよ、楽しそうな顔をして」

大迫は、ここより少しコース側にある、調教師や調教助手、厩務員といった厩舎関係者の席でレースを見るという。拓馬の家族やオーナーがいるフロアよりも下の階で、コースや検量室と行き来しやすいエレベーターの近くだ。

本馬場入場のときコースまでリヤンを曳いて行く担当の内海真子は、ゴール手前の外埒沿いでダービーを見ることになるようだ。

「リヤンも、この雰囲気を感じとっているでしょうね」

「ああ。人間たちの強い思いがビンビン伝わってくるものだから、嬉しそうに、目をキラキラさせているよ」

通常ならメインレースは最後から二番目の第十一レースに組まれているのだが、日本ダービーは第十レースとして行われる。最終の第十二レースはGⅡの目黒記念だ。これが百二十八回目となる伝統のハンデ戦さえも余興にしてしまうのが、「競馬の祭典」の特別な重みなのだ。

ダービーの前に行われる第八レースや第九レースに向けられる歓声の質も、蹄音の響き方も、空気の震え方も、ほかの日とは違っていた。

「リヤンドノールも順調そうだね」

ヴィルヌーヴのオーナーブリーダーの岡村が話しかけてきた。

「はい、大迫先生からそう聞いています」

眼下では、ちょうど真子がリヤンから曳き手綱を外したところだった。

「二歳王者が競馬の祭典でも世代の頂点に立つか。五番、リヤンドノール。鞍上は上川博貴、五十七キロ」

その実況をかき消すほどの大歓声が湧き起こった。

自分の鼓動のせいなのか、スタンドが揺れているように感じられた。

拓馬は、痛いほど高鳴る胸に手を当て、恋人の土田真希の写真が入ったパスケースを握りしめた。

単勝人気は前日発売のまま、一番人気はヴィルヌーヴ、僅差の二番人気はリヤンドノール、少し離れた三番人気はマカナリーで、十倍以下はこの三頭だけという「三強」の構図となっている。

スターターが台に上がる映像がターフビジョンに映し出された。

自衛隊の音楽隊の生演奏によるファンファーレが鳴り、十五万人を超える大観衆が手拍子を始めた。今度は、気のせいではなく、本当にスタンドが揺れていた。

舞台は力どおりに決まると言われている東京競馬場の芝二四〇〇メートル。スターティングゲートは、正面スタンド前の第四コーナー寄りに置かれている。ここから長い直線を走って第一コーナーに進入するので、内外の有利不利はないと言われている。

十八頭の出走馬が枠入りを始めた。

最内のマカナリーが最初にゲートに入った。

後藤田が話していたとおり、青地に赤いラインの勝負服に赤帽がよく似合う、三枠五番のリヤンも枠入りした。

最後に、大外十八番枠のヴィルヌーヴが入ると、ざわめきが消え、場内を静けさが支配した。

次の瞬間、八十一回目の「競馬の祭典」のゲートがあいた。

爆弾が落ちたような歓声が場内を支配した。

上川博貴を背にしたリヤンドノールは、いつもどおり、ゆっくりとゲートを出た。少しずつストライドをひろげ、本来のリズムで背中を伸縮させるようになったときには最後方の位置取りになっていた。

スタンド前を駆ける芦毛の馬体は、強い陽射しを受け、後軀《こうく》のあたりが茶色がかって見えた。

出走馬のなかで一番体重が軽いのに、ほかのどの馬よりも大きなストライドで、涼しげな顔で走っている。

自分が望んでいることをなかなか伝えてくれなかったリヤンが、ひとつだけ、大好きなことをしてみせてくれるようになった。

それは、速く走ることだ。速く走って、自分を大切にしてくれる人々を喜ばせることだ。

不意にスタンドがどよめきにつつまれた。実況アナウンスの調子も変わった。

「おおっと、大外十八番枠から出たヴィルヌーヴが内に切れ込みながら、何と、早くも先頭に立ちました。これは意外な展開だ！」

正面スタンド前でハナに立ったヴィルヌーヴは少しずつ後続との差をひろげ、単騎逃げの形に持ち込んだ。二番手との差は二馬身から二馬身半ほどか。ヴィルヌーヴ以外の十七頭の馬群が、いびつな形に歪んでいくのがわかった。

ヴィルヌーヴに騎乗する武原豊和以外は誰も想定していなかったのだろう。後ろの人馬の動揺が、こちらまで伝わってくるかのようだった。

ヴィルヌーヴがハナを切ったまま、馬群は第一コーナーに差しかかった。

世界一正確な体内時計を持つと言われている武原の馬が先頭にいると、後続馬の騎手たちはがんじがらめになったように動けなくなる。

先頭は武原のヴィルヌーヴ。二馬身半ほど遅れて二番手集団がつづく。そのなかに三好晃一のマカナリーがいる。十八頭全体の五、六番手。ヴィルヌーヴとの差は五馬身ほどだ。

上川博貴のリヤンドノールはヴィルヌーヴから十五馬身以上離れた最後方につけている。

隊列を崩さぬまま、馬群は二コーナーを回り、向正面に入った。

一〇〇〇メートル通過は五九秒六。その数字がターフビジョンに映し出されると、場内がざわめいた。パンパンの良馬場というコンディションと、このメンバーのわりにはゆったりとした流れだ。スローペースになると、流れ込みを狙う先行馬に有利で、最後の逆転に懸ける追い込み馬には不利になる。

今、レースを支配しているのは武原のヴィルヌーヴだ。いや、武原とヴィルヌーヴ、と言うべきか。自身が競馬の祭典で頂点に立つために都合のいい時間と空間のパズルを組み立て、ほかの人馬のエネルギーを削ぎとっている。

武原がつくった流れのなか、もっとも不利なポジションにいるのは、離れた最後尾を走っているリヤンだ。

絶望的に見えるあの位置から、はたして逆転することはできるのか。

信じるしかない。

隣に立つ父の雅之は双眼鏡でリヤンの姿を追っている。母の佳世子は祈るように手を合わせ、同じ格好をした妹の将子は目をつぶっている。将子の肩に、田島夏雄が手を乗せている。

今、自分たちは、リヤンと一緒に走っている。

大切なのは何着でゴールするかではない。人と馬とがこうして確かな一体感を得られるかどうかだ。

どんな結果が出ようが、受け入れるしかない。

十八頭が向正面を駆け抜け、三コーナーに入って行く。

急激にペースが上がった。実況のテンポも速くなる。

「先頭を行くヴィルヌーヴが、後ろを引き離しにかかります。後続馬の騎手たちの腕の動きも、一気に激しくなりました！」

武原は、後続になし崩しに脚を使わせて消耗戦に持ち込み、スタミナと底力で勝る自分の馬に有利なレースをつくり出そうとしているのだ。それは同時に、リヤンのように瞬発力を武器とする馬の決め手を封じることにもなる。

リヤンは相変わらず最後方にいる。前方を十七頭の馬群の壁に塞がれている。

「このままヴィルヌーヴの独り舞台となるのか!?　いや、来た来た、若き天才・三好の操るマカナリーが、そうはさせじと上がってきた！　ヴィルヌーヴとの差は四馬身、三馬身と縮まってきた。これはわからない！」
三、四コーナー中間の勝負どころで、先頭を行くヴィルヌーヴを射程に入れて追いかけているのはマカナリーだけだった。
ヴィルヌーヴが単騎で先頭、三馬身離れた二番手をマカナリー、そこからさらに三馬身ほど遅れた三番手集団が五、六頭。

リヤンはその集団から十馬身ほども遅れている。

「人気の一角、リヤンドノールはまだ最後方。はたしてここから届くのか!?」

拓馬は、声を出すこともできず、ただコースを見つめていた。

先頭のヴィルヌーヴが四コーナーを回り、直線に入った。馬が四肢を回転させるさまも、水平にした背中をぴくりとも動かさずに騎乗する武原も、この戦いを制するにふさわしい、鋼のような美しさを誇示している。

後続も次々と直線に入り、スパートをかける。

歓声と蹄音が共鳴して大地を揺らす。

最後方のリヤンから先頭のヴィルヌーヴまで、まだ十五馬身以上の差がある。しかも、リヤンの前には強固な馬群の壁が形成され、動くことができない。

東京芝コースの直線は五二五・九メートル。末脚自慢の切れ者が、武器を存分に駆使するだけの十分な長さがある。時間にすると、ゴールまで三十秒ほどか。トップスピードが秒速二〇メートルほどに達するサラブレッドにとって、三十秒という時間は、その後の生涯を大きく変える決定的な時間になり得る。

――勝負はこれからだぞ、リヤン。

諦めるのはまだ早い。

ここから前をぶっこ抜いてこそ、ケンタッキーダービーを制したシルバータームの再来、リヤンドノールではないか。

しかし、リヤンの行く手を阻む馬群の壁の向こう側にいるヴィルヌーヴとマカナリーも伸びている。

序盤で流れが速くなっていれば先行勢が失速したかもしれないが、武原のヴィルヌーヴが刻んだスローなラップのなか、前の馬も後ろの馬もエネルギーを溜めながらここまで来ることができた。ゆえに、すべての馬が伸びているのだ。

先頭のヴィルヌーヴがラスト四〇〇メートル地点を通過した。

ゴールまであと二十秒ほど。

ここまで来ても十八頭の隊列はほとんど崩れない。殺気だった人馬が乱ペースを生み、その結果、出入りの激しい展開になりやすい日本ダービーというレースにおいて、今年のダービーは、競馬史に残る特殊なレースとして幕を下ろすことになるのか。

拓馬の全身から、少しずつ力が抜けていく。

蹄音が幾重にも重なり合う。黒い馬群の塊に亀裂はできそうにない。

――もう十分だ。よく頑張った、リヤン。

拓馬が勝負を捨てかけた、そのときだった。

不意に、激しい耳鳴りに襲われた。

次の瞬間、ドーンと全身に衝撃を感じ、視界が一気に明るくなった。眩《まぶ》しくて、まともに目をあけていられないほどだ。

ジェットコースターに乗ったときのように、全身に強い風が吹きつけてくる。

――これは、リヤンと上川さんが見ている光景か!?

拓馬は今、リヤンと、そして上川と一体になり、彼らの目を自分の目とし、彼らの肌を自分の肌として、同じものを見て、同じ風を感じている。

歓声のボリュームが一気に上がった。十五万人超の絶叫が轟音となってスタンド全体を揺すり、腹の底まで震わせる。

ふと我に返った。

眼下を、選び抜かれた十八頭の優駿たちが、ゴールを目指して疾走している。

先頭から最後尾まで十五馬身ほどだった馬群が、いつのまにか縦方向にも横方向にもバラけて、二十馬身ほどになっている。

ほんの一瞬、リヤンを見失った。

見つけた。前を塞いでいた二頭の間をこじあけ、馬群の真ん中に突っ込んだ。と思ったら、瞬時にそこをすり抜けた。

が、その先にも馬群の壁が立ちはだかっている。

上川が脇差しを抜くような動きをした。ステッキを右手から左手に持ち替えたのだ。

リヤンが横に滑るように動き、一気に馬五頭ぶんほど外に出た。上川が、肩鞭と手綱の操作でそうさせたのだろう。

リヤンは馬群の大外に出た。障害物となって前を塞ぐ馬はいない。

左手に持っていたはずの上川の鞭が、気づかぬうちにまた右手に戻っている。いつ持ち替えたのか、動きが速すぎてわからなかった。

上川は、今度は拓馬にもわかる大きな動きで、リヤンに右の逆鞭を入れた。「ピシッ」と、ここまで音が聞こえてきたような気がした。

この鞭は、上川からリヤンへのゴーサインであり、同時に、ほかの人馬に対する宣戦布告でもあった。

次の刹那、リヤンの姿が震え、霞んで見えた。

リヤンが、それまで溜めていたエネルギーを爆発させた。エンジンが唸りを上げて高回転に達し、弾けるようにスピードを上げる。

内の馬たちを面白いようにかわして行く。

小さな体がほかのどの馬より大きく見える。

リヤンは全身を低く沈め、さらに加速する。

一頭だけ別の次元を走っているかのようなスピードだ。

東京の長い直線で思いっきり四肢を伸ばすことを、リヤンは、今、間違いなく楽しんでいる。

上川の右ステッキが唸る。

リヤンの白い馬体が躍動する。

「来い、リヤン！　来い、来い、もっと来い！」

レースを見て声を張り上げたのは初めてだった。叫んでいるうちに、それが自分の声なのか、ほかの誰かの声なのか、わからなくなってくる。

「来い、来い、来いーっ！」

リヤンが三番手集団をまとめてかわした。前にいるのは二頭だけになった。先頭のヴィルヌーヴと二番手のマカナリーだ。

まずは、手前のマカナリーに狙いを定めた。三馬身、二馬身半、二馬身と差を詰めて行く。鞍上の三好が気配を察したようだ。

リヤンは、馬体を離したまま外からマカナリーに並びかけた。

そのまま抜き去ろうとしたとき、マカナリーが外に張り出して馬体を寄せてきた。三好は、リヤンと併せた形で、前のヴィルヌーヴに迫ろうと考えているのか。

――危ない！

二頭の馬体が衝突した。マカナリーは五百キロを超える大型馬で、リヤンは四百五十キロしかない。前年の東京スポーツ杯二歳ステークスでもこうして馬体をぶつけ合い、最後はマカナリーに敗れた。

だが、今日は、マカナリーとリヤン、どちらのストライドにも変化はなかった。

極限の状態で走るサラブレッドは、びっしり馬体を併せることにより、相手のエネルギーを自身の体内に取り込むかのように伸びることがある。特に、能力の近い者同士の叩き合いになると、しばしばそうしたシーンが見られる。

リヤンとマカナリーが併せ馬の形で伸びたのは、しかし、ほんの数秒だった。

リヤンは激しく追われるマカナリーを瞬時に置き去りにし、さらに前を行くヴィルヌーヴとの差を縮めて行く。

ラスト二〇〇メートル地点を通過した。

内埒沿いを伸びるヴィルヌーヴが独走態勢に入っている。

まだリヤンとの差は三馬身ほどある。

これは絶望的な差なのか。いや、三馬身というと大きな差に感じられるが、せいぜい七〜八メートルだ。リヤンなら届く。諦めるな。

リヤンは内に切れ込み、ヴィルヌーヴに馬体を寄せながら差を詰めて行く。

ラスト一〇〇メートル。

ヴィルヌーヴに乗る武原が、自身の左前方のターフビジョンにちらっと目をやった。

リヤンとの差を確かめたのだろう。

あと二馬身ほどだ。が、ここからなかなか差は縮まらない。

ヴィルヌーヴも限界に近いはずだ。

武原のアクションが大きくなっている。左右の手綱を交互にこするように持ち直して馬銜を詰め、ステッキを入れて首を押す。すぐさま鞭を持ち替えると同時にまた馬銜を詰めて追う、ということを凄まじいスピードで繰り返している。

二馬身ほどの差はそのままだが、内外大きく離れていた二頭の距離は、リヤンが内に切れ込んできたため、馬二頭ぶんほどになっている。

それが馬一頭ぶんになった。互いの鞍上の振るうステッキがギリギリぶつかるかどうかの距離だ。

二馬身ほどあった前後の差も、一馬身半、一馬身……と縮まってきた。ヴィルヌーヴが失速したのか、それともリヤンが加速したのか。

さらに二頭の距離が近づいた。前後の差も半馬身ほどになり、ようやく併せ馬の形になった。

——もう少しだ。あともう少しで、びっしり併せる形になるぞ。

ゴールまで五〇メートルを切った。

上川が上体をさらに沈めて両膝をひらき、下半身全体でリヤンの推進力を補助するような姿勢で追っている。

皐月賞のゴール前ではスタンドの大観衆に気をとられていたというが、今のリヤンは、ヴィルヌーヴという、底知れぬ素質を持ったライバルとの叩き合いに夢中になっている。

ヴィルヌーヴとの差が首ほどになった。

二頭が首を上げ下げするリズムとストライドを伸ばす動きがシンクロしはじめた。

リヤンが外からヴィルヌーヴに並びかけた。

――よし、一気にかわしてしまえ！

しかし、かわせない。ヴィルヌーヴが驚異的な二の脚を繰り出し、さらにぐいっと伸びたのだ。まだ余力を残していたのか。リヤンが来るのを待っていたのかもしれない。

クールな武原が鬼の形相となっているのが、見えなくてもわかる。

ヴィルヌーヴがリヤンを突き放しにかかる。

鼻、頭、首……と、再び、二頭の差はひらいて行く。

――今度こそ、ダメか……。

ゴールを目指すリヤンの姿に、まだ鹿毛のように見えた当歳時の姿が重なった。生まれたのは東日本大震災が発生した二〇一一年の三月十一日だった。母のシロはリヤンを産んで息絶えた。翌日、イチエフが水素爆発を起こし、拓馬とリヤンは国道六号線を北上して相馬中村神社に避難した。

リヤンは甘えない子馬だった。自分のしたいこと、してほしいことを訴えたことは一度もなかった。いや、一度だけあった。相馬中村神社の広場にイノシシが迷い込み、突進してきたそのイノシシを飛び越えたとき、まだ遊び足りないかのように前ガキをした。もっと遊びたい。もっと走りたい。もっと——。

今もリヤンはそう訴えているのか。

拓馬は胸をドンと叩かれたように感じた。

リヤンの四肢の回転が勢いをとり戻した。内を走るヴィルヌーヴとの差を、首差から頭差、鼻差へと縮め、また横並びになった。

全身が総毛立った。

リヤンは諦めていない。勝負を捨てていない。いや、最初から捨てるつもりなどなく、ただライバルとの死闘を楽しんでいるのだ。

「リヤン、リヤーン！」

喉が痛くなり、耳鳴りがする。家族や知らない人の手足が体に当たる。

目を逸らすな。最後まで見届けるのだ。

ヴィルヌーヴとリヤンの壮絶な叩き合いがつづいている。

二頭の後ろは五馬身以上離れている。

ゴールまで、あと五完歩、四完歩、三完歩……。

「リヤーン！」

拓馬は声を張り上げた。

この声は絶対にリヤンに届いている。

左胸のポケットの真希の写真を握り締めた。

真希も一緒にこのレースを見ている。

あと二完歩。

ヴィルヌーヴの漆黒の馬体に、ブラックの勝負服をまとった武原が溶け込んでいる。

外から馬体を併せるリヤンと鞍上の上川も流線型のひとつの物体となっている。

二頭の後ろに航跡のような風の筋が確かに見えている。

最後の一完歩。

内のヴィルヌーヴが大地を蹴り、雄大な馬体を躍動させる。

外のリヤンドノールは地を這《は》うような姿勢からストライドを伸ばす。

内のヴィルヌーヴか。外のリヤンか。

二頭が並んでゴールに飛び込んだ。

まさに同時に倒れ込むかのようなゴールだった。

次の瞬間、時間が止まり、リヤンの全身が白い閃光《せんこう》となったように見えた。確かにリヤンの馬体は輝いていた。

気がつくと、拓馬は右手をリヤンのほうに差し出していた。

何をつかもうとしているのか、自分でもよくわからなかった。

その右の手のひらに、しっとりとしたシロの馬体と、やわらかなリヤンの首筋と、温かな真希の手のひらの感触が蘇ってきた。

拓馬の周囲の時間が、また動き出した。

ゴールを駆け抜けたリヤンが、全身の力をふっと抜いた。

「リヤンドノール。リヤンドノール！」

馬名を連呼する実況が響く。

上川博貴がリヤンの背で立ち上がった。そして、鞭を持った右手を突き上げ、拓馬たちのいるスタンドを指し示した。

東日本大震災の日に南相馬で生まれ、人の手で育てられた小さな芦毛馬――ぼくの、わたしの、おれの、おらほの子馬が、競馬の祭典で奇跡を起こした。

エピローグ

雨が上がり、西の空が暮色を帯びてきた。

ひとつ、またひとつと火の玉が灯され、一帯は、揺らめく光の粒に満たされる。

蹄鉄がアスファルトを叩く。

カチッ、カチッ、カチッ……。

松下拓馬は、現役を引退して種牡馬となったリヤンドノールに跨り、相馬野馬追の甲冑行列に参加した。

夕刻、拓馬が所属する小高郷で「帰り馬」を迎える行事として行われていた「火の祭」が、東日本大震災前年の二〇一〇年以来、六年ぶりに実施されることになった。

延々とつらなる火の玉が、異界へ飛び立つ滑走路の誘導灯のように見える。オイルの焦げる匂いが懐かしい。

リヤンの影が揺れる。

拓馬の影が、その上で濃くなったり薄くなったりしている。

花火が上がった。それを待っていたのだろう、河岸へと向かう人が増えてきた。

もう一発、大きな花火が上がった。
自分が生まれた松下ファームへと、リヤンは歩きつづけた。

解説

高橋利明

ハッピーエンドだ。しかも、できすぎた話だ。しかし、読後にはさわやかな気持ちが残った。「やっぱりこうでなくちゃ」。おそらく皆さんもそう思ったのではないか。リヤンドノールがヴィルヌーヴに外から並び掛けた時、わたしなら東京競馬場の記者席で「上川！」と声を張り上げていたに違いない。ゴール後は取材のために検量室前に駆け出すだろう。福島県の生産馬がダービーを勝ったのだ。しかも、あの日に生まれた馬が。原稿は大変だ。もうこの時点でリヤンドノールのことを書き尽くしているに違いない。それでも松下拓馬に会いたいと。どんな顔をしているだろうか、どんな言葉を残してくれるだろうかと——。

わたしは福島民報という地方紙で競馬記者をしている。福島は昔から競馬が盛んな土地で、子供のころから父に連れられて競馬場に行ってそのままのめり込み、自分の進路を決める年齢になった時にやはり競馬の仕事がしたいと考えた。競馬との関わりはもう五十年。ほぼ競馬記者一筋で三十年になる。地方紙だが図々《ずうずう》しく全国の競馬場に取材に出掛ける。島田さんとは同年代で、取材で何度も顔を合わせるうちに言葉を交わすようになった。お会いする以前から文章を読んだことはあった。物静かで口数は決して多くなく、丹念に取材をして淡々と抑えた原稿を書かれる。声が大きく、口数も多く、原稿も暑苦しいわたしは島田さんをうらやましく思うことがある。

二〇一一（平成二十三）年三月十一日午後二時四十六分。わたしたちはこの時を忘れない。東日本大震災が発生した。地震、津波、原発事故。家族を亡くした人、家がなくなった人、仕事を失った人、家に住むことができなくなった人。それぞれの人にそれぞれの震災がある。松下拓馬にとっては松下ファームが津波で大きな被害を受けたこと、シロを失ったこと、リヤンが生まれたこと。そして、最も大切な真希を亡くしたこと。それが震災だった。

わたしはあの時間、福島競馬場スタンド最上階の六階の記者室にいた。金曜日。いつも通り翌日の予想と原稿の作業に追われていた。緊急地震速報から間もなく大きな地響き。激しい揺れ。長かった。机の下でじっとしているのが精いっぱいだった。周囲のロッカーが倒れてレース観戦用のモニターテレビが転がった。激突音がした。わたしが潜った二列の大きな机の下とは反対側の列の机の下にブラウン管の大きなテレビが飛び込んだ音だった。早く終わってくれ……。これだけ大きな地震ならスタンドが倒壊するかもしれない。漠然とそんなことも考えた。振り返れば体感震度は7か8だろうか。ともに作業していた他社の記者がいてくれたことが心強かった。互いに励まし廊下に出た。スプリンクラーが作動して水浸し。大きな余震も襲う。立ち止まりながらそれでも外に出ようと歩いた。二方向あった階段のうち私たちが下りた反対側は壁が倒れていた。紙一重の幸運に支えられていた。何とか外に出た。「大丈夫ですか！」。警備の方の声がした。生きていることを実感した。九死に一生を得た。競馬場の事務所に戻った時、テレビでは津波の信じられないような光景が流れていた……。

帰宅してから両膝が痛いことに気付いた。机の下に四《よ》つん這《ば》いで踏ん張った時に内出血していたのだ。追い込まれると人はそんな力が出るのだと妙に納得した。後に現場をあらためて見に行った時にわかったことだが、二つ隣の部屋は天井が落ちていた。テレビが散乱した記者室を見た時に、反対側の列の机の下に潜っていたらと思うと背筋が凍った。福島競馬場のダメージは大きく、馬券は発売できなくなった。予想の仕事はない。わたしは当面、生活情報の紙面を担当した。

妻はラジオ福島でアナウンサーをしており、災害放送を連日担当することになった。震災発生当日、福島第一原発への電話取材でいつもの地震後なら「異常なし」なのが、「調査中」との答えで胸騒ぎを感じたという。多忙だがわたしたちには使命感もあった。原発事故があっても避難するという選択肢はなかった。放射線量が少し高い時期もあったが、今、振り返ってもわたしたちがこの地にとどまったのは当然のことだった。

福島競馬場はスタンドの損壊、放射線問題など大きな打撃を受けたが、懸命な復旧と除染作業を経て、翌二〇一二（平成二十四）年四月七日に五〇三日ぶりに福島競馬は復活した。1レース。スターターが壇上に上がりファンファーレが鳴り響くと拍手が巻き起こった。目頭が熱くなった。あの拍手を生涯忘れることはない。わたしはこのレースだけはスタンドではなくゴール前でファンと一緒に見たいと思っていた。競馬場の職員も動ける方はゴール前に数多くいた。当時の副場長の成沢《なるさわ》裕《ひろし》さんが涙を流していたことを今でも思い出す。無事に競馬ができる喜びをかみしめた瞬間だった。わたしは震災から福島競馬の復活までさまざまな人たちにお世話になり、さまざまな人たちに出会い、さまざまな人たちとの縁を深めることができた。誤解を恐れずに言えば、わたしにとって震災は決して悪いことばかりでなかった。そう言えることは幸せなことだと思う。

島田さんはＪＲＡが発行する月刊誌「優駿」で福島競馬の復活を取材に来られた。わたしの震災の体験を記者室で取材していただいた。いつもは取材する側の立場だが、逆の立場になるとなかなかやりにくい。だが、島田さんはわたしの目を真っすぐ見ながら真摯に向かい合ってくれた。あの表情は忘れられない。震災は当事者になるとなかなか話しにくい。口が重くなる。わたしでもそう思うことがある。つらい思いをした人ならなおさらだ。情けないことだが聞く方もつらくなる。だからこそ、外から熱意を持って寄り添うように取材する方が必要だと感じる。島田さんから被災地を取材しているという話を聞いていたが、なるほどこの話だったのかと後に納得した。実に丁寧に取材されている。被災地は決して平等ではない。そのことも書かれている。南相馬の馬事文化のこともしっかり書かれている。相馬野馬追がそこに住む人たちにとっていかに大切なものか。何より被災者への愛情を感じる。難しい方言も上手に表記している。寄り添っていなければ書けない文章だ。

もちろん競馬のことは熟知されているので細かい描写はさすがである。現実の競馬へのオマージュと感じる部分もたくさんある。シロがお腹《なか》に子供を宿した状態で甲冑競《かっちゅう》馬に出走して勝ったシーンで、わたしはディープインパクトの母ウインドインハーヘアがお腹に子供が入ったままでドイツのGIを勝ったことを思い浮かべたが、後できちんとそのことが書かれていて思わずにやりとした。かゆいところに手が届く。競馬を知らない人も理解できると思うが、競馬ファンならなおさら思いを巡らせることができる。

本作品は、二〇一七（平成二十九）年三月にNHKドラマとして映像化された。七十三分の前後編で、役所広司、新垣結衣、岡田将生、勝地涼、小林薫、田中裕子ほかという豪華キャストだった。

リヤンドノール（北の絆《きずな》）は、初出のnetkeiba.com連載時は「キズナ」という馬名だった。連載期間は二〇一二年六月から十二月までなので、実在のキズナが二〇一三年の日本ダービーを勝つ前だ。単行本化とドラマ化にあたって改名された。

ヴィルヌーヴの武原豊和騎手は島田さんも親交がある武豊《たけゆたか》騎手だろう。後藤田オーナーは、大迫調教師は、上川騎手は、三好騎手は誰だろうか。そんなことを考えるのも楽しい。ディープインパクト産駒の良血馬に小さな牧場のリヤンドノールが挑む図式は、小説だからこそそんな夢を叶《かな》えてくれるという気持ちにもさせられる。何より競馬のシーンのリアリティあふれる描写が物語を支えている。いつの間にかリヤンドノールに感情移入してしまう。ダービーのゴール前のシーンでわたしは二〇〇〇年日本ダービーの武豊・エアシャカールと河内洋《かわちひろし》・アグネスフライトの死闘を思い起こした。

この物語の舞台になっている南相馬市の出身でＪＲＡで長年騎手として活躍した人がいる。木幡初広《こわたはつひろ》さんは現在、ＪＲＡの美浦《みほ》・杉浦宏昭《すぎうらひろあき》厩舎《きゅうしゃ》で調教助手を務める。木幡さんは南相馬の実家が津波で被災した。原発事故で警戒区域となり両親や親戚は避難を余儀なくされ、長男で現在騎手の木幡初也《はつや》さんとともにマイクロバスで向かい、茨城県美浦村の自宅に呼び寄せた。震災直後で道路も寸断されており到着までに十数時間かかったという。震災四カ月後には父の初身《はつみ》さんを亡くした。困難を乗り越えて二〇一二年四月七日の福島競馬の復活の日には騎手を代表してファンにあいさつした。「まだまだ大変な人がいます。一日も早く元の生活を取り戻すことを願います」。父の死も経験した木幡さんの、被災者を代表する言葉は我々の胸を打った。次男巧也《たくや》さん、三男育也《いくや》さんも騎手としてデビュー。ＪＲＡ初で空前絶後の父子四人現役騎手として同一レースに騎乗する快挙も達成した。現役最年長の五十二歳だった二〇一八（平成三十）年二月末、木幡さんは静かにムチを置いた。

同年七月の相馬野馬追に木幡さんの姿があった。「騎手を引退した時に真っ先に野馬追に出ることを考えた」という。子供のころは甲冑競馬に参加していた。馬乗りを教えてくれたのは父の初身さんだった。その初身さんが使っていた甲冑を身に着け、木幡家の旗指物を背負って騎馬武者行列と神旗争奪戦に参加した。たまたま野馬追を見に行った妻が見付けてカメラを向けると晴れやかな笑顔を見せた。その写真は弊紙に掲載された。

「野馬追は自分の原点。騎手時代は出られなかったが、いつか出たいと思っていた。念願がかなってうれしい」と感慨深い様子で語った。エピローグでリヤンドノールに跨《また》がり騎馬武者行列に参加する松下拓馬も、きっと木幡さんのような笑顔を見せていたに違いない。

令和の時代となった二〇一九年の相馬野馬追にも木幡さんの姿はあった。「いつか旗を取りたいね」。馬に乗る限り野馬追に出続ける。父の甲冑を身に着けて。いつか松下拓馬のように御神旗を取ることをわたしも心待ちにしている。

（たかはし・としあき　福島民報社競馬担当記者）

本書はフィクションです。実在する馬名、レース名、団体名などが一部登場しますが、物語の構成上、実際とは異なる描き方がされている場合があります。

本文デザイン／高橋健二（テラエンジン）
本文イラスト／杉山巧

本書は、二〇一七年二月、集英社より刊行されました。
文庫化にあたり、大幅に加筆・修正しました。

初出
netkeiba.com 連載「絆～ある人馬の物語～」
二〇一二年六月四日～十二月三十一日（全三十一話）

集英社文庫
島田明宏の本

ダービー パラドックス

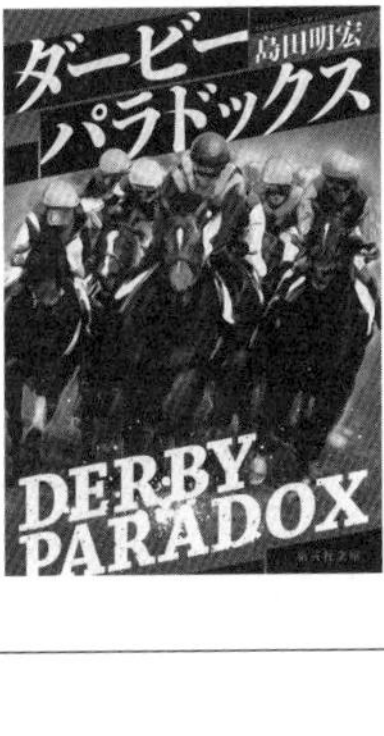

競馬記者の小林は一頭のサラブレッドに魅せられる。その馬を追ううち、ある疑惑が浮上。さらに周囲では恐ろしい事件が。新時代の競馬ミステリー登場。

集英社文庫
島田明宏の本

キリングファーム

北海道で競走馬を生産する風死狩牧場で次々と起こる変死、失踪事件。急展開からの意外な真相と、事件の陰に垣間見える開拓史。濃密な競馬ミステリー。

集英社文庫
島田明宏の本

ジョッキーズ・ハイ

北関東の地方競馬でドーピング事件が発生。開催が危ぶまれる中、中堅騎手と美人競馬ライターが真相解明に挑む。この競馬ミステリー、現実よりリアル。

集英社文庫

絆《きずな》 走《はし》れ奇跡《きせき》の子馬《こうま》

2020年2月25日 第1刷　　定価はカバーに表示してあります。

著　者　島田明宏《しまだあきひろ》

発行者　徳永　真

発行所　株式会社 集英社
東京都千代田区一ツ橋2-5-10　〒101-8050
電話【編集部】03-3230-6095
【読者係】03-3230-6080
【販売部】03-3230-6393(書店専用)

印　刷　大日本印刷株式会社

製　本　ナショナル製本協同組合

フォーマットデザイン　アリヤマデザインストア　　マークデザイン　居山浩二

ISBN978-4-08-744079-9 C0193